차의 향기

교양으로 읽는 중국 생활 문화

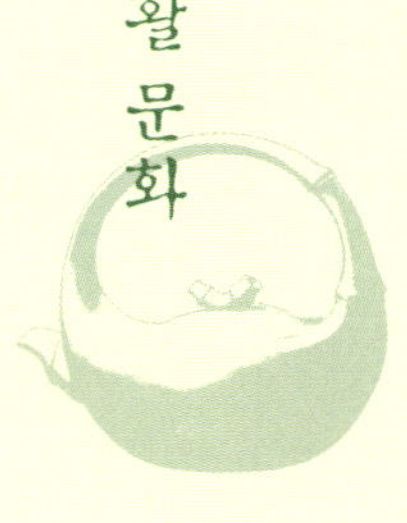

| 일러두기 |

＊ 본문에 등장하는 인명(人名)과 시문, 희곡, 소설 등의 등장인물 이름은 한국어 발음대로 표기함.
＊ 책 · 가(歌) · 시문 · 희곡은 「」으로, 그림 · 신문 · 잡지는 《 》로, 영화는 〈 〉로 표기함.
＊ (   )안의 한국어 설명은 역주임.

차의 향기

교양으로 읽는 중국 생활 문화

리우이링 지음
이은미 옮김

산지니

차례

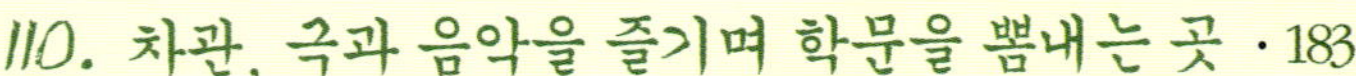

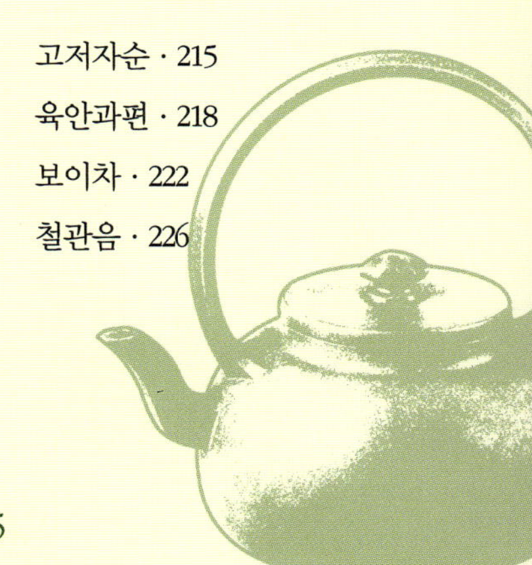

1 진한 향가를 즐긴다

차나무는 원래 중국 남방 지역의 일반 식물이었는데

전설 속의 신농씨가 약초로서 가치를 발견한 후 사람들에게 알려졌다.

위진시대 이래 문인과 선비들은 마시면 취하는 술 대신

오래 마셔도 취하지 않는 차를 마시며 어지러운 세상을 한탄하곤 했다.

중국 차문화의 발전사

중국 문학사상 사부(辭賦, 중국 고전문의 하나)라 하면 우선 사마상여와 양웅을 들 수 있는데, 이들은 문학의 대가이자 일찍이 잘 알려진 다인(茶人)이기도 하다. 사마상여는 『범장편(凡將篇)』을, 양웅은 『방언(方言)』을 각각 썼는데, 전자는 약용으로 후자는 문학적 관점에서 각기 차를 언급했다.

중국에서 가장 일찍 차를 즐긴 이는 대부분 문인과 선비들로, 진(晉)나라 때의 장재(張載)는 『등성도루시(登成都樓詩)』에서 "양웅의 옛 집을 묻노라, 사마상여의 오두막이 그립구나.", "향기로운 차는 육정(六情)에 으뜸이요, 넘치는 맛은 천하에 가득하구나."라고 쓴 바 있다. 차가 문화의 모습으로 나타나기 시작한 것은 위진남북조 시대부터이다. 그 기원은 한(漢)나라 때로 거슬러 올라가는데 정식문헌으로는 한나라 사람인 왕포(王褒)가 쓴 『동약(僮約)』에 "무양(武陽)에서 차를 사 온다."는 기록이 있다.

차 문화의 시작은 유가가 적극적으로 세속에 어우러진다는 사상에서 비롯되었다. 위진남북조 시대에 일부 안목 있는 정치가들은 "차로서 청렴을 기른다."는 사상을 제시하며 당시의 사치 풍조에 반대했다. 위진 시대 이래 세상이 어지러워지면서 문인들 사이에는 이를 바로잡을 수 없음을 한탄하며 청담(淸談)을 나누는 풍조가 점차 생겨났다. 이들은 종일 공리공론을 나누기 위해 흥을 돋위줄 자리가 필요했고, 대부분 술자리를 통해 그것이 이루어졌다. 이러한 이유로 초기 청담가들은 대부분 애주가들이었으며 죽림칠현(竹林七賢)이 그 대표적 예라 하겠다. 후에 청담을 나누는 풍조는 일반 문인들에게까지 퍼졌지만, 종일 마시고도 취하지 않는 경우는 극히 드물었다. 이에 반해 차는 오래 마시면

서도 맑은 정신을 유지할 수 있어, 청담가들은 점차 차를 즐기게 되었다. 그래서 후기에 들어서면서 많은 다인들이 나타났다.

한나라 시대 문인들의 차 마시는 습관은 차가 문화의 형태로 나타난 시초가 되었고, 남북조에 이르러서는 거의 모든 문화, 사상 분야가 차와 연관성을 띠게 되었다. 정치가들에게 있어 차는 청렴결백을 제창하고 사치풍조에 대항하는 도구였고, 사부가(詞賦家)들에게 차란 생각을

● 차를 마시며
청담을 나누다.

이끌어 흥을 돋우는 수단이었으며, 불가들에게는 참선하고 정좌하여 무념무상의 경지에 이르는 데 반드시 필요한 존재였다. 이와 같이 차의 문화적 사회적 기능은 이미 그 자연스러운 사용기능을 넘어 중국 차문화의 초기 면모를 갖추어갔다.

사회가 발전을 거듭하면서 세계 최초로 찻잎을 전면적으로 논한 저서인 『다경(茶經)』이 선을 보였다. 육우(陸羽)의 『다경』은 7,000여 자에 불과하지만 간략한 언어로 풍부한 의미를 전달하고 있다. '그 기원의 구분, 차기의 제작, 만드는 법, 우려내는 법'을 설명하고 있으며, 이론과 방법면에서 심화 발전을 도모하여 차 마시는 사람으로 하여금 담담하고 욕심 없는 해탈의 정신적 희열에 이르고 더 높은 정신적 경지에 들도록 한다. 이로써 일상적인 차 마시기는 정취로 충만하고 시상이 넘치는 문화적 현상으로 발전했다. 뿐만 아니라, 마음을 맑고 고요하게 정화하고 통쾌하고 기쁘게 하는 심층적 미학과 문화적 차원으로 다도를 끌어올리고 '차문화'라는 새로운 영역, 새로운 경지를 개척했다. 『다경』은 차뿐 아니라 정제된 시인의 기질과 예술 사상을 그 안에 내포함으로써 중국 차문화의 이론적 기초를 다졌다.

당조의 차문화가 승려, 도교도, 문인을 위주로 한 것이었다면, 송조에 이르러서는 그 범위가 상하로 더욱 확대되는 경향을 보인다. 한편으로는 궁정 차문화가 나타났고, 또 한편으로는 시민의 차문화와 민간에서의 차감별 풍조가 일어났다. 송대에는 당나라 사람들이 직접 차를 물에 넣어 끓이던 자다법(煮茶法)을 점다법(點茶法, 찻가루를 잔에 넣고 탕수를 부어 마시는 가루차 음료법)으로 바꾸어 그 색, 향, 그리고 맛의 통일을 중시했다. 남송 초에는 포다법(泡茶法, 끓인 물을 부어 우려내는 방법)이 나타나 차 마시기의 보급과 간소화에 새 길을 열었다. 송대 차 마시는 기법은 상당히 성숙했지만 사상과 감정을 녹여내기에는 아직 역부족이었다. 송대의 유명한 다인들은 대부분 저명한 문인들이었고, 이에 차와 관련 예술을 하나로 어우르는 과정을 가속화했다. 서현(徐鉉), 왕우칭(王禹稱), 임통(林通), 범중엄(范仲淹), 구양수(歐陽修), 왕안석(王安石), 소식(蘇軾), 소철(蘇轍), 황정견(黃庭堅), 매요신(梅堯臣) 등의 문인들은 모두 차를 즐겼던 까닭에, 유명한 시인들에게는 다시(茶詩)가, 서예가에게는 다첩(茶帖)이, 화가에게는 다화(茶畫)가 있었다. 이로써 차 문화의 내재된 의미도 넓어져 문학, 예술 등 순수정신문화와 직접적 연관을 가지게 되었다. 송대 시민들의 차문화란 주로 차 마시기를 통해 우정을 돈독히 하고 사회적 교제의 수단으로 삼는 것이었다. (북송의 변경(卞京) 민속에는 새로운 이웃이 이사를 오면 주변 이웃들이 서로 차로 접대하는 풍습이 있다.) 이 시기에 차는 이미 민간 예절로 자리 잡았다.

● 차는 진정 효과가 있는 음료이다.

　　송대에 이르러 차문화의 사회적 의미와 문화적 형식이 확대되면서 다사(茶事)가 크게 번성했으나, 다예(茶藝)는 갈수록 복잡하고 번거로 우며 사치스러워져 당나라 시기 차문화의 사상과 정신을 잃었다. 원대 에는 북방민족들이 차를 즐겼으나 송대의 번잡한 다예를 성가시게 여 겼다. 문인들도 다사를 통해 자신의 풍류와 호방함을 표현하는 것은 원 치 않았고, 다만 차로서 자신의 정절을 나타내고 의지를 다지기를 바랐 다. 차문화 속의 이 두 가지 사조는 소리 없이 어우러져 다예는 간소화 되고 가식 없는 순수한 형태로 돌아가기에 이른다. 원에서 명나라 중기 까지의 차문화 형식은 그 형태가 흡사하다.

● 진홍완(陳洪綬)의 《팽다도(烹茶圖)》
정자 안에 두 선비가 마주 앉았는데 오른쪽의 붉은 옷을
입은 선비는 화로를 향해 부채질을 하고, 왼쪽 선비의 뒤에는
서동이 서 있다. 두 사람은 차를 끓이며 도를 논하고 있다.

첫째, 다예가 간소화되었고, 둘째, 차문화 정신과 자연이 어우러져 차로서 자신의 굳은 절개를 나타냈다. 명나라 후기에서 청나라 초까지 제창한 산차(散茶, 덩어리로 만들지 않고 일반적인 잎차 형태로 보관된 차)와 끓는 물에 우려내는 음용법은 찻잎의 자연적인 담백한 맛을 살려주어 독특한 차 마시기 방식을 개척했다. 그 외에 명청대에는 문인과 선비들이 끊임없이 차 마시기 문화에 심취함으로써 차를 음미하는 것이 가무, 탄금, 바둑, 서예, 그림, 독서, 시 짓기, 예술품 감상 등과 유기적으로 결합했다. 여러 선비가 모이면서 차문화는 철학, 사학, 미학, 문예학, 종교학, 음악무도, 금기서화(琴棋書畵, 속세를 떠난 경지에서 금,기,서,화를 즐기는 것을 그린 동양화의 한 가지)를 한데 아우르는 방대하고 심오한 문화체계가 되었고, 중국 전통문화의 심층적 발전에 깊은 영향을 미치게 되었다.

현 사회에서 찻잎은 이미 풍부한 의미를 내재하고 있는 종합적 성향의 산업으로 발전하여 찻잎, 다기, 찻잎이 들어간 식품 등의 생산과 무역, 경제적 관리, 교육, 과학, 요식업, 금융 등 분야에까지 그 영향력이 확대되었다. 새로운 시대로 발전하는 과정에서 차문화의 가치는 더욱 깊이 인지될 것이며, 차문화의 영향력은 한층 확대되고, 차문화의 역할은 더욱 뚜렷이 나타날 것이다. 우리는 세기가 교차하는 역사적 시점에 서서 중국 차문화 형성의 역사적 발자취를 돌아보고 수많은 별처럼 찬란하게 빛나는 다양한 중국 명차를 살펴보며 중국 찻잎의 날로 새로워지는 발전상에 주목하고자 한다. 이를 통해 소박하며 청아한 아름다운 모습과 다채로운 면모를 갖춰, 세계적으로 왕성하게 발전해 나가는 중국차의 생기 넘치는 모습을 확인할 수 있을 것이다.

차의 원산지에 대한 논란

러시아어, 영어, 독어, 일어, 불어 등의 언어에서 차를 의미하는 단어의 발음을 살펴보면 놀라운 발견을 하게 된다. 이들이 모두 '찻잎(茶葉)'이라는 의미의 중국어를 음역한 것이기 때문이다. 이들은 복건, 파촉 지역에서 찻잎을 의미하는 단어의 발음이 변화되어 나타난 형태이나, 그 원뜻이 찻잎을 의미하는 것임은 분명한 사실이다. 이것은 물질로서 찻잎이 중국에서 들어왔을 뿐 아니라, 찻잎이라는 의미의 단어조차도 중국에서 들어왔음을 잘 보여주고 있다.

차나무의 원산지는 중국이며 이것은 논란의 여지가 없는 사실인데도 한 가지 불미스런 사건이 발생한 적이 있다. 1824년 인도에 주둔하던 영국인 브루스(R.Bruce) 소령이 인도 아삼주의 사디야(sadiya) 지방에서 야생 차나무를 발견했는데, 해외에서 이를 근거로 중국이 차나무의 원산지라는 것에 대한 이의를 제기하기 시작했다. 이로부터 국제 학술계에서는 차나무 원산지를 둘러싼 논란이 전개되었다. 『아삼의 차엽(Tea in Assam)』을 저술한 버이돈드(S.Baidond)와 『차엽지남(Guide to Tea Merchants)』을 쓴 영국인 브레이크(J.H.Blake)는 인도가 원산지라고 강력히 주장했고, 우커스(W.H.Ukers)는 그의 저서 『차엽전서(all about tea)』에서 중국 운남과 미얀마, 태국, 인도차이나 등 지역을 포함한 동남아 지역이 원산지라고 주장했다.

버이돈드 등의 잘못된 견해는 차치하고, 영국인이 1820년대에 차나무를 발견했다 하더라도 중국의 차 역사와 어찌 비교할 수 있을까? 일찍이 기원전 2세기인 서한시대 사천의 사마상여는 그의 저서인 『범장편』에서 당시의 10여 종의 약물에 관해 기록했는데 그 가운데 '천타(荈詫)'는 바로 차를 말하는 것이다. 이 시기 차가 당연히 약용으로만 사

용되었음은 차치하고라도 중국차는 육우시대부터 기원한 것이다. 그것도 기원후 770년대의 일이었으니, 브루스가 발견한 때보다도 천여 년이나 이른 것이다.

그들의 이러한 그릇된 견해에 대하여 현대의 '차성(茶聖)'이라 불리우는 오각농(吳覺農) 교수는 1922년 『중화농학회보』의 '학예'란에 「차나무 원산지 고증」이라는 유명한 글을 발표했다. 그는 글을 통해 설득력 있는 많

● 중국이 차의 고향이라는 사실은 대다수 사람들이 공감하는 사실이다.

은 증거들을 속속 열거하고, 버이돈드 등의 그릇된 견해를 설명하고 반박했다. 오 교수는 자신의 글을 통해 인도 차나무 재배가 1834년에 시작되었다고 지적했다. 그해 정월에 인도차엽위원회 사무총장과 선교사 구즈라프씨가 중국을 방문했는데 당시 청정부가 외국인의 내지 여행을 허락하지 않았는데도 그들은 무이차 씨를 대량 구입해 1855년에 캘커타로 부쳤던 것이다. 이것이 인도 차 재배의 시작이었다. 이에 앞서 아삼의 차 발견은 1826년이었다.

그 외에 당시 인도에 체류 중이던 프랑스인 매드슨은 1662년에 저술한 책에서 "우리는 일상생활에서 모임을 가질 때 흔히 The(차)를 마시는데, The는 인도 전 국민들 사이에 통용되고 있을 뿐 아니라 네덜

● 절강 소흥의 차밭

란드, 영국인들도 약처럼 그것을 이용한다."고 밝힌 바 있다. 이 기록은 인도에서 찻잎이 발견되기 170여 년 전에 인도에 있던 프랑스인들은 이미 차를 마시고 있었음을 분명하게 보여주는 증거다. 그렇다면 이 차는 어디에서 왔다고 해야 할까? 인도에서 스스로 생산한 것일까? 아니면 차나무가 아직 발견되기도 전인데 어디서 찻잎이 나왔다는 것일까? 오직 한 가지 설명만이 가능하다. 그들이 마신 차는 중국에서 유입되었다는 설명이다. 그 증거는 무엇인가? 1664년 영국 동인도회사는 중국으로부터 차를 사들여 찰리2세에게 바쳤는데, 이것이 영국인이 차를 마시게 된 효시가 되었다. 따라서 인도인이 차를 마신 것은 당연히 영국인보다 나중이다.

최근 십여 년 동안, 국내외 차학(茶學) 종사자들은 여러 관점에서 차나무 원산지에 대한 연구를 진행해 왔다. 중국의 차학 종사자들은 지질 변천과 기후 변화의 관점에서 차나무의 자연적 분포와 진화를 결합하여 차나무 원산지를 더욱 깊이 있게 분석했으며 논증을 진행했다.

이로써 그들은 중국 서남부 지역이 차나무의 원산지임을 한 번 더 증명했다. 일본 과학자 시무라(志村喬)와 하시모토(橋木實) 두 사람은 세포 염색체의 비교 관찰을 통해 중국과 인도 차종의 염색체 수가 서로 같고 유전학적인 면에서도 차이가 없음을 발견했다. 1980년에서 1984년까지 하시모토 교수가 세 차례에 걸쳐 중국의 운남, 광서, 호남, 사천 등지를 돌며 고찰한 결과, 각지의 찻잎이 외부로 전해지는 과정에서 연속성 변이는 발생했으나 종의 변이는 존재하지 않음을 발견했다. 그래서 그들은 차의 전파가 사천, 운남을 중심으로 이남지방으로 이루어진 경우와 미얀마에서 아삼까지의 지역은 교목화, 대엽형의 발전양상을 보였고, 그 이북지역으로 전해진 경우는 관목화, 소엽형의 발전추세를 나타낸다고 인식했다.

"지금 영국 학자들은 일반적으로 중국 외의 국가를 차의 고향으로 여기길 원한다. 그들의 어리석음과 모순됨은 마치 아메리커스(이탈리아의 항해가)를 들어 콜럼버스를 대신하거나 베이컨을 들어 셰익스피어를 대신하는 것과 다를 바 없다!"(『오각농선집』)

● 중국에서 흔히 볼 수 있는 차관

야생 차나무 왕

도가의 자연관은 줄곧 중국인의 정신생활과 그 관념의 근간이 되었다. 도가의 생명에 대한 사랑과 영원을 추구하고자 하는 사상은 그들의 자연관 속에 깊이 녹아 있다. 도가의 관점에서 볼 때 사람은 자연의 일부이다. 또한 천인합일의 사상

● 운남 애뢰(哀牢)산의 오래된 차나무

에 따르면 사람의 생명은 필연적으로 순리에 의해 사물의 자연적 속성을 이용하게 된다. 이러한 점에서 그들이 최초로 차를 발견하고 사용한 '선인(仙人)'이 된 것도 이상할 것이 없다. 일찍이 한나라 때 왕부(王浮)는 그의 저서 『신유기(神游記)』에서 이러한 신화를 기록한 바 있다.

전설에 따르면 동한(東漢) 영가(永嘉) 연간(약 145년)에 절강 여요(余姚)현 사람 우홍(虞洪)이 산에서 차를 캐다가 푸른 소 세 마리를 끌고 가는 한 도사를 만났다. 도사는 우홍을 폭포산으로 인도하여 우홍에게 말했다. "나는 단구자라고 하는데 그대가 차를 잘 갖추어 마신다고 들어 늘 한번 만나보고 싶었소. 산 속에는 큰 차나무가 있어 그대에게 주려고 하니, 훗날 차가 한 사발 남으면 내게도 남겨주길 바라오." 그 후로 우홍과 그의 가족들은 늘 산에서 좋은 차를 캘 수 있었고 우홍은 이를 위해 사당을 세우고 단구자에게 제사를 지냈다.

이 전설 속의 단구자는 4,000여 년 전 성군 당요(唐堯)의 아들 단주(丹朱)의 후대로, 단술(丹術)을 연마함으로써 장생을 추구하는 도사였다. 도홍경(陶弘景)의 『잡록(雜錄)』에는 "단구자, 황산군은 쓴 차를 마셨는데 이것은 몸을 가볍게 하고 뼈를 바꾼다."고 기록되어 있다. 이것은 전설의 기록이기는 하나 전혀 일리가 없는 말은 아니다. 여요 하무도(河姆渡) 고대 유적지를 통해 7,000여 년 전 이 일대의 농업이 상당히 발전했었다는 사실을 이미 발견한 바 있다. 도사는 장생을 위해 본초약물을 구하러 다녔으니 큰 차나무를 발견했을 가능성이 충분하다.

그러나 가장 구체적인 이미지로 중국의 큰 차나무를 묘사한 것은 차성 육우를 꼽는다. 그는 자신의 저서 『다경(茶經)』 일지원(一之源)의 첫머리에 "차는 남방에서 자라는 아름다운 나무이다. 그 높이가 한 자나 두 자에서 수십 자에 이르기도 한다. 파산(巴山)과 협천(峽川)에는 두 사람이 함께 팔을 벌려야 안을 수 있을 만큼 큰 차나무도 있는데 이런 차나무는 가지를 베어야만 잎을 딸 수 있다."라고 적고 있다. 또한 이 책에는 "절동(浙東) 월주(越州)에서 나는 차가 상품이며 여요 폭포령에서 나는 차를 선명(仙茗)이라 하는데 큰 찻잎은 특이하며 다르다."라고 설명되어 있다. 『다경』에서 묘사한 큰 차나무와 차에 대한 해석으로 볼 때 중국 남방, 특히 장강 유역 파산 주변과 장강 삼협 양안 일대의 큰 차나무 역사는 대단히 오래되었음을 알 수 있다. 이 일대는 인적이 드물고 숲이 울창하여 오랫동안 사람의 손을 타지 않고 잘 자라온 차나무들이 많아 어떤 것은 심지어 몇십 자나 된다.

당조 이후 큰 차나무에 관한 기록은 더욱 많이 나타난다. 송나라 악사의 『태평환우기(太平寰宇記)』에는 노주(瀘州)에 나무가 있었는데 이인(夷人)이 늘 표주박을 지닌 채 사다리를 타고 나무에 올라 찻잎을 땄다는 기록이 있다. 송대 심괄(沈括)은 자신의 저서 『몽계필담(夢溪筆

談)』(1093년경)에서 이렇게 말했다. "옛 사람들은 차를 논할 때 양선(陽羡), 고저(顧渚), 천주(天柱), 몽정(蒙頂) 등을 이야기했으나 건계(建溪)는 언급하지 않았다. 그러나 당나라 사람들은 차를 꿰어 붙여 검은 덩어리로 만들었는데 이것은 건병(建餠)에 가까웠다. 또한 건차는 모두 교목이었다." 심괄은 유년 시절 복건에서 살았는데 이 일대의 차나무를 많이 접했을 것이니 '교목'이라 함은 당연히 큰 차나무를 가리키는 것이다. 때문에 그는 이 책에서 두 번이나 다사를 논했다.

명나라 때 『대리부지(大理府志)』에는 "푸른 산을 태우고 차나무를 키웠더니 한 자가 되더라."라는 기록이 있다. 청나라 때인 19세기 말 영국인 윌슨은 중국의 서남지역의 식물을 고찰하고 그의 저서 『중국서부유기(中國西部游記)』에서 이렇게 말했다. "사천 중북부의 산비탈에서 차나무 군락을 발견했는데 그 키가 보통 십 피트나 혹은 그 이상이 되어 야생 차나무와 아주 흡사했다."

최근 수십 년 이래 중국에서 야생 차나무를 발견했다는 보도가 끊이지 않고 있다. 1939년 귀주(貴州) 무천(務川)현에서는 야생 큰 차나무가 한 그루 발견되었는데 그 키가 7.5m나 되었다. 그 이듬해 무천 서북의 노응(老鷹)산에서는 십여 그루의 차나무가 발견되었는데 그 키가 모두 6.6m에 이르는 큰 차나무였다. 1976년에는 도진(道眞)현의 숲에서 13m나 되는 큰 차나무가 발견되었다. 이와 동시에 중국의 운남, 광동, 광서, 복건, 호남 등지에서도 높이가 10m 이상인 야생 큰 차나무가 차례로 발견되었다. 이 가운데 가장 이름난 것은 운남(雲南) 맹해(勐海)현 남나(南糯)산에서 발견한 '차나무 왕'을 꼽는다.

아름답고 풍요로운 곳, 서쌍판납(西雙版納, 중국 남부 운남성에 위치함)은 중국과 동남아 식물계가 생겨난 요람이자, 천연 유적지라는 명성을 갖추고 있다. 이곳에는 지금까지도 야생식물이 대량 생장하고 있으

●차는 남방의
아름다운 나무이다.

며 그 가운데 '공명유종(孔明遺種)' 혹은 '무후유종(武侯遺種)'이라 불리는 '차나무 왕'이 있다. '차나무 왕'은 높이 5.5m, 둘레 10m로 1,100m 높이의 산비탈에서 자라며 나이가 800년을 넘는다. 키가 가장 큰 차나무는 아니지만 현재 세계에서 가장 잘 보존되어 온 차나무로 꼽힌다. 이렇듯 오랜 역사를 가진 고목이지만 그 풍채는 한창 때 못지않아 찻잎은 여전히 푸름을 자랑하며 대지를 덮을 듯 우거져 있다.

'차나무 왕'의 발견은 많은 국내외 학자들의 관심을 불러 모았다. 화학 성분 테스트를 거쳐 EC(epicatechin)와 EGCG(Epigallocatechin Gallate) 등 카테킨(catechin) 함량이 비교적 높다는 것이 증명되었다. 이것은 살아있는 화석과 같아 중국의 오래된 야생 대형 차나무의 자원과 그 이용을 더 깊게 연구하는 과정에서 대단히 큰 의미가 있다. '차나무 왕'은 과연 중국의 국보라 할 만하다.

중국에 널리 퍼진 차 마시기

중국은 역사가 유구하고 대단히 이성적인 나라이다. 일찍이 고대 인류가 막 동물속(屬)에서 분리되어 나온 이후 선조인 복희씨(伏羲氏)는 사람의 이성을 가지고 "우러러서는 하늘에서 상(象)을 관찰했고 굽어서는 땅에서 법칙을 관찰했으며 금수의 무늬와 땅의 마땅함을 살피고, 가깝게는 몸에서 진리를 찾고 멀게는 사물에서 진리를 취했다. 이에 비로소 팔괘(八卦)를 만들어 신명의 덕에 통하고, 만물의 정상(情狀)을 구분했다."(『역경 · 계사전(系辭傳)』) 이후 천만 년 역사의 발전 과정에서 모든 일월성진(日月星辰), 풍우뢰전(風雨雷電), 산천하해(山川河海), 초목조수(草木鳥獸), 우주 간 삼라만상의 변화무쌍한 모든 사물들

에 철학자의 이성적 탐색을 부여했으며 사람의 의식, 관념, 지혜를 융화시키지 않은 것이 없었다. "구름, 안개, 샘, 돌, 꽃, 새, 이끼, 숲이 금처럼 비단처럼 펼쳐진 것은 모두 영혼을 함축적으로 표현한 것이다."(왕부(王夫)의 말)는 말에서 이러한 인식이 나타난다. 그리하여 천하 만물은 모두 뜻을 전달하고 감정을 표현하고 철학적 이치를 널리 알리며 행위를 규범화하는 정신문화가 되었다. 차도 바로 이러한 정신문화를 표현한 사물이다.

차나무는 원래 중국 남방지역의 일반 식물이었는데 전설 속의 신농씨가 그 약물적 가치를 발견한 이후 서서히 주목받기 시작하여 남방지역의 '아름다운 나무' 가 되었다. 때문에 중국의 찻잎이 최초로 배양되어 발전을 이룬 곳 또한 남방지역이었다. 청나라 때 학자인 고염무(顧炎武)는 "진(秦)이 촉(蜀)을 취한 후로부터 차 마시기가 시작되었다."고 지적한 바 있다. 즉 중국의 차 마시는 습관은 진이 파촉(巴蜀)을 통일한 후로 차차 전파되기 시작했다고 인식한 것이다.

● 파촉은 중국의 초기 다업(茶業) 역사상 두드러지는 위치를 차지한다.

● 호남 천량(千兩)차

　파촉의 차 생산은 문헌의 기록과 고증에 근거하여 보건대 전국 시대로 거슬러 올라간다. 당시 파촉에는 이미 일정규모의 차밭지대가 형성되어 있었으며 차가 진상품 가운데 하나였다. 『화양국지(華陽國志)』의 기록을 보면 주나라 무왕(武王)이 주왕(紂王)을 토벌할 때 파촉의 지지를 받았는데 이 때 파촉이 주나라 천자에게 바친 '공물'에 이미 찻잎이 포함되어 있었다.

　파촉은 중국의 초기 다업(茶業) 역사상 두드러지는 위치를 차지한다. 왕포(王褒)의 『동약(童約)』에는 "차를 끓이고 도구를 갖춘다.", "무양에서 차를 사온다."라는 명확한 기록이 있다. 전자는 서한 시대 성도(成都) 일대에 이미 차 마시는 습관이 성행했을 뿐 아니라 전문적으로 다기를 사용했음을 잘 나타낸다. 후자는 찻잎이 이미 상품화되어 '무양'과 같은 찻잎 시장이 출현하기에 이르렀음을 보여준다. 이로부터 당시 성도가 이미 중국 찻잎의 소비 중심지였음을 알 수 있으며, 뿐만 아니라 후대의 문헌 기록으로 보건대 최초의 찻잎 집산지를 형성했을 가능성이 크다. 진(秦)나라 이전 시대뿐 아니라 진한(秦漢)과 서진(西晉), 그리고 파촉 또한 중국의 찻잎 생산과 기술의 주요 중심지였다.

　진한이 중국을 통일한 후 파촉과 각지의 경제 문화 교류가 이루어지면서 다업도 발전을 이룬다. 특히 차의 가공, 재배는 동남부로 가장 먼저 전파되었다. 예를 들어 호남(湖南) 다릉(茶陵)의 이름에서도 이러한 사실을 잘 알 수 있다. 다릉은 서한시대에 생긴 현(縣)으로 차로 이름난 지역이다. 다릉은 강서(江西), 광동(廣東) 변경지대와 인접했으며 서한시대 차의 생산이 이미 상(湘), 월(粵), 감(贛) 등 인접 지역으로 전파되었음을 알 수 있다.

삼국, 서진 시대에 이르러, 형초(荊楚)지방의 다업과 찻잎 문화는 전국적으로 발전했다. 또한 그 지리적 조건에 힘입어 장강 중류와 화중지방이 중국 차문화 전파에서 차지하는 위치는 점차 파촉을 대신하게 되었으며 그 중요성이 더욱 두드러지기 시작했다. 이 때 남방지역 차나무 재배 규모와 범위는 크게 발전하여 차 마시는 문화가 북방 명문 호족(豪族)들에게까지 전해졌다.

서진의 남도(南渡) 후 북방 호족들은 강을 건너 남쪽으로 내려와 거주하게 되었고 건강(建康, 남경(南京))은 중국 남방의 정치적 중심지로 부상했다. 이 시기 상층사회에서는 차를 숭상하는 풍조가 성행했는데 남방 특히 강동지역의 차 마시기 문화와 찻잎 문화가 크게 발전했으며 중국 다업을 동남부로 더욱 보급하는 계기가 되었다. 중국 동남부 지역의 차 재배는 절서(浙西)에서 오늘날의 온주(溫州), 영파(寧波)연해 지역까지 확대되었다. 뿐만 아니라 『동군록(桐君錄)』의 "서양(西陽), 무창(武昌) 진릉(晉陵)에서 모두 좋은 차가 난다."는 기록에서 보듯, 진릉 즉 상주(常州)는 의흥(宜興)에서 차가 났으며 동진과 남조(南朝) 시대에 이르러서는 장강 하류 의흥 일대의 다업도 이름이 나기 시작했음을 알 수 있다. 다업의 중심지가 동쪽으로 이동하는 추세가 날로 두드러지면서 파촉은 더 이상 전국에서 유일한 차 생산지가 아니었다.

'다(茶)'라는 글자가 생기고, 차와 관련한 서적이 나오고(『다경』은 대표적인 차 전문 서적), 차의 판매가 이루어져 '다마호시(茶馬互市, 당송 시대에 차와 말을 교역했던 시장)'가 출현하는 등 이 모든 것이 당나라 때에 시작되었다. 당나라 시대에는 다업이 흥했을 뿐 아니라 차문화의 형성과 발전이 이루어졌다. 당정 귀족은 차로써 여가를 즐기고, 문인은 차로써 글의 구상을 북돋우고, 철학자는 차로 참선하는 등 차를 마신다는 의미가 해갈의 자연적 기능에서 정신적인 영역으로 확대되었다. 『선부경수록(膳夫經手錄)』에는 "오늘날 관서(關西), 산동(山東), 여염(閭閻) 마을이 모두 차를 마신다. 여러 날 음식을 먹지 못하는 것은 괜찮으나 하루라도 차가 없으면 안 된다."는 기록이 있다. 중원과 서북 소수민족 지역에는 차를 즐기는 풍습이 있어 남방지역의 차 생산은 유래 없는 발전을 이루기 시작했다. 특히 북방과의 교통이 편리한 강남(江南), 회남(淮南)의 차밭지대는 차가 더욱 활발하게 생산되었다.

● 북송 여인들이 차를 달일 때 사용하던 화로

당나라 시대 중엽 이후 장강 중하류 차밭 지대는 차 생산량이 대폭 증가했을 뿐 아니라 차 제조 기술 또한 당대 최고 수준이었다. 이같이 높은 수준 덕분에 호남 자순(紫筍)차와 상주 양선(陽羨)차는 진상품이 되었다. 찻잎 생산과 기술의 중심은 장강 중하류로 정식으로 옮겨졌다. 이 시기 찻잎 생산지는 이미 오늘날의 사천, 섬서(陝西), 호북(湖北), 운남(雲南), 광서(廣西), 귀주(貴州), 호남(湖南), 광동(廣東), 복건(福建), 강

서(江西), 절강(浙江), 강소(江蘇), 안휘(安徽), 하남(河南) 등 14개 성 지역으로 확산되어 거의 중국의 근대 차 생산지대에 상당하는 수준에 이른다.

오대(五代)와 송나라 초부터 전국의 기후가 온난에서 한랭으로 바뀌면서, 중국 남방지역 남부의 다업이 북부보다 더 빠르게 발전했고 이 지역은 점차 장강 중하류 차밭지대를 대신해 송나라 다업의 중심지가 되었다. 그리하여 공차(貢茶)는 고저(顧渚)의 자순차에서 복건의 건안(建安)차로 바뀌었고 당나라 시대까지도 아직 조건이 성숙하지 않았던 민남(閩南)과 영남(嶺南) 일대의 다업이 눈에 띄게 발전하기 시작했다.

송나라 때 다업의 중심이 남쪽으로 옮겨가게 된 주요 원인은 기후의 변화이다. 강남(江南)의 초봄 기온이 하락해 차나무의 발아가 늦어지자 찻잎을 청명 전에 수도로 보내는 것이 어려워졌다. 이에 비해 복건은 기후가 비교적 온난하여 구양수(歐陽修)가 "건안차가 삼천 리를 넘어 온 덕분에, 수도에서 3월에 새 차를 맛볼 수 있다."라고 표현했던 것처럼 봄에 수도로 차를 보내는 일이 가능했다. 진상차로서 건안차의 채집과 제조수준이 더욱 향상되었고 명성은 갈수록 높아져 중국 단차(團茶, 둥글게 만든 고형차), 병차(餅茶, 두꺼운 빈대떡처럼 만든 차) 제작의 주요 중심 기술이 되었으며 민남과 영남 차밭 지대의 발전을 촉진했다.

이로부터 송나라 때에 이르러 차가 이미 전국 각지로 전파되었음을 알 수 있다. 송나라 때 차밭 지대는 기본적으로 이미 현대 차밭 지대 범위와 유사하다. 명청 이후 차를 즐기는 풍조는 날로 성행했으며 더욱 보편화되었다. 사람들의 일상생활, 음식, 접대에 늘 차가 빠지는 법이 없었고 각 도시와 마을에는 차루(茶樓), 차관(茶館)이 즐비하게 늘어서 찻잎 생산의 발전을 더욱 촉진했다.

중국 고대 무역의 핵심 품목, 차와 말

서안(西安)에 가서 진시황의 병마용을 본 적이 있는 사람이라면 그 장관을 이루는 거대한 공정과 정교한 기술에 경탄을 금할 수 없었을 것이다. 2,000여 년 전 뛰어난 재능과 원대한 계략의 진시황은 그의 생전에 있었던 웅대한 전쟁 장면을 전시하기 위해 지하 궁전 안에 절로 감탄을 자아내게 할 규모로 병사, 말, 차를 만들어 놓았다.

고대 전쟁에서는 기병이 주력군이었으며 말은 전쟁에서 승부를 결정하는 중요한 조건이었으니, 시황제가 살아있는 듯 생동감 넘치는 준마를 이렇듯 많이 남긴 것도 이해가 간다.

전마(戰馬)라고 하면 장건(張騫)이 서역에 갔을 때 발생한 고사가 생각난다. 서한시대 한 무제 유철(劉徹)은 장건을 서역에 파견했다. 언젠가 그가 대완국(大宛國)이라 불리는 곳에 간 적이 있다. 그곳은 땅이 넓고 인구가 적은 나라였는데 그는 거기에 사는 사람들이 모두 말 타기를 좋아한다는 사실을 알게 되었다. 이곳의 말은 민첩하고 용맹하며 잘 달렸다. 그는 여기에서 피땀을 흘리는 말을 보게 되었고 이를 천마(天馬)라 불렀다. 장건은 이것이 보기 드문 좋은 말임을 알고 돌아간 후 한 무제에게 이 사실을 보고했다. 한 무제는 사자를 파견하여 천금을 주고 대완국에 가서 말을 사도록 했다. 대완국 왕은 한이 그들로부터 멀기 때문에 군대가 쳐들어올 수 없다고 여겼고 그들에게는 이 또한 보마(寶馬)였으므로 말을 팔지 않고 보내온 사자마저도 죽였다. 진노한 한 무제는 곧장 대장군 이광(李廣) 등 십여만 군대를 보내어 대완국을 정벌토록 했고, 4년에 걸친 전쟁 끝에 대완국 사람들은 두려움에 그들의 왕을 참하고 말 3,000필을 바쳤다. (『전한서(前漢書)·서역전(西域傳)』)

자고(自古)이래 중원지대에 살아온 한족과 소수민족은 경제, 문화

방면에서 밀접하게 교류해왔다. 당나라 조정은 더욱 폭넓게 우호정책을 펼쳐 이러한 교류를 강화하고 우의를 촉진했다. 안록산(安祿山)의 난으로 당이 위기를 맞자, 위구르족이 두 차례에 걸쳐 군사를 보내 난의 평정을 도왔으며 그 보답으로 명마와 차를 가지고 돌아갔다. 이것이 차와 말 무역의 효시가 되었다.

변경의 소수민족은 목축을 생업으로 하여 고기와 젖을 가장 중시했는데 차는 육식의 노린내를 없애주고 밤샘 후의 몽롱함을 씻어주었다. 송대에 이르러 유목민의 차 마시기는 보편화되어 "이인(夷人)은 하루도 차 없이 살 수 없다."고 할 정도가 되었고 위로는 귀족에서 아래로는 서민에 이르기까지 차를 마시지 않는 이가 없었다.

고대 사람들은 "국가의 대사는 무기에 달렸고 무기의 으뜸은 말이다."라고 말했다. 북송과 요(遼), 서하(西夏)는 수년에 걸친 전쟁 탓에 군비가 막대하게 지출되었으며 전마 부족에 시달렸

● 명(明)대 정운붕(丁云鵬)의 《자차도(煮茶圖)》

다. 희녕(熙寧) 7년(1074년) 왕소(王韶)는 하주(河州)를 수복한 후 신종(神宗)에게 이렇게 아뢰었다. "서인(西人)들은 좋은 말을 많이 가지고 있어 이를 팔아 차를 사 마십니다." 신종은 즉시 사천으로 사람을 보내 내륙지역의 남아도는 차를 팔아 대신 좋은 말로 바꿈으로써 그 부족함을 메웠으니, 이것이야말로 누이 좋고 매부 좋은 일이었다. 차와 말 무역은 형세의 발전에 따라 왕성하게 이루어졌으며 한족과 유목민족 간 경제교류의 중요한 형식이 되었다.

송나라 때 차와 말의 무역 정책은 날로 개선되어 여러 가지 강력한 조치가 취해졌다. 예를 들어 말 교역 수와 가격은 "시세에 따라 증감하

● 교역통로인 다마고도(茶馬古道) 위에 발전하기 시작한 요충지, 여강(麗江)

고 가격을 고정하지 않는다.”고 정하고 “말 가격은 아홉 등급으로 나눈다.”라고 규정하여 말의 등급에 따라 차의 양을 달리했다. 또한 말을 사는 데 드는 차의 가격이 전매 가격보다 낮아 ‘말이 많으면 차의 판매도 늘어나는’ 교역에 유리한 조건을 만들고, 품질이 좋은 차는 말 교역에만 전용하도록 하고 말 교역 임무가 완성되기 전에는 상인들의 판매를 금지시키는 등 규정을 강화했다. 이러한 모든 규정은 상품 교환 원칙과 상품 경제의 객관적 규율에도 부합하여 소수민족의 옹호를 받았으며 이에 힘입어 차와 말 무역은 지속적으로 전개되었다.

● 장가구(張家口)는 명나라 때 ‘마시장’을 개설한 주요 교류장소였으며 유목민은 만리장성 아래에서 말을 차로 바꾸었다.

　명청 시대에 차와 말의 교환 가격은 기본적으로 같은 수준이었으며 다만 약간의 조정이 있었다. 명 태조(太祖) 홍무(洪武) 22년(기원후 1388년)에 차 120근은 상등품 말 한 필로, 차 70근은 중등품 말 한 필로, 차 50근은 하등품 말 한 필로 교환할 수 있었다. 청나라 순치(順治) 연간(1650년대)에 상등품 말 한 필을 얻는 데는 여전히 차 120근이 필요했으며 중등품 말은 90근, 하등품 말은 70근으로 교환할 수 있었다. 조정에서는 차와 말 무역의 순조로운 진행을 위해 많은 법령을 제정하고 사적인 차 반출을 엄금했다. 그런데도 목숨을 무릅쓰고 법을 어기는 자들이 일부 있었다. 명 태조 주원장(朱元璋)의 사위인 도위(都尉) 구양륜(歐陽倫)과 조국공(曹國公) 이경융(李景隆)은 홍무 30년(1397년)에 서역으로 간 일이 있었다. 권세를 등에 업은 채 금령을 어기고 섬서에서 차를 밀반출했던 두 부마는 결국 장인에게 죽임을 당했다.

● 서인들은 좋은 말을 많이 가지고 있어 이를 팔아 차를 사 마셨다.

강희(康熙), 옹정(雍正) 시대에 이르러 청조는 만주족과 몽골족으로부터 말의 유입을 통제하고 찰압이(察合爾)와 요서(遼西)에 목마장을 세웠으며, 건륭(乾隆) 연간에는 이것을 감소(甘肅), 신강(新疆) 두 지역에 늘려 설립함으로써 군마와 어마(御馬)의 수요를 해결했다. 이와 동시에 변경지역의 경제가 발전하고 서민생활이 나아짐에 따라 내륙상품에 대한 수요와 품종이 날로 증가했다. 따라서 단순한 차와 말의 무역만으로는 이미 그들의 수요를 만족할 수 없게 되었다. 이에 조정은 다시 "만주와 몽골은 한 가족이다." "내외일체" 등의 구호를 내걸었고 그 후 몽골족, 장(藏)족, 회(回)족 등 이민족 상인들이 내륙으로 쏟아져 들어왔을 뿐 아니라 내륙 상인들도 변경으로 들어가게 되었다. 이로써 자본주의의 싹이 한 걸음 성장하고 정부가 만들었던 차와 말 무역의 틀이 깨지는 계기가 되었다. 이 시기는 전국적인 대규모 전쟁은 이미 막을 내리고 봉건 통치 질서가 한층 더 안정되던 때였다. 조정은 차와 말 무역에

●송나라 때부터 유목민의 차 마시기는 이미 보편화되었다.

시들해지기 시작했다. 청조 말에는 다표(茶票)가 차 매매 특허권인 다
인(茶引)을 대신하면서 차와 말 무역에도 형식상의 변화가 나타나 새로
운 방식으로 대체되었다.

2 차 이름의 변천사

신농은 모든 식물을 맛보고 독이 있는지 없는지 감별하였다.

하루는 푸른 나무에 싹튼 연한 잎을 발견하고 맛을 보았는데

이 잎은 대단히 신기하여 뱃속을 아래위로 돌아다니며

몸속을 깨끗히 씻어 주었다. 신농은 이 잎을 도라고 이름지었고

이것이 현대의 차가 되었다.

차의 변천사

거대한 오천 년의 중국문명사를 펼치면 가장 먼저 눈에 들어오는 것은 바로 궁고(亘古)의 신화이다. 천지를 열었다는 반고(盤古)의 전설을 들어본 적이 있는가? 그것은 선조들이 하늘의 별을 우러러보고 망망한 대지를 굽어보며 세상의 기원을 탐구하여 깨달은 '하늘의 학문'이다. 후예사일(後羿射日)의 전설을 들어본 적이 있는가? 그것은 가뭄으로 고통받던 시대에 선조들이 뜨겁게 계속되던 가뭄재해와 사투를 벌이던 비장한 서사시였다. 대우치수(大禹治水)의 설화를 아는가? 그것은 오랜 옛날 인류가 죽음을 두려워하지 않고 세찬 홍수와 맞서는 기개 넘치는 비가이다.

● 신농은 매일 백초를 맛보느라 어떤 때는 하루에도 몇 차례 중독되기도 했는데 그 때마다 '차'로 해독했다

　신농이 백초(百草)를 맛볼 때 차로 독을 풀었다는 전설은 선조들이 과실 채집 위주의 생활에서 농업 재배 시대로 발전해 나아가는 험난한 과정을 반영하고 있다. 전설 속의 신농은 기이한 인물로 수정처럼 투명한 배를 가지고 있었기 때문에 무슨 음식을 먹든지 간에 사람들은 그의 위장 속을 훤히 볼 수 있었다. 그 당시 인류는 불을 사용하여 음식을 익혀 먹을 줄 몰랐다. 야생과일, 벌레와 물고기, 금수 등의 먹을거리를 모두 날것으로 먹은 탓에 자주 탈이 나곤 했다.

　신농은 인류의 이러한 고통을 해결하기 위해 자신의 특수한 배를 이용하여 보이는 모든 식물을 맛보고, 뱃속에서 이 식물들의 변화를 관찰했다. 그리고는 어떤 식물이 독이 없고 안전하며, 어떤 것이 독이 있어 먹을 수 없는지를 알 수 있게 했다. 이리하여 그는 백초를 맛보기 시작했다. 한번은 그가 푸른 나무에 싹튼 연한 잎을 맛보았다. 이 잎은 대단히 신기하여 뱃속에 들어가면 위에서 아래로, 또는 아래에서 위로 위장 곳곳을 다니며 위장 내부를 씻어주었고, 이 때문에 위장이 금방 깨끗해지는 것을 발견했다. 그는 이 잎을 기억해 두었다가 '도(荼)'라고 이름 지었다. 고증에 따르면 이 '도(荼)'라는 글자가 현대의 '차'가 되었다고 한다. 신농은 매일 백초를 맛보느라 어떤 때는 하루에도 몇 차례 중독되기도 했는데 그 때마다 '차'로 해독했다. 마지막으로 그가 맛본 것은 노란색 작은 꽃이 핀 풀이었는데 그 꽃받침

● 천량차

이 벌어졌다 오므라졌다 하는 것이 신기하여 신농은 잎을 입안에 넣고 천천히 씹어 보았다. 그러자 얼마 안 있어 심한 복통을 느꼈다. '도(茶)'를 먹어 해독하려 했지만 순식간에 그의 위장은 한 마디씩 동강나 결국 죽고 말았다. 신농은 이처럼 일류를 구하기 위해 자신을 희생했다.

신농의 이야기는 단지 전설에 불과하지만 '도(茶)'는 문자로써 『시경』에 최초로 나타난다. 고대의 '도(茶)'는 다의어로 현대에 마시는 차, 느릅나무 열매나 버들잎 같은 식물의 잎, 쇠비름 등의 여러 가지 의미를 포함하고 있었다. 안휘 사범대학 장입보(蔣立甫) 교수가 저술한 『시경선저(詩經選著)』에는 일곱 곳에 '도(茶)' 혹은 '고도(苦茶)'의 기록이 있다. 예를 들어 『시경칠월(詩經七月)』에는 "씀바귀와 땔감을 캐어 내 농부를 먹인다.(采茶薪, 食我農夫)"고 적고 있다. 이 시구의 뜻은 노예들이 먹는 것은 고도(苦茶)요, 태우는 것은 가죽나무이니 그 생활이 실로 궁핍하기 그지없었다는 의미이다. 여기서 말한 고도는 바로 '도(茶)'를 의미한다. 또한 『시경·곡풍(詩經·谷風)』에는 "누가 씀바귀를 쓰다 하였는가, 그 달기가 갓과 같다."고 쓰고 있다. 이 말은 한 버려진 여성이

● '도(茶)'가 다로 변한 것은 『다경』이 나오면서 정형화되었다.

"누가 씀바귀를 쓰다고 말했는가, 나는 그것이 갓과 같이 달다고 느낀다."라고 호소한 것을 반영한 것이다. 그녀의 삶이 쓴 채소보다도 더 고달팠음을 보여준다. 『시경·채령(詩經·采苓)』에는 "씀바귀 캐네, 씀바귀 캐네, 수양산 아래에서(采苦, 采苦, 首陽之下)"라는 구절도 있다. 이상의 두 시구 속의 '도(荼)'와 '고(苦)'는 아마도 우리가 말하는 차와 관련이 있는 듯하다.

'도(荼)'를 사용하여 차의 의미를 명확하게 나타낸 것은 『이아·석목(爾雅·釋木)』편의 '목가, 고도(木賈, 苦荼)'라는 기록이다. 곽박(郭璞)(276~324년)은 "나무가 작아 겨자나무와 비슷하고 사철 푸르며 잎은 끓여서 죽으로 먹는다."고 주해를 달았다. 동한 허신(許慎)의 『설문해자(說文解字)』에는 "도(荼)는 고도(苦荼)인데 풀초변을 떼고 남은 부분에서 획 하나를 없애면 바로 오늘날의 다(茶)자이다."『이아』 외에 『신농본초경(神農本草經)』, 『신농식경(神農食經)』 등 고서적에도 '도(荼)'자에 관한 기록이 있는데 그 가운데 적지 않은 것이 차를 가리킨다. 이러한 변화는 대체로 전국 후기에 나타난 것으로 추측된다. '다(茶)'가 진정한 문자의 형식으로 나타난 것은 당나라 초기의 일이다. 당시 『개원문자의의(開元文字意義)』라는 책에 처음으로 '다(茶)'자가 나왔는데, 이 책은 당현종이 순서를 정하여 공포한 것으로 『설문해자』, 『자림(字林)』과 유사한 자서이다.

문자의 기록은 대단히 복잡한 사회 현상으로 새로운 문자가 막 사용되기 시작하면 옛 문자는 설자리를 잃고 역사무대의 뒤편으로 사라진다. 이 과정에서 신구문자가 병용 공존하는 현상이 나타나게 되었다.

육우의 『다경』이 세상에 나온 후 '도(荼)'의 '다'로의 변화가 비로소 정형화되었다. 육우가 『다경』을 썼을 당시 '도'자는 여전히 많은 사람들에게 그대로 습용되고 있었다. 육우는 선인들의 습관을 깨고 '도

(茶)'를 일률적으로 '다(茶)'로 바꾸어 썼다. 이후 차 마시기 습관이 날로 보급되고 『다경』의 영향력이 점차 깊어지면서 '다(茶)'자는 보편적으로 사람들에게 받아들여졌고 오늘날에 이르게 되었다.

차나무 – 檟

1972년 중국 호남성 장사(長沙)시 동교(東郊)에서 한나라 시대의 고대 무덤이 발견되었다. 이 고대 무덤에서는 2,200년간 깊은 잠을 자던 장사국 승상부인 신추(辛追)의 시신과 많은 수장물품뿐 아니라, '고일사(枯一笥)'와 '고사(枯笥)'의 죽간문(竹簡文)과 목간문의 문헌도 함께 발견되었다. 관련 전문가의 고증에 따르면 고(枯)는 가(檟)의 이체(異體)자이며 소위 고일사, 고사는 바로 '가일상(檟一箱)'과 '가상(檟箱)'을 말한다.

● 공품 타(沱)차

가(檟)는 당나라 이전 차의 별칭이었다. '가'가 차를 의미하게 된 것은 곽박의 『이아주(爾雅注)』에서 최초로 나타났고 그 후 육우가 쓴 『다경』의 일지원과 오지자(五之煮)에도 '가'의 기록이 나온다.

가(檟)는 형성자이다. '가'는 유일하게 나무목(木)변을 쓰는 옛 다(茶)자이며 다(茶)의 음인 'cha'의 선행자이다. '가'는 오늘날 jia(假)로 소리 나며 그 본뜻은 높고 큰 나무, 즉 교목형의 차나무이다. 『다경』에 차나무는 그 키가 수십 척에 이르며 두 사람이 팔을 벌려 안아야 할 만큼 굵은 차나무도 있었다고 기록된 것으로 보아, 선인들은 높고 큰 나무라는 뜻의 '목가(木賈)'를 빌어 와 높고 큰 차나무를 가리킨 것일 가능성이 크다. 이로써 차의 별칭이 생겼다.

사천성 임업대학의 임홍영(林鴻榮) 선생은 『다사탐원(茶事探源)』에서 가(檟)와 도(荼)의 관계를 분명하게 고증했다. 이에 따르면 『이아』에 나와 있는 '가, 고도'의 해석과 일부 훈고학 책에 나와 있는 내용 중에 "아명(雅名)을 듣고 알지 못하는 사람도 그 속명(俗名)을 알면 곧 그 아명을 알 수 있다."라는 말이 있다. '가'는 차의 아명이며 여기서는 속명으로 아명을 해석한 것이다. 그 외에 근대 저명한 학자인 왕국유(王國維) 선생도 『이아』에 나온 초목충어(草木蟲魚)의 속명을 두고 "아명을 함께 씀으로써 다른 느낌을 준다."고 지적한 바 있다. 다시 말해 '고도'의 '고'자는 '도'의 맛을 가리키는 것이며 '도'와 '가'는 마땅히 같은 것을 가리키는 이름인 것이다. 혹자는 이에 대해 '도'의 독음은 tu이고 '가'의 독음은 jia인데 어째서 같은 것을 가리키는 이름이냐고 의문을 제기할지 모르겠다. 사실 여기서 말하는 '도'는 고대에 '도(徒)'라고 읽지 않고 '차(差)'라고 읽었으며 '가'와 '차'의 독음은 비교적 근접하다. 또 다른 고증에 따르면 '도'자는 파촉에서 사용했던 '고도'의 속명을 줄인 이름이며, 『이아』에 나온 '가'자는 사실 '고도'를 붙여 읽은 것을 음역한 것이다. 그래서 중국 진한 시대의 일반 사서(辭書)는 '가'자를 쓰고, 사서(史書) 속 차의 정식 이름으로는 '도'를 많이 쓴다. 결국 『이아』에 나온 '가'는 최초로 '차'를 의미했던 글자임을 확신할 수 있다.

그렇다면 후에 나온 문헌에서는 왜 '가'자를 사용하지 않았을까? 왕포(王褒)의 『동약』에는 "무양에 가서 '도'를 산다."라는 구문이 있고, 『설문해자』에는 "도, 고도는 풀초변을 가진다."고 쓰고 있으며 『광아(廣雅)』에는 "형파간(오늘날 호북, 사천성 일대)에서는 도를 따서 떡을 만든다."라는 기록이 있다. 이로부터 알 수 있듯 한(漢)과 양진(兩晉)의 문헌은 대부분 '도'자를 사용하고 있으며 이것이 진화되어 '차'가 되었

다. '가' 자가 아닌 '도' 자가 '차' 를 의미하는 글자로 발전한 것은 아마
도 당시 『이아』를 보고 이해할 수 있는 계층이 주로 소수의 유생들이었
기 때문일 것이다. 그 외에, '가' 는 '고도' 를 붙여 읽은 것이고 '도' 는
'고도' 를 줄여 읽은 것으로 두 가지 중 어느 것이 더 정확하고 적절하
다고 구분할 수 없었다. 따라서 어느 것을 쓰느냐는 사용자의 습관에
달려 있었다. 민간 특히 대다수 노농계층 서민들은 『이아』에 나온
'고도' 를 어떻게 쓰는지 알지 못했고 이것을 간화하여
'차' 를 쓰게 되었다.

●명(茗)은 남방 사람들이 일찍이 차를 불렀던 이름이다.

    당 이전의 차 관련 문헌 가운데 진(晉)나라 때 왕미(王微)의 『잡시(雜詩)』에는 "그대를 기다려도 돌아오지 않으니 옷깃을 거두고 차라도 마시리라."라는 구문이 있다. 여기서는 목가(木賈)를 차의 의미로 쓴 것 외에 '가'를 다사(茶事)의 의미로도 사용했음을 알 수 있다.

문학 속에서 칭송된 차 - 茗

    명(茗)은 남방 사람들이 일찍이 차를 가리켜 불렀던 이름이다. 오(吳)나라 사람인 육기(陸機)는 『모시초목조수충어소(毛詩草木鳥獸蟲魚屬蔬)』에서 "촉나라 사람은 차를 만들고 오나라 사람은 명(茗)을 만든다."고 말했다. '명'은 다른 이름으로 '천(荈)'이라고도 불렀는데 동진 좌사(左思)의 『교녀시(嬌女詩)』에 "다천(茶荈)으로 인해 마음이 통쾌해져 과장해서 말한다."라는 구절이 있다. 이 부분에서는 '다'와 '천'을 붙여 사용하고 있다. 후세 상류 계층이 차 마시기를 주로 '품명(品茗)'이라고 한 것에서도 '명'이 '차'를 뜻함을 알 수 있다.

    고대 서적 중 '명'을 가장 먼저 쓴 것은 『안자춘추(晏子春秋)』인데 여기에는 "안영이 제나라 경공의 재상이었던 시절 식사할 때 겉껍질 벗긴 쌀밥과 고기 세 꼬치, 다섯 개의 달걀과 태채(苔菜)를 먹었을 뿐이다."라는 구문이 있다.(『안자춘추집석』 참조) 여기 나온 '태채'라는 두 자는 『다경』과 그 이후의 관련 서적에서 '명채(茗菜)'로 인용되고 있다. 이 구문은 안자가 당시 먹은 것이 보통의 거친 쌀밥이었으며 가끔 고기와 달걀을 좀 먹고 차를 마셨을 따름이라는 의미이다. 사학자들의 고증에 따르면 『안자춘추』는 안자 본인이 지은 것이 아니라 동한 사람이 썼을 가능성이 크다. 그 외에 방지(方志)와 기타 고서적의 기록에 따르면 동한시대에 이미 "양선(陽羨)에서 차를 팔다.", 한나라 왕이 명령(茗嶺)에서 "아이에게 다예를 가르친다."라는 전설이 있었다. 한나라 허신의 『설문해자』에서는 '명' 자를 '신부자(新附字)'에 포함하고 "'명'은 도채이며 풀초변을 가지고 '명'이라 소리낸다."고 설명하고 있다. 이로부터 '명' 자의 탄생시기가 대략 한나라 때 즈음임을 알 수 있다.

한나라 이후 '명' 자는 사전에 자주 등장한다. 예를 들어 장읍(張揖)은 『광아』에서 "명반(茗飯)을 짓고 싶다."고 썼다. 진(晉)나라 왕부의 『신이기(神異記)』에는 "산에 들어가 명을 캔다."라는 구절이 있다. 동진(東晉) 곽박의 『이아주(爾雅注)』에는 "지금은 일찍 딴 것은 차라 하고 늦게 딴 것은 명이라 한다."는 구문이 있어 동진 시대 '명'이 이미 늦게 딴 찻잎을 지칭하는 말이었음을 설명해 준다.

남북조 이후 '명'의 함축적 의미는 계속 확대되었고 '차'의 동의어로 지금까지 사용되고 있다. '명'과 '차'를 비교하면 '명'은 주로 서면어로 문헌상에 나타나 우아한 느낌을 준다. 반면에 구어에서는 '차'를 많이 사용한다.

3 차의 성인 경릉자 육우

차의 성인이라 불리는 육우는 전란을 피해 절강 소계에 은거하는 동안 세계 최초의 차 전문서인 다경을 집필했다. 다경은 차의 기원에서부터 차의 종류, 차를 고르고 끓이고 마시는 법 등 풍부한 표현으로 차의 매력을 감칠맛나게 풀어 놓은 차의 백과사전이다.

기인 육우

중국 역사상 시대를 풍미했던 여러 유행들이 있다. 한단(邯鄲)의 걸음걸이, 초나라 궁녀들의 가는 허리, 양가(梁家)의 쪽진 머리, 사공(謝公)의 신발, 작은 산처럼 눈썹을 그리고 이마는 노랗게 하는 화장법, 그리고 과거 '유연무골(柔軟無骨)'이라 불리며 여성들에게 실로 참을 수 없는 고통을 주었던 전족……. 이 모든 것들이 한때 유행하며 많은 사람들이 앞을 다투어 따라했던 풍습이었다. 그러나 유감스럽게도 이것들은 지금까지 전해지지 않을 뿐만 아니라 도리어 후세들의 웃음거리가 되고 있다. 오직 맑은 향을 내는 차만이 장구한 세월을 건너 계속해서 발전하면서 중국의 자랑거리가 되었다. 차는 중국의 성격과 정신에 부합하기 때문에, 한때 뜨거운 호응을 얻으며 유행했던 것에서 그치지 않고 점차 다듬어져 일종의 문화의 모습으로 오늘날까지 전해지게 된 것이다.

중국 차문화에서 가장 큰 공헌을 한 사람이라면 '차성(茶聖)'으로 불리는 경릉자(竟陵子) 육우이다.

육우(기원후 약 733~804년)는 일명 질(疾)이라 하고 자는 홍점(鴻漸)이며 스스로 상저옹(桑苧翁)이라 칭했고 호는 동강자(東岡子) 혹은 경릉자(競陵子)라 했다. 육우의 일생은 험난하고 전기적 색채로 가득하다. 기원후 733년의 어느 날 지적(智積)이라는 스님이 제방을 걷다가 풀숲에서 아기를 발견했다. 울고 있는 모습에 측은해진 스님은 그 아기를 안고 절로 돌아와 키우게 되었다. 아이가 자란 후 『역경』으로 점을 보니 '건(蹇)'과 '점(漸)'이 나왔다. 그 중 '점' 괘에 관하여 상구(上九)의 효사(爻辭)에 '홍점(물새의 일종)이 뭍(陸)에 있으니 그 깃(羽)으로 뜻을 삼을 만하다.'라는 구절이 있었다. 그래서 '육'을 성으로, '우'를 이름으로 하고 '홍점'을 자로 삼게 되었다. 이것이 육우의 이름을 짓게 된 유래이다.

육우는 어려서부터 지적 스님을 따라 자랐다. 지적 스님이 차를 즐겼던 탓에 육우는 어릴 때부터 차 달이기에 능했고 차 마시는 습관을 가지게 되었다. 때문에 차에 관한 풍부한 지식과 경험을 쌓을 수 있었다.

육우가 차를 달이고 마신 것에 관한 기이한 전설은 고대 서적들에 많이 남아 있다. 『기이록(記異錄)』에는 다음과 같은 기록이 있다. 지적 스님은 차 마시기를 즐겼는데 유독 육우가 끓인 차만을 좋아했다. 후에 육우가 수년간 여행을 떠나자, 지적 스님은 더 이상 차를 마시지 않았다. 대

●차의 성인 육우

종(代宗)황제가 이 일을 듣고 스님의 차를 맛보는 능력을 시험해 보고자 지적 스님을 궁으로 불러들인 후 궁중의 차 잘 달이는 자의 차를 지적에게 맛보도록 명했다. 그런데 뜻밖에도 지적은 한 모금 마신 후 더 이상 마시지 않았다. 황제는 이렇게 해서는 그의 진정한 능력을 알 수 없다고 생각하여 비밀리에 육우를 궁으로 불렀다. 다과연을 열고 지적을 다시 청한 후 몰래 육우에게 차를 끓이도록 명했다. 지적 스님은 그

것을 맛본 후 기쁘게 말했다. "이것은 정말 육우가 직접 달인 차로구나!" 그제야 대종 황제는 이 사실을 믿고 즉시 육우를 불러 그의 사부와 대면토록 했다. 이것은 비록 전설에 불과하나 육우가 끓인 차가 분명 독특한 맛을 자랑했음을 증명하기에 충분하다.

육우는 어려서부터 공부하기를 좋아했고 늘 자기발전에 힘쓴 덕분에 9살 때 이미 글을 쓸 수 있었다. 지적은 육우가 불경을 연구하기 바랐지만 육우는 이에 따르지 않았다. 지적 스님은 그를 벌할 생각으로 절과 화장실 청소, 기왓장 나르기, 소 먹이기 등 힘든 일을 하도록 시켰다. 육우는 이렇게 하루 하루 지내다보면 자신은 어떤 지식도 배울 수 없을 뿐더러 늘 야단만 맞게 될 것이라고 생각했다. 홧김에 절을 떠난 육우는 극단에 들어가 나무 인형극을 배웠다. 당시 육우는 겨우 13살 정도였고 생김새도 못생긴데다 말까지 더듬어 중요하지 않은 역할만을

● 육우의 《팽다도》

맡았다. 그러나 그는 늘 열심히 배웠고 훌륭하게 연기를 소화했다. 뿐만 아니라 그는 몇천 자에 이르는 희극을 쓰기도 했다.

　이렇게 2,3년이 흘러 746년 당시 경릉 태수이던 하남사람 이제물(李齊物)을 만났다. 그는 육우의 재능을 대단히 아껴 시집을 선물하기도 하고 직접 시문을 가르치기도 했으며 천문산(天門山)의 추부자(鄒夫子)에게 육우를 소개하여 그곳에서 공부할 수 있도록 추천했다. 이 시기에 공부한 학문은 이후 그의 저서에 견실한 문학적 기초를 마련해주었다. 이제물은 육우가 자라서 관리가 되길 바랐으나 육우는 신분이 천하여 어려서부터 남에게 얹혀살면서 온갖 고생을 맛본 탓에 벼슬길에는 관심이 없었다. 육우는 『육선가(六羨歌)』에서 "황금 잔도 부럽지 않네, 백옥 잔도 부럽지 않네, 젊어 벼슬하는 것도 덧없는 것이요, 늙어 고관에 오르는 것도 바랄 것 못되네, 오직 서강을 따라 경릉성으로 내

● 오진(烏鎭)의 유명한 차관 방려각(訪盧閣)은 려동과 육우가 자주 만났던 장소로 지금까지 보존되고 있다.

려가 고향 땅을 밟고 싶을 뿐"이라고 썼는데, 그가 고관의 높은 녹을 바라지 않고 부귀영화를 원치도 않으며 온 마음을 기울여 차 예술을 논하고 차학(茶學) 연구에 종사하고자 하는 의지를 잘 나타내고 있다.

기원후 755~757년 안사의 난이 일어나자 당현종은 사천으로 도피했고 군웅이 할거했다. 그들은 자신들의 세력을 기반으로 독립왕국을 세웠으나 백성들은 전란으로 고통의 나날을 보낼 뿐이었다. 한수(漢水) 지역은 하남(河南)과 인접한 탓에 전란의 영향을 크게 받아 백성들이 평화롭게 지낼 수 없었다. 육우는 전란을 피해 한수를 따라 장강을 건너 760년에 절강 소계(苕溪, 오늘날의 오흥(吳興))에 이르러 절에 은거하게 되었다. 그간 그는 자주 여행길에 올라 절강, 강소, 강서의 각지를 돌며 찻잎 생산지를 방문하여 직접 조사하고 눈으로 보면서 풍부한 찻잎 지식을 쌓았다. 이외에 육우는 찻잎 관련 자료 수집에 열중하여 경사(經史), 시부(詩賦), 고사, 전설 등을 막론하고 모두 모아두었다.

소계에 은거하는 동안 육우는 스스로를 상저옹이라 칭하며 책읽기에만 열중했다. 수십 년간 보고 들은 차와 관련한 경험들을 집대성한 결과 마침내 세계 최초의 찻잎 전문서 『다경』이 탄생했다. 이로부터 육우는 이름이 나기 시작했고 그의 연구 성과들이 시대를 풍미하면서 차 마시기를 널리 알리게 된다.

육우의 일생을 살펴보면 비록 그 신분이 비천하고 외모가 보잘 것 없으며 때로는 기분대로 일을 처리하여 이해할 수 없는 부분도 있다. 하지만 그는 혈기 왕성한 남성적 면모를 풍기면서도 감정을 중시하여 "약속을 하면 눈비가 오고 호랑이나 이리가 나타난다 하더라도 어기는 법이 없었다."고 한다.

선천적인 결점, 완고한 개성, 뜨거운 감정, 놀라운 재능에 더하여 파란만장한 이력, 실사구시적인 정신, 욕심 없는 마음, 소탈한 기개 등 이

모든 것들이 육우를 차 세계의 창시자이자 민간의 차신(茶神)으로 만들 었다.

차의 바이블 『다경』

"힘은 산을 뽑아버릴 만하고 기운은 세상을 덮을 만하나, 이 제는 쓸모가 없어졌네, 추(항우 의 애마)야! 너마저 걷지 아니하 니, 우희여! 우희여! 너를 위해 해 줄 것이 없구나." 이것은 서 초 패왕 항우가 우희와 헤어질 때의 슬픔을 표현한 노래이다. 초패왕의 살아있는 듯한 위풍당 당한 면모를 보는 듯하다. 패왕 은 『사기(史記)』에 나온 전염력

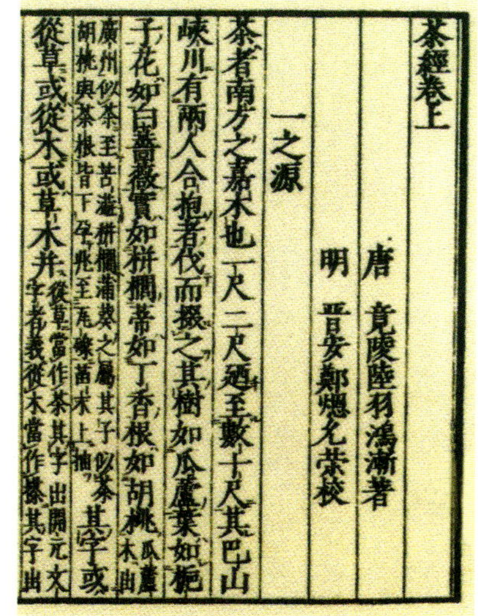

● 『다경』은 차의
백과사전이다.

강한 인물들 중 하나이다. 노신 선생이 이 시를 두고 "역사가의 절창이 요, 산문체의 이소(離騷)이다."라고 감탄할 만도 하다. 차문화의 절창이 라 할 만한 『다경』도 역시 풍부한 언어를 사용하여 차의 매력을 감칠맛 나게 풀어갔다.

『다경』은 국내외에 널리 알려진 세계적 명서로 그 내용이 광범위하 여 차학의 각 방면을 다루고 있다. 명실상부 다도(茶道)의 백과사전이 라 할 만하다. 전권은 상, 중, 하 세 권의 총 10장으로 이루어져 있다. 일지원(一之源), 이지구(二之具), 삼지조(三之造), 사지기(四之器), 오지

자(五之煮), 육지음(六之飮), 칠지사(七之事), 팔지출(八之出), 구지략(九之略), 십지도(十之圖) 등 대략 총 7,000자로 구성되었고 각각 차의 생산, 음용, 다구(茶具), 다사(茶事), 차의 산지 등을 기술했다.

일지원은 『다경』의 중요한 부분 중 하나이며 차의 기원, 차의 모양, 명칭, 맛보는 법과 효능을 기록하였다. 우선 차나무가 중국 남부지방의 훌륭한 나무라고 명확히 기술하고 이어서 당시 파산(巴山) 협천(峽川) 일대에 두 사람이 팔을 벌려 안을 수 있는 큰 차나무가 있었음을 언급했다. 이것은 세계적으로 야생 큰 차나무에 대한 최초의 기록이며 이 움직일 수 없는 사실을 통해 중국이 차나무의 원산지임을 증명하고 있다. 또한 중국의 차나무 원산지 연구에 유력한 근거를 제공한다.

이지구에서는 찻잎을 채집하여 만드는 도구를 주로 기록했다. 채차(采茶), 증차(蒸茶), 병차(餅茶)의 모양, 건조, 계수(計數), 저장의 도구를 포함하여 총 20종 정도의 각종 도구를 기술했다. 이러한 소개를 통해 당대 병차의 생산이 이미 상당 규모를 갖추었음을 알 수 있다.

● 차 제조 기구도 지속적으로 변화하고 있다.

삼지조는 병차의 제조와 품질 감별의 방법을 기록했다. 육우는 찻잎 품질을 감정하는 데 대단히 독창적인 견해를 가지고 있었다. 그에 따르면 병차의 제조는 원료에 따라 서로 다른 여러 형태로 만들 수 있으며 이것을 8개 등급으로 나눌 수 있다. 주름이 비교적 가는 것과 비교적 굵은 것, 구불구불한 주름이 있는 차, 가늘고 잔잔한 물결 모양 주름이 있는 차, 반질반질하고 고랑처럼 파인 흔적이 있는 차, 표면이 죽순껍질 모양으로 되어 있고 껍질이 일어났거나 혹은 떨어지면서 굵기가 있는 거친 차, 연잎 모양의 볼품없는 늙은 차 등이 그것이다. 따라서 육우는 찻잎의 좋고 나쁨을 품평할 때 겉모양, 형태, 색만을 보아서는 알 수 없으며 눈으로 보고 냄새 맡는 것 외에 입으로 맛을 보아야 한다고 강조했다. 이같이 차의 우열을 논하는 것이 객관적이고 공정하다고 그는 말했다.

사지기에서는 차를 끓이고 마시는 데 필요한 28종의 다기를 소개했는데 불 지피기, 차 달이기, 차 말리기, 차 빻기, 차의 양을 가늠하여 물 붓기, 물 여과하기, 찻물 선별하기, 소금 넣기, 차 마시기, 다기 보관하기, 다기 청소하기 등을 기술했다. 이 상세한 소개를 통해 우리는 당나라 때 차 마시기의 절차와 다기 배열을 구체적으로 엿볼 수 있다.

오지자에서는 차탕(茶湯)의 제조 및 물의 등급, 차 끓이는 연료의 선택 등을 기록했는데 그 가운데 물의 사용을 기술하는 부분에서 "물은 산수(山水)가 상품이요, 강수(江水)가 중품이고, 정수(井水)가 하품이다. 산수의 경우라면 젖샘(乳泉)이나 돌로 된 못(石池)에서 천천히 흐르는 것 중에서 위쪽 것이 상품이다."라고 적고 있다. 이러한 수질 우열의 감별 방법은 줄곧 찻물 감별의 기준이 되어 지금까지 사용되고 있다. 물이 좋다고 좋은 차를 끓일 수 있는 것은 결코 아니다. 당나라 때 차 끓이기는 그 절차가 번잡했을 뿐 아니라 불의 세기와 시간을 조절할 때도 세심한 주의가 필요했기 때문이다. 『다경』에는 물고기의 눈모양을 띠며 조그마한 소리를 내면 첫 번째 끓음이요, 가장자리가 샘처럼 잇달아 솟아오르면 두 번째 끓음이며, 세찬 파도의 물보라처럼 거세게 끓어오르면 세 번째 끓음이라고 기록되어 있다. 차탕의 탕화(湯花, 뜨거운 물에 떠오르는 거품)에 대해서는 다음과 같이 묘사하고 있다. "화(華)는 둥근 못 위를 떠다니는 대추꽃 같고 깊은 못에서 막 생겨난 파란 부평초 같고 맑은 날 푸른 하늘에 피어나는 구름 조각 같다. 말(沫)은 물 위에 떠 있는 푸른 엽전 같고 술잔 위에 떨어진 국화꽃 같다. 발(餑)은 끓을 때 화와 말이 겹쳐지는 것으로 마치 하얀 눈 같다." 차 끓이기가 이미 단순한 노동이 아니라 어느 정도 미학적 의미를 가진 고난도의 작업임을 잘 설명하는 이 구문을 보면 지적 스님이 육우가 끓인 차만을 마셨던 이유를 알 것 같다.

육지음에서는 차 마시기의 유구한 역사를 살펴보고 차 마시는 방법을 소개하며 차 마시기의 의의를 강조했다. 육우는 차 마시기에 아홉 가지 어려움이 있다고 인식했다. 즉 조다(造茶, 법도에 맞는 제조), 식별(識別, 차의 선별), 용기(用器, 다구의 사용), 조열(調熱, 불의 조절이나 연료를 취급하는 데 필요한 조심성), 용수(用水, 차 달이는 물의 사용), 건조(乾燥), 연말(碾末, 단차를 가루 내어 물에 달여 마실 수 있게 하는 일), 비탕(沸湯, 물 끓이기), 음용(飮用) 등 9가지를 말하는 것으로 이 9가지에 모두 심혈을 기울여야만 차를 마실 때 물질적 혹은 정신적으로 진정한 즐거움을 충분히 누릴 수 있으며 그렇지 않으면 육우가 말한 민간에서 끓여 만드는 '엄차(闇茶)'가 된다. 이것은 육우가 이상적이라 생각한 향기롭고 그 맛이 오래 남는 차와는 거리가 먼 것이다.

칠지사는 전체 책 내용 중 글자수가 가장 많은 장으로 전체의 약 3분의 1을 차지한다. 이같이 길이가 긴 이유는 무엇일까? 이 부분이 광

● 찻잎의 좋고 나쁨은 겉모양만을 봐서는
알 수 없으며 맛을 보아야만 알 수 있다.
PART 1
To 1660

● 『다경』은 당대 주요 찻잎 생산지를 소개했다.

범위하고 풍부한 내용을 총망라하여 육우가 살던 시대에 수집이 가능했던 차에 관한 모든 자료를 집대성하여 기록했기 때문이다. 육우가 이 장에서 인용한 서적은 45여 종이 넘으며 그 장르에는 사료(史料), 시부(詩賦), 우언(寓言), 소설(小說), 전기(傳記), 고사(故事), 약제(藥劑) 등이 포함되었다. 육우가 당시 보았던 상당수의 고서들은 현재는 남아 있지 않아 이들 현존하는 진귀한 문장은 갈수록 그 중요성을 더하고 있다.

팔지출에서는 당나라 때 주요 찻잎 생산지를 소개했는데 대부분 당시의 8개 도(道)에 차 생산지가 집중되어 있었다. 도는 현재의 성(省)에 해당하는 당나라 때의 행정구역이다. 이 8개 도는 현재의 호북(湖北), 호남(湖南), 섬서(陝西), 하남(河南), 안휘(安徽), 절강(浙江), 강소(江蘇), 사천(四川), 귀주(貴州), 강서(江西), 복건(福建), 광동(廣東), 광서(廣西) 등 13개 성(구)에 해당되며 운남 외에 현재 중국의 주요 차 생산지가 거의 모두 포함된다.

구지략은 비교적 짧은 장으로 170자로 이루어져 있으며 다구(茶具)

와 다기(茶器)의 원활한 사용법을 기술했다. 사지기와 다른 점은 이 장에서는 직접 차를 달일 때 다구를 사용하는 법과 그 현장감을 강조했다는 데 있다. 본장은 가장 중요한 다구를 간략하게 묘사함으로써 실제 차를 마실 때 장소에 따라 적절한 차를 만들고 달이는 데 적용할 수 있도록 했다.

십지도는 가장 간략한 장으로 50자 만으로 이루어져 있다. 흰 명주에 『다경』을 옮겨 적은 것으로 그림을 갖추어 보충 설명함으로써 벽에 걸어 놓고 이해를 도울 수 있도록 했다.

『다경』의 탄생에는 획기적인 의의가 있다. 7,000여 자의 길지 않은 내용으로 인류에게 웅장하고 완전한 규모의 차문화 체계를 전달했다. 그 후 1,000여 년 간 160여 부의 차 관련 서적이 차례로 선을 보였으나 『다경』을 넘어서는 것은 없었다. 1,000년 동안 변함없이 최고의 차 서적으로서의 지위를 지켜온 사실은 『다경』의 과학적 가치를 충분히 증명하고 있다.

4 차에 얽힌 신화와 전설

벽라가 그 잎을 한 잔 우려내어 입가에 대자 그 향이 마음에 스며드는 것을 느꼈다. 한 모금 마시자 입안 가득 향기가 퍼졌고, 두 모금 마시자 목이 시원하고 머리가 맑아졌으며 세 모금 마시자 피로가 사라졌다.

관음보살이 하사한 차

　　중국에서 세 살짜리 어린아이부터 백발의 노인까지 손오공을 모르는 사람은 없다. 손오공은 불의를 참지 못하고 문무의 재능을 겸비하고 눈치가 빠르며 낙관적이고 열정적인 성격을 가졌다. 하늘의 옥황상제와 지하의 염라대왕은 모두 그를 두려워했다. 옥황상제는 그를 제압하기 위해 여래불에게 도움을 청했다. 여래불은 관음보살을 속세로 보내어 손오공을 감화시키고 당승을 보위하여 서천으로 불경을 구하러 가도록 명해 결국 원하던 결과를 얻었다. 관음보살이 어려움과 고통에 처한 사람을 구하고 베푼 선행은 이 일 하나에 그치지 않았다. 중

● 복건 안계 일대에는 '관음이 차를 하사하다'라는 전설이 전해 내려오고 있다.

국에서 관음은 인자함과 위대함의 상징으로 열심히 사는 선량한 사람들의 꿈을 이루어 주는 존재로 인식되어 왔다. 중국 명차 철관음(鐵觀音)의 산지인 복건 안계(安溪) 일대에는 '관음이 차를 하사하다.' 라는 전설이 전해 내려오고 있다.

전해지는 바에 따르면 청조 건륭 연간에 안계현 송림두향(松林頭鄉)에 불교 신도 위음(魏飮)이 있었는데 그의 집안은 관음보살을 모시고 있었다고 한다. 매일 아침 그는 가장 먼저 맑은 차 한 잔을 관음상 앞에 바치는 일을 잊지 않았고 늘 경건하게 불상을 모셨다. 어느 날 저녁 위음의 꿈 속에 관음보살이 나타났다. 관음보살은 그의 집 뒤편에 있는 벼랑 위에 서있었는데, 금빛 나는 옷을 걸친 모습이었다. 그는 황급히 두 손을 합장하고 벼랑 위로 뛰어 올라가 관음 앞에 무릎을 꿇고 절을 올렸다. 잠시 후 관음이 사라지자 관음이 서 있던 바위에서 기이한 차나무 한 그루가 생겨났다. 그 차나무는 햇빛 아래에서 반짝반짝 빛을 내며 사람을 매료시키는 향기를 내뿜고 있었다. 다음날, 그는 어젯밤의 일이 잊혀지지 않아 꿈에서 본 길을 따라 산에 올라가기로 결심했다. 그가 집 뒤의 벼랑에 올랐을 때 과연 바위 사이로 한 그루의 차나무가 바람을 맞으며 서 있는 것이 보였다. 그가 황급히 다가가 살펴보니 찻잎이 무성하고 향기가 코를 찌르는 등 모든 것이 꿈에서 본 것과 한 치의 오차도 없었다. 위음은 이것이 관음이 그에게 하사한 차나무임에 틀림없다고 확신했다. 그래서 그는 차나무를 파내어 집으로 돌아와 정원에 심고 정성껏 가꾸었으며 무성번식법으로 가지꽂기를 하여 번식시켰다. 이 차나무에서 딴 찻잎이 윤이 나고 녹갈색을 띠며 철과 같이 실한데다

● 차나무에서 딴 찻잎이 윤기가 나고 녹갈색을 띠며 철과 같이 실하다 하여 그 이름을 '철관음'이라 했다.

관음이 하사한 것이라 하여 그 이름을 '철관음'이라 했다. 이리하여 널리 알려진 진귀한 차가 탄생하게 되었다.

벽라 아가씨

강소 태호(太湖)의 동정산(洞庭山)에서는 '구리줄 모양, 나선형, 온몸의 흰털, 정신을 잃게 할 만한 향'을 가진 명차가 생산되는데 이를 '벽라춘(碧螺春)'이라 부른다. 벽라춘의 유래에 관하여 아주 재미있는 전설이 전해온다.

● 벽라 아가씨의 전설은 그림같이 아름다운 태호에서 탄생했다.

먼 옛날 동정 막리봉(莫厘峰)에서 기이한 향기가 퍼져 나왔는데 현지인들은 이를 두고 요정이 조화를 부리는 것이라고 여기고 감히 산에 오르지 못했다. 하루는 벽라라는 이름의 용감한 한 처녀가 막리봉에 나

무를 하러 갔다. 산허리에 거의 다다르자 청명한 향이 코를 찔렀다. 벽라는 이를 기이하게 여겨 산 정상 쪽을 바라보았으나 어떠한 것도 발견하지 못했다. 호기심에 이끌린 그녀는 위험을 무릅쓰고 벼랑을 기어올라 산꼭대기에 도달했다. 산꼭대기의 바위 사이로 몇 그루의 짙푸른 차나무만이 보였다. 코를 스치는 향은 아마도 나무에서 뿜어져 나오는 것 같았다. 그녀는 차나무로 다가가 어린잎을 따 품에 안고 산을 내려오기 시작했다. 그러나 품속의 찻잎은 계속 짙은 향을 뿜어냈고 이 향은 갈수록 짙어져 결국 향기에 취해 그녀는 정신을 잃고 말았다. 집으로 돌아온 처녀가 피곤과 갈증을 느껴 품안의 찻잎을 꺼내어 놓자 방안 가득 향기가 퍼졌다. 처녀는 "하살인(사람의 정신을 잃게 한다.), 하살인!"이라고 소리쳤다. 그러나 그 잎을 한 잔 우려내어 입가에 대자 그 향이 마음에 스며드는 것을 느꼈다. 한 모금 마시자 입안 가득 향기가 퍼졌고, 두 모금 마시자 목이 시원하고 머리가 맑아졌으며 세 모금 마시자 피로가 사라졌다. 처녀는 기분이 좋아져 이 귀한 차나무를 집으로 옮겨와 심기로 결심했다. 이튿날 그녀는 괭이를 가지고 작은 차나무를 파내어 서동정(西洞庭)의 돌산 기슭에 옮겨 심고 정성껏 가꾸었다. 몇 년 후 차나무는 가지가 자라고 잎이 무성해졌고 나무에서 뿜어져 나오는 향기는 많은 사람들을 매료시켰다. 처녀는 나무에서 딴 잎으로 차를 우려내어 손님을 대접했는데 온통 흰털로 뒤덮여 있는 이 찻잎의 짙고 맑은 향에 모두가 칭찬을 아끼지 않았다. 사람들이 무슨 차인지를 묻자 처녀는 생각나는대로 "하살인향"이라고 대답했다. 이로부터 하살인향은 이 차의 이름이 되었다.

강희 38년 봄(1699년) 성조(聖祖) 강희는 남쪽 지방 순찰에 나섰는데 당시 서화에 열중하고 차 맛보기에 능했던 시인 송락(宋犖)이 강소 순무(巡撫)를 맡고 있었다. 그는 황제 일행을 맞이하기 위해 특별히 사람을 보내어 동정동산(洞庭東山)의 차 제조 명인이 만든 '하살인향' 차를 구해 황제에게 바쳤다. 강희는 차의 진한 향이 코를 찌르고 잔 속의 차색깔이 연한 녹색을 띠며 찻잎은 창 같기도 하고 깃발 같기도 한 것이 가라앉았다 떠올랐다 하는 것을 보았다. 또한 신선하고 깊은 맛이 입안에 오래 남는 것을 느껴 이를 크게 기뻐하며 그 자리에서 이 차를 진상하도록 명했다. 차의 이름을 묻자 순무 송락은 사실대로 고했는데 강희는 이 차의 이름이 '하살인향'임을 듣고 우아하지 못하고 저속하다고 생각했다. 그래서 새로이 차의 이름을 지어 주기로 했다. 강희 황제는 이 차의 외형이 고르게 가늘고 길며 소라처럼 둥글게 말려 있고 부드럽고 푸른색을 띠며 흰털이 고루 퍼져 있는 것을 보았다. 또한 마침 벽라봉에서 나는 점에 착안하여 이 차의 이름을 '벽라춘'이라고 지었다.

차의 선조가 된 제갈공명

제갈량은 중국 역사상 걸출한 정치가이자 군사가다. 그는 위로는 천문을 연구하고 아래로는 지리를 공부했는데 그 지혜가 뛰어났다. 그에 관한 일화는 셀 수 없이 많다. 주유를 세 번 화나게 한 고사(三氣周瑜), 풀로 가짜 배를 만들어 싸움에서 이긴 고사(草船借劍), 성을 비우는 계략(空城計), 적벽대전(赤壁之戰)……. 그러나 우리에게 생소한 일화가 있다. 아름다운 서쌍판납에서 제갈공명이 다신(茶神) 육우를 대신하여 그 지역의 '다조(茶祖)'가 되었던 일이다.

운남에 위치한 서쌍판납은 아름답고도 매력적인 곳으로, 기후가 사람 살기에 적합하고 일 년 내내 푸르다. 우수한 지리적 환경 덕에 셀 수

없이 많은 기이한 꽃과 나무와 진귀한 짐승들이 서식하고 있을 뿐 아니라, 중국 십대 명차 중 하나인 보이차(普洱茶)의 고향이기도 하다. 서쌍판납에서 품질이 가장 좋은 보이차는 운남의 남나산(南糯山)에서 생산된다. 남나산의 보이차에 관하여 감동적인 전설이 하나 있다. 삼국시대 제갈량은 맹획을 생포하기 위해 서쌍판납의 남나산에 왔었는데 병사들이 물갈이를 하는 바람에 그 중 상당수가 눈병을 앓았다. 제갈량이 소식을 듣고 지팡이 하나를 남나산 군영의 바위에 꽂았다. 신기하게도 그 지팡이는 눈 깜짝할 사이에 차나무로 변해 푸른 찻잎이 돋아났다. 그 잎을 따서 물에 우려내어 병사들에게 마시게 했더니 병사들의 눈이 모두 나았다. 이로부터 사람들은 이 차나무를 '공명차(孔明茶)'라 부르고 이 산을 '공명산'이라 불렀으며 공명을 '다조'로 받들었다. 오늘날까지도 이 지역 소수민족들은 '다조' 공명을 기리기 위하여 공명의 생일인 음력 7월 16일이 되면 '다조회'를 열어 차를 마신다. 또한 달을 감상하고, 민족 전통춤을 추며 '공명등(孔明燈)'을 켬으로써 '다조' 인 제갈량을 기념한다.

● 보이차

중병을 고친 붉은 잎, 대홍포차

차와 선(禪)은 그 연원이 깊고 오래되었으며 '차선일미(茶禪一味, 차와 선이 한 가지 맛)' 라는 말은 지금까지도 완벽하게 표현하기 어려운 이 깊은 함축적 의미를 간결하게 나타내고 있다. 불교는 차의 재배, 차 마시기의 보급과 그 형식 전파 등 여러 방면에서 커다란 공헌을 했다. "천하의 명산에는 승려가 많고, 자고이래 높은 산에서는 좋은 차가 난다."는 말이 있다. 역사상 많은 명차는 모두 사원에서 나온 것이었다. 복건의 오이산(五夷山)에는 기묘한 전설 하나가 전해 오고 있다.

● 대홍포차

옛날 숭안(崇安)의 현령이 중한 병에 걸려 백방으로 약을 썼으나 모두 소용이 없었다. 무이산(武夷山) 무심사(無心寺)의 스님이 이를 알고 산사에서 딴 찻잎을 바쳤는데 뜻밖에도 이것을 몇 차례 먹고는 병이 씻

은 듯이 나왔다. 현령은 이에 감동한 나머지 직접 차나무가 있는 산비
탈에 올라 자신의 관복을 차나무에 걸어 자신의 깊은 감사의 마음을 전
했다. 이 때 그가 걸었던 관복은 붉은 색이었고 이 때부터 이 차나무는
'대홍포(大紅袍)'라 불렸다. 대홍포차는 무이산 천심암(天心巖)의 구룡
채(九龍寨) 부근에서 자라는데 지세가 험하기 때문에 위험을 무릅쓰는
사람만이 볼 수 있다. 이곳에는 한 바위벽에 '대홍포'라는 세 글자가
새겨져 있고 바위틈에 1m 높이의 관목차가 무리를 이루어 자라고 있
다. 모양은 결코 특이하지 않으나 지질이 약간 두텁고 그 잎은 붉은 빛
이 돈다. 아마도 이같이 붉은 빛이야말로 대홍포라는 이름이 붙게 된
진짜 이유는 아닐까!

몽산(蒙山)의 정상에서 자라난 몽정선차

중국의 찬란한 고대문화는 당나라 때에 이르러 절정을 맞는
다. 특히 시가는 역사적 황금시대를 맞아 많은 걸출한 시인을 배출해
냈다. 백거이(白居易)는 바로 그 가운데 가장 유명한 시인 중 하나이다.
그의 『장한가(長恨歌)』와 『비파행(琵琶行)』은 지금까지도 사람들에게
사랑받는 불후의 명작이다. 백거이는 시가 방면에 깊은 조예가 있었을
뿐 아니라 차 마시기에 있어서도 정통한 다인이었다. 그가 평생 가장
좋아하고 높이 평가했던 것은 바로 몽정차(蒙頂茶)였다. "양자강 물은
중품이요, 몽산정의 차는 상품이라."라는 말은 몽정차를 찬양한 유명
한 구절이다.

몽정차는 사천성 공래(邛崍)산맥의 몽산에서 생산되는데 그 채취방
법은 신비스럽기까지 하다. 매년 봄 차나무에서 싹이 나면 현령은 길일

을 선택하여 목욕재계한 후 관복을 입고 관료들을 인솔하여 상청봉(上靑峰)에 오른다. 그리고 나서 순서에 따라 향을 피우고 세 번 절한다. 이어서 선정된 스님 12명이 차밭으로 들어가 현령의 감독 하에 찻잎을 따도록 하되 매 싹에서 잎 하나씩 총 365개의 잎을 채취한다. 차 제조 기술이 능한 스님이 이 잎을 볶아 차를 만든다. 이 때 다른 스님들은 둥글게 둘러 앉아 불경을 외운다. 차를 만든 스님은 새 가마로 찻잎을 말리고 반쯤 말랐을 때 꺼낸 후 둘러앉은 스님들과 함께 이를 종이 위에 하나씩 고르게 펼쳐 가마 입구에 두고 완전히 마르도록 둔다. 다 마른 찻잎 중 푸르게 윤기가 나는 것을 골라 진상용 정품 공차(貢茶)를 만들고, 나머지로는 지방 관리에게 바치는 공차를 만든다.

이 같은 채취 방식은 이미 차를 따는 과정이 아니라 성물(聖物)을 모시는 절차에 가깝다. 이것이 결코 평범한 차가 아니라 선차(仙茶)이기 때문이다.

전해지는 바에 따르면 오래 전 한 노승이 중병에 걸려 오랫동안 치료법을 찾지 못하고 있었다. 어느 날 우연히 한 노인을 만났는데 노인은 몽산 중턱에 차나무가 있으니 춘분을 전후하여 아침 일찍 그곳에 올라 첫 번째 춘뢰(春雷) 소리가 들리기를 기다렸다가 곧바로 잎을 따라고 알려주었다. 또한 잎을 3일간만 따야 하고 3일이 지나면 효과가 없다고 덧붙였다. 3일 안에 1량(兩, 중국의 형량단위. 1량=37.5g)을 채취하여 그곳의 물로 차를 달여 마시면 모든 고질병을 치유할 수 있고, 2량을 마시면 평생 질병 없이 살 수 있으며, 3량을 마시면 환골탈퇴가 가능하고, 4량을 마시면 신선이 된다고 노인은 말했다. 노승은 이 말을 듣고 즉시 산에 올라 작은 집을 짓고 경건하게 때를 기다렸다. 그리고 1량을 채취하여 탕제로 달였는데 그 절반을 마시자 병이 곧 나았다. 뿐만 아니라 며칠 후 스님이 시내로 일을 보러 나갔다가 지인을 만났는

데, 노승의 눈썹과 머리카락이 검어지고 훨씬 젊어져 서른 살 가량의 청년처럼 보인다며 대단히 놀랐다. 노인이 다시 젊어지는 것은 당연히 불가능하며 그것은 단지 사람들의 꿈같은 바람일 뿐이다. 몽정차가 이같이 사랑받는 이유는 전설 때문만은 아니다. 더 중요한 것은 차가 생산되는 곳이 구름에 휩싸인 고산지대이며 이곳이 우수한 차가 자라기에 적합한 좋은 자연환경을 갖추고 있기 때문이다. 아마도 이것이 천년 동안 변함없이 공품으로 사랑받아온 진정한 이유일 것이다.

● 양자강 물은 중(中)품이요,
몽산정의 차는 상(上)품이라.

역병을 치료한 백호은침

이 장에서 소개하려는 것이 중의학의 침구요법이 아닌가 생각하는 독자가 있다면, 먼저 오해가 없기를 바란다. 필자는 이 장에서 복건의 차에 대해 이야기할까 한다.

● 백호은침

복건성 북부의 정화현(政和縣)에서는 명차가 생산되는데 은처럼 흰털과 바늘처럼 곧은 형상을 가졌으며 눈을 밝게 하고 열을 내려주는 효능이 있어 '대화증(大火症)'을 치료할 수 있다고 전해진다. 이 차를 '백호은침(白毫銀針)'이라고 부른다.

전설에 따르면 오래 전 어느 해에 정화 일대에 오랜 가뭄이 계속되고 전염병까지 돌아 병든 자와 죽은 자가 속출하고 있었다. 이 때 동쪽 지방의 구름과 안개에 가려진 동궁산(洞宮山)에 용정(龍井)이 있었고 그 옆에는 몇 그루의 선초(仙草)가 자라고 있었는데 그 즙으로 능히 백 가지 병을 치료할 수 있고 강과 밭에 그 즙을 뿌리면 곧 물이 솟아난다 했

다. 사람들을 구하기 위해 반드시 이 선초를 찾아야만 했다. 당시 많은 용감한 청년들이 선초를 찾아 떠났으나 떠나는 자만 있을 뿐 돌아오는 자는 없었다.

이 마을의 한 집에 삼남매가 살았는데 첫째 형은 지강(志剛), 둘째 형은 지성(志誠), 막내 누이는 지옥(志玉)이라 했다. 세 사람은 선초를 찾으러 떠나기로 했다. 우선 첫째가 떠나, 만일 돌아오지 않으면 둘째가 가기로 했다. 둘째마저도 돌아오지 않으면 셋째가 찾으러 가기로 정했다. 이날 지강은 출발하기 전 조상으로부터 대대로 전해 온 원앙검을 꺼내어 동생들에게 말했다. "만일 이 검에 녹이 슬거든 큰 형은 이 세상 사람이 아닌 줄 알아라." 그리고는 동쪽으로 출발했다.

떠난 지 36일째 되던 날 마침내 동궁산 기슭에 도착했는데 한 백발의 노인이 나타나 그에게 선초를 캐러 산에 오르는 것이냐고 물었다.

지강이 그렇다고 대답하자 노인은 선초가 산 위의 용정 옆에 있으나 산에 오를 때 앞만 보고 절대 뒤돌아보지 말 것을 당부했다. 그렇지 않으면 선초를 얻을 수 없다고 했다. 지강이 단숨에 산허리까지 올랐을 때 눈앞에는 여기저기 바위가 어지러이 널려있을 뿐이었고 어두운 숲의 공포가 엄습해 왔다. 등 뒤에서 부르는 소리가 들렸으나 그는 아랑곳하지 않고 앞만 보며 걸었다. 그러나 이 때 문득 "네가 감히 앞으로 나아가느냐"라는 큰 고함소리가 들렸고 지강은 너무 놀라 뒤를 돌아보았다. 그 순간 그는 어지러운 바위언덕 위의 또 하나의 새로운 바위로 변해버렸다.

한편 집에 있던 지성과 지옥은 칼에 녹이 스는 것을 보고 큰 형이 세상을 떠났음을 알게 되었다. 지성은 쇠화살을 꺼내며 지옥에게 말했다. "내가 선초를 찾으러 간 후 만일 쇠화살에 녹이 슬거든 네가 선초를 찾으러 떠나거라." 지성이 떠난 지 49일째 되던 날 역시 동궁산 기슭에 도착하여 백발의 노인을 만났다. 노인은 그에게도 산에 오를 때 절대 뒤를 돌아보지 말라고 일러주었다. 그가 바위 언덕에 도착했을 때 문득 등 뒤에서 "지성아, 빨리 와서 나를 구해줘."라는 고함소리가 들렸다. 그는 놀라 뒤를 돌아보았고 역시 커다란 바위로 변했다.

지옥은 화살에 녹이 스는 것을 발견하고는 선초를 찾는 책임이 자신에게 돌아왔다는 것을 알게 되었다. 그녀는 즉시 길을 떠났고 중도에 백발 노인을 만났다. 노인은 그녀에게도 절대 뒤돌아보지 말라고 당부하며 구운 참파(장족의 주식)를 건네주었다. 지옥은 감사의 말을 한 후 활과 화살을 메고 계속해서 앞을 향해 걸었다. 바위언덕에 이르렀을 때 이상한 소리가 사방에서 들렸으나 그녀는 침착하게 참파로 귀를 막고 절대 뒤를 돌아보지 않았고 마침내 산꼭대기의 용정이 있는 곳에 도착했다. 그녀는 화살을 꺼내어 검은 용을 죽이고 선초의 잎을 따낸 후 우

물물을 선초에 뿌렸고 선초는 금세 꽃을 피우고 열매를 맺었다. 지옥은 씨앗을 채취하여 즉시 산을 내려왔다. 바위 언덕을 지날 때 백발노인의 분부에 따라 선초 잎의 즙을 모든 바위에 뿌렸고 바위는 모두 사람으로 변해 지강과 지성도 다시 살아났다. 삼남매는 고향으로 돌아온 후 씨앗을 온 산비탈에 심은 후 그 즙으로 사람들의 병을 치료했고 사람들은 금방 완쾌되었다. 이 선초가 바로 차나무이며 그 후로 이 일대 사람들은 해마다 차나무의 잎을 따 잘 말린 후 저장해 두었는데 이것이 백호은침의 유래가 되었다.

5 차 맛의 음미

차를 마시기 가장 좋은 때는 일이 없어 한가할 때,
좋은 손님이 있을 때, 조용히 앉아 있을 때,
시를 읊고 붓을 쓸 때, 잠을 청할 때와 일어날 때, 숙취에서 깰 때,
식욕을 돋우고자 할 때, 깨달음을 가질 때, 감상할 수 있을 때,
조용한 장소가 마련되어 있을 때이다.

차 마시기와 차 음미하기

러시아의 1860년대를 대표하는 사상가이자 문학가인 체르니셰프스키(Chernyshevski, Nikolai Gavrilovich)는 "아름다운 사물이 우리의 마음속에서 불러일으키는 느낌은 마치 사랑하는 사람 앞에 섰을 때 마음속에 넘쳐나는 희열과 같은 것이다."라고 말한 바 있다. 이러한 희열은 바로 일종의 심미감이며, 사람의 심미감은 객관적 심미 대상에 대한 느낌을 능동적으로 반영한 결과라 하겠다. 중국의 조상들은 심미관에 대하여 명확히 논한 바는 없으나, 심미의 품격 면에서는 어떤 민족에게도 뒤떨어지지 않는다. 중국의 전통문화 속에서도 아름다운 사물에 대한 느낌을 표현한 예는 얼마든지 있으며, 차 문화의 경우는 더더욱 그러하다. 차를 음미하는 것은 심미적 능력으로 차의 아름다움을 감상하는 가장 훌륭한 방식이다.

신농이 백초를 맛보고 차를 발견한 후로부터, 차는 '품(品)', '철(啜)', '갈(喝)', '흘(吃)'의 구분을 두기 시작했다. '품', '철'이라 하는 것은, 차의 품질을 감별하고

● 작은 잔으로 천천히 음미하며 마시는 것은 '품(品)', '철(啜)'이라 한다.

차를 감상하기 위해 작은 잔을 사용하여 천천히 마시되, 먼저 그 향을 맡고 후에 그 맛을 보며 마실 때는 소리를 내지 않고 정취를 충분히 느끼도록 하는 것이다. '흘'이라 하는 것은 갈증을 해소하기 위해 큰 잔이나 사발로 급히 마시는 것을 일컫는다. 호남의 어느 농촌에서처럼 차를 다 마신 후, 남은 찻잎까지 함께 씹어 먹는 것은 말 그대로 '흘다(吃茶)'라 한다.

차 마시기와 차 음미하기는 별반 다를 것이 없어 보이나 내포된 뜻을 보면 큰 차이가 있다. 『홍루몽』 제41회의 「가보옥이 농취암에서 차를 음미하다.」에 보면, 묘옥이 당시 유행하던 말을 빌어 한 말이 있다. "한 잔은 음미하는 것이라 할 수 있으나, 두 잔을 마시는 것은 우둔한 짓이요, 세 잔을 마시는 것은 짐승과도 같다." 묘옥의 말은 한마디로 차 마시기와 차 음미하기를 구분 짓고 있다. 차를 마심으로써 우리는 생리적 수요를 만족시킬 수 있으며, 이것은 생리적 쾌감을 가져다준다. 이와 비교해 차를 음미한다는 것은 정신적 향유이며, 천천히 맛을 보고 감상하면서 자신의 감정을 승화시키고, 이를

● 묘옥은 차 마시기를 즐겼으며 차 끓이기의 고수였다.

통해 정신적 희열을 얻는 과정이라 할 수 있다.

　평생 차를 즐겼던 대시인 육우(陸游)는 그의 시에서 "온갖 음식과 술이 넘쳐난다 하나, 그 누가 몽산 자순차의 맛을 알겠는가."라고 했다. 루쉰(魯迅) 선생은 '차 마시기'(『준풍월담(准風月淡)』)라는 글에서 "마실 좋은 차가 있고 좋은 차를 마실 줄 아는 것은 복이다. 그러나 이 복을 누리려면 우선 반드시 노력해야 하고, 훈련으로 다져진 감각을 갖춰야 한다."고 말했다. 이는 그의 차 마시기에 대한 생각을 잘 나타낸다. 그는 또 다른 글을 통해 다음과 같은 이야기를 들려주었다. 한번은 그가 좋은 차 2량을 사서 한 주전자 우려내고는 빨리 식지 않도록 솜저고리로 주전자를 덮어 두었다. 그런데 잠시 후 차를 마시려고 보니 차의 맛이 그가 평소 마셨던 싸구려 차와 별반 다르지 않았고 색깔 또한 탁했다. 그는 자신의 차 달이는 방법이 잘못되었음을 깨달았다. 좋은 차를 마시려면, 뚜껑이 있는 잔을 사용해야 했던 것이다. 그래서 뚜껑이 있는 잔으로 다시 차를 우려냈더니, 그 차는 과연 색이 맑고 맛이 달았으며, 향이 은은하고 쓴맛은 적었다. 한편 그는 그 때 글을 쓰는 중이었는데, 글을 한 단락 마무리하고 다시 차를 한 모금 마셨을 때는 그 맛이 어느새 날아가 버린 뒤였다. 그는 좋은 차는 반드시 아무것도 하지 않고 조용히 앉아있을 때 마셔야 하며, 차를 음미하는 섬세하고도 예민한 감각은 천천히 훈련을 통해 터득되는 것임을 알게 되었다.

　명나라 사람 빙가빈(憑可賓)은 옛사람들이 차를 마시던 습관을 연구하여, 차를 마시기에 가장 좋은 상황을 아래와 같은 13가지로 정리했다.

　첫째, 일이 없을 때이다. 세상일에 매이지 않고 유유자적할 수 있을 때를 말한다.

　둘째, 좋은 손님이 있을 때이다. 고상하고 뜻이 맞는 차벗이 있을 때를 말한다.

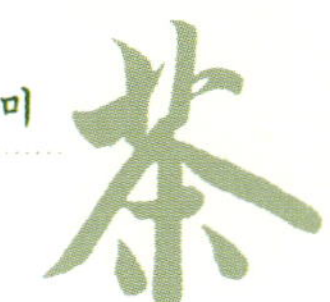

셋째, 조용히 앉아 있을 때이다. 마음이 평안하고, 주위가 조용할 때를 말한다.

넷째, 시를 읊을 때이다. 시는 차흥을 돋구고, 차는 시상을 준다.

다섯째, 붓을 쓸 때이다. 붓에 먹을 적셔 글을 쓸 때 맑은 차가 흥을 더한다.

여섯째, 한가로이 거닐 때이다. 고요하고 한적한 뜰을 유유히 거닐 때를 말한다.

일곱째, 잠을 청할 때와 일어날 때이다. 숙면하여 일찍 일어나고 오랜 꿈에서 깨어날 때를 말한다.

● '문화'라는 이름으로 불리며, 차는 해갈의 차원을 넘어서는 함축적 의미를 가지게 되었다.

여덟째, 숙취에서 깰 때이다. 숙취는 해소하기 어려운데 차가 도움이 된다.

아홉째, 식욕을 돋우고자 할 때이다. 신선하고 입에 맞는 다과는 식욕을 돋워준다.

열째, 조용한 장소가 마련되어 있을 때이다. 차실은 고아한 품격과 운치가 있어야 한다.

열한째, 깨달음을 가질 수 있을 때이다. 마음에 감응이 있고 차 삼매경에 빠질 줄 알아야 한다.

열두째, 감상할 수 있을 때이다. 다도에 능하여 차의 색, 향, 맛, 모양을 느긋하고 세심하게 감상할 수 있어야 한다.

열세째, 차 시중드는 아이가 있을 때이다. 차분하고 영리한 아이가 곁에서 차 시중을 들어주는 경우이다. (『다전(茶箋)』)

여기서의 차는 이미 갈증 해소의 차원을 넘어 다른 무엇과도 견줄 수 없는 문화적이고 정신적인 의미를 함축한다.

'차'가 이러한 정신적 의미를 내포하기 때문에 '문화'라는 이름으로 불리며, 지금의 명차로까지 발전하기에 이르렀고, 갈증을 해소하는 수단에서 세심하게 음미하는 대상으로 발전한 것이다. 따라서 차를 음미하는 것은 어떤 의미에서 볼 때 마음으로 맛을 느끼는 정신적 행위이다. 사람들은 차를 음미하면서 정교한 다기를 감상하고, 차의 맛을 느끼며, 자연의 느낌을 향유한다. 이를 통해 인생의 깨달음과 수련의 경지에 이를 수 있다. 차를 통해, 사람들은 마음을 정화하고, 겸손과 조화를 배우며, 순박함과 절제를 추구하게 된다. 사람들은 차로 예를 다하고, 차로 도를 행하고, 차로 존경을 표하며 차로 마음을 다스린다. 차를 통해 마음의 정화를 이루며 나아가 '수신, 제가, 치국, 평천하'의 높은 이상에 이르게 된다.

중국 고대에는 '천인합일(天人合一)'의 기본 관념이 있었다. 이 관념의 영향으로, 대자연의 푸르른 여린 잎은 순수하고 맑은 찻물로서 인체에 무해한 유익한 음료로, 순백의 차꽃과 더불어 사람과 자연을 하나로 융화시키는 매개체가 되었으며, 사리사욕이 없는 고상한 인격의 상징이자, 세속을 초월하는 도구가 되었다. 음미한다는 것은 조화롭고 평안하게 물아합일(物我合一)의 최고경지에 이르는 가장 효과적인 방법이다.

찻물 긷기와 찻물 음미하기

출렁이는 강물 위에 일엽편주가 유유히 떠 있고 배 위에는 뛰어난 기예의 도인이 손에는 표주박을 든 채 늠름한 모습으로 서 있

다. 급물살을 이루는 중령천에 이르러 그는 침착하게 표주박을 가라앉
히는데 표주박은 달려있는 구리환의 무게로 천천히 아래로 가라앉았
다. 적당한 깊이까지 내려가면 줄을 당겨 표주박의 마개를 열고 샘물이
들어가도록 한 후, 구리환으로 표주박 입구를 막고 바로 줄을 당겨 표
주박을 꺼낸다. 그의 이러한 동작들은 깔끔하고 민첩하여 뱃사람조차
도 그가 급류 속에서 어떻게 샘물을 표주박에 길었는지 분명하게 보지
못했다. 이것은 청나라 사람 장조(張潮)의 『중령천기(中泠泉記)』에서 중
령천 물을 긷는 과정을 묘사한 부분이다.

　물 긷기는 현대인에게 아마도 가장 쉬운 일일지도 모른다. 산수(山
水), 정수(井水), 광천수(礦泉水), 순정수(純淨水)는 모두 청풍명월과 같
고 "아무리 취하여도 다함이 없고 아무리 써도 고갈되지 않으니 조물주
의 무한한 보고로다."라는 말이 무색하지 않은 듯하다. 그러나 중국의

● 산의 샘물을 길어
차를 끓이다.

차 애호가들은 물 긷기의 어렵고 쉬움에는 별 관심을 두지 않는다. 차의 진정한 맛을 최대한 이끌어 낼 수만 있다면 아무리 힘들고 수고롭더라도 반드시 구하고자 하는 것이다. 중령천 물을 긷듯이 말이다.

● 물살이 세찬 강물은 차 끓이기에 적합하지 않다.

선조들은 차를 음미할 때 찻물의 선택을 대단히 중시했다. 찻물을 선택하는 데 가장 조예가 깊고 차별화된 방식을 추구한 사람이라면 아마도 『홍루몽』의 묘옥을 최고로 꼽아야 할 것이다. 묘옥은 「가보옥이 농취암에서 차를 음미하다」라는 부분에서 우선 '여러 해 모아둔 빗물'을 사용하여 가모(賈母)에게 노군미(老君眉)를 끓여주고, 매화설수(梅花雪水)로 대옥(黛玉), 보옥(寶玉), 보차(寶釵)를 위해 '체기차(體己茶)'를 끓인다. 차를 맛본 후 모두들 그 맛이 달고도 깨끗하다고 입을 모았다. 대옥이 물었다. "이것도 여러 해 모아 두었던 빗물로 끓인 것인가요?" 묘옥은 웃으며 말했다. "찻물 맛도 분별 못하시다니! 이것은 제가 5년 전 운묘 반향사에서 지낼 때 매화에 쌓인 눈을 모아 청자 항아리에 담

아 두었던 것인데 아무래도 먹기가 아까워 땅에 묻어두었다가 올 여름에서야 꺼낸 거예요. 저도 한 번밖에 맛을 보지 않았고 이번이 두 번째랍니다. 그런데 이상하네요. 어째서 모르실까요? 작년에 받아둔 빗물이라면 이렇게 맑고 그윽한 맛이 날 리 있겠어요?" '체기차'를 끓인 매화설수를 채취하고 저장하는 방법이 얼마나 세심한 주의를 요구하는 일인지 알 수 있는 대목이다. 뛰어난 학식을 가진 대옥조차도 그 맛을 분별하지 못했으니 그 기이함이 어느 정도인지 알 만하다.

물 긷기에 대해 묘옥은 확실히 고수라 할 만하다. 그러나 그녀는 고대 문학작품에 등장하는 허구의 인물일 뿐이다. 물을 분별하고 음미하는 것에 대해서는 역시 차성 육우가 제일로 꼽힌다.

당나라 때 이야기로 전해오는 고사가 있다. 호주(湖州) 자사(刺史, 지금의 지사(知事)) 이계경(李季卿)이 공무 때문에 회양(淮揚)에 왔다가 우연히 육우를 만났다. 배가 양자역(장강 북쪽의 의정현(儀征縣))에 닿았을 때 그는 육우가 차 끓이기에 능하다는 말을 듣고 믿을 만한 뱃사공에게 강 가운데로 배를 저어 가서 남나수(南糯水, 당시의 가장 좋은 찻물)를 길어오도록 명하고 이것으로 육우에게 차를 끓이도록 청했다. 뱃사공이 물을 길어 온 후 육우는 국자로 물을 가늠해보며 말했다. "물은 장강물이나 남나수는 아니로다." 뱃사공은 "제가 배로 강 가운데까지 가는 것을 사람들이 모두 보았는데 어찌 거짓말을 하겠습니까?"라고 말했다. 육우는 말없이 뱃사공이 물을 항아리에 담는 것을 보고 있었다. 절반정도 담았을 때 육우는 황급히 말리며 말했다. "절반 이후부터는 남나수로군!" 뱃사공이 이 말을 듣고 바로 죄를 인정하며 말했다. "제가 남나수를 해안까지 운반해 왔을 때 배가 흔들려 절반이 쏟아졌습니다. 남은 물이 너무 적은 것 같아 해안가의 물로 채웠습니다." 이 자사는 육우의 물에 대한 감별 능력에 대단히 탄복했다. 육우는 『다경』의 오지자에서 자신이 차를 음미했던 경험을 근거로 이렇게 말했다. "물은 산수가 상품이요, 강수가 중품이고, 정수가 하품이다." 또한 이렇게 덧붙였다. "산수의 경우라면 젖샘이나 돌로 된 못에서 천천히 흐르는 것 중에서 위쪽 것이 상품이다. 용솟음치거나 소용돌이치며 급히 흐르는 물은 먹어서는 안 된다." "강물은 사람들이 사는 곳에서 멀리 떨어진 것을 취하고, 우물물은 길어가는 사람이 많은 것을 취한다."

당시에는 수질을 검사하는 공구도 없었지만 육우는 자신의 실제 경험에 비추어 찻물의 기준을 확립했다. 이 기준은 당시 사람들의 존중을 받았을 뿐 아니라 오늘날에 와서도 일리 있는 것으로 보인다. 뿐만 아니라 육우는 자신이 접한 물의 우열에 대하여 객관적인 평가를 내렸다. 그는 노산(廬山) 강왕(康王)의 곡수(谷水) 렴수(簾水)가 천하제일천, 무석(無錫)현 혜산사(惠山寺)의 석천수(石泉水)가 제이천, 소주(蘇州) 난계(蘭溪)의 석하수(石下水)가 제삼천이라 했다. 협주(峽州) 선자산(扇子山) 아래에 바위가 있는데 어느 날부터 맑고 시원한 물이 새어 나오기 시작했고 그 바위가 어석(魚石)과 같다하여 합마구수(蛤蟆口水)라 불렸는데 육우는 이것을 제사천이라 했고, 소주 호구사(虎丘寺) 석천산수가 제오천, 노산 초현사(招賢寺) 방교택(方橋澤)의 물이 제육천, 양자강 남령수(南零水)가 제칠천, 홍주(洪州) 서산(西山) 서동폭포천이 제팔천, 당주(唐州) 백암현(柏岩顯) 관회수원(觀淮水源)이 제구천, 노산 용지(龍池) 산봉우리의 물이 제십천, 단양현(丹陽顯) 관음사(觀音寺)의 물이 제십일천, 양주(揚州) 대명사(大明寺)의 물이 제십이천, 한강(漢江) 금주(金州) 상류의 중령수(中零水)가 제십삼천, 귀주(歸州) 옥허동(玉虛洞)의 하향계수(下香溪水)가 제십사천, 상주(商州)무관서락수(武關西洛水)가 제십오천, 오송수(吳淞水)는 제십육천, 천대산(天臺山) 서남봉 천장(千丈)폭포수가 제십칠천, 우주(柳州) 원천(園泉)이 제십팔수, 동로엄릉탄수(桐

廬嚴陵灘水)가 제십구천, 설수(雪水)가 제이십천이라 했다.

　육우 이후의 다인들은 대부분 육우의 찻물 감별 이론을 따랐으며, 이 이론을 한 걸음 더 발전시켜 차와 샘물이 조화롭게 어우러지는 최고 경지를 추구하기에 이르렀다. 송나라 사람 채양(蔡襄)은 『다보(茶譜)』에서 "몽산의 가운데 봉우리에서 나는 차를 1량 얻어 이곳 물로 달여 마시면 고질병을 고칠 수 있다."고 말했다. 송나라 휘종(徽宗) 조길(趙佶)은 『대관차론(大觀茶論)』에서 "물은 맑고, 가볍고, 달고, 깨끗한 것을 좋은 것으로 본다. 맑고 단 것은 물의 자연스러운 상태이나 얻기 어렵다. 옛 사람들은 물을 맛볼 때 중령(中泠)과 혜산(惠山)의 것이 상품이라 했다. 거리가 멀건 가깝건 자주 사용하지 않을 경우에는 마땅히 산속 샘의 깨끗한 것을 취해야 한다. 둘째 우물물은 자주 길어야 하는 경우 사용할 수 있다. 만일 강물이 비린내가 나고 진흙에 오염 되었다면 맑고 달다 하더라도 취하지 않는다."고 했다. 이러한 이론의 기초 위에 후세 사람들은 '렬'을 하나 더하였다. 즉 '청(淸, 맑다), 활(活, 살아있다), 경(輕, 가볍다), 감(甘, 달다), 렬(冽, 차다)의 물맛을 음미

● 산천수

하는 오자법(五字法)을 만들었다. 명나라 사람 전일형(田一衡)은 자신의 저서 『자천소품(煮泉小品)』에서 물을 원천(源泉), 석류(石流), 청한(淸寒), 감향(甘香), 의차(宜茶), 령수(靈水), 이천(異泉), 강수(江水), 정수(井水) 등으로 나누었다.

요컨대 옛 선인들이 차를 음미하는 기준은 수질과 물맛 두 가지였는데 수질은 '청', '활', '경'의 조건을 갖추어야 한다고 보았다. '청'은 맑고 투명함을 말하고, '활'은 물이 그 근본과 흐름을 가짐을 의미하며, '경'은 수질이 가벼워 위쪽으로 뜨는 것을 말한다. 물맛에 대해서 '감'과 '렬'을 추구했는데 '감'은 달다는 것을, '렬'은 맑고 차다는 것을 의미한다. 따라서 개괄해 보면 청, 활, 경, 감, 렬의 다섯 가지는 선인들이 물맛을 음미하던 기본 원칙이었다.

차의 우열을 가림

중국 역사상 당나라와 송나라 시대에 무수한 문학의 대가들이 배출되었다. 그들의 작품은 당시 많은 사람들의 추앙을 받았을 뿐 아니라, 오늘날까지도 여전히 사랑받고 있다. 이 문학작품들을 꼼꼼히 살펴보면 당나라 때 문인들의 남성적 기개나 대범함, 혹은 장검을 차고 천하를 누비던 협객의 모습을 송나라 때 문인들에게서는 상대적으로 찾아보기 힘들다. 송나라 문인들의 작품은 더욱 현실적이고 냉정하며 더 내성적이고 세심한 형태를 보인다. 이것은 송나라 문학의 중요한 특징이며 이 특징은 송사(宋詞), 송문(宋文)에 표현되고 있을 뿐 아니라, 차 마시는 방식도 그 영향을 받아 고상하고 세심한 경향을 나타냈다.

차는 당나라 때 왕성하게 일어나 송나라 때 번성했다. 송나라 때 차 제조 방법은 당나라 때에 비해 더욱 정교해졌다. 북송 초기인 태평흥국 3년 무렵(978년) 송 태종은 특사를 파견하여 황실 전용 용봉단차(龍鳳團茶)의 제조를 감독하도록 하고, 찻잎 위에 황권을 상징하는 흔적을 새기도록 했다. 당시 일부 귀족들은 좋은 차로 황제의 환심을 사기 위해 우수한 품질의 찻잎을 진상하려 온갖 방법을 동원했고, 이를 위해서는 우선 찻잎의 품질을 비교해야 했다. 이리하여 '투다(鬪茶, 차의 맛을 겨루는 것)' 풍조가 생겨났고 빠른 속도로 성행하기 시작했다. 소식(蘇軾)은 『려지탄(荔枝嘆)』에서 "그대는 무이계곡의 곡식 잎을 보지 못하였는가, 정위(丁謂)와 채양(蔡襄)이 이것을 모아 서로 의견을 내니, 올해는 맛을 겨루어 관차로 삼아야겠네."라고 말했다. 투다 풍조는 공차 산지로부터 일어나 상층사회에서 성행했고 후에는 민간에까지 보급되었다. 당경(唐庚)은 『투다기(鬪茶記)』에서 "정화(政和) 2년(1112년) 3월 임술일에 두세 군자가 투다를 즐긴다. 용당수(龍塘水)를 취하여 차를 끓이고 이를 음미한다. 어떤 것은 상품으로 어떤 것은 그

91

다음으로 순위를 매긴다.” 라고 썼다. 이로부터 투다를 통해 삼삼오오 지기들이 각자 가지고 있는 좋은 차를 가지고 와 돌아가며 맛을 봄으로써 순위를 정하고, 그 높고 낮음을 가렸다는 사실을 알 수 있다.

투다는 종합적 기예를 감상하는 데 주안점을 두었는데 투다는 차의 품질 감별, 찻가루 가늘게 빻기, 고형차 가루 배합, 점다(點茶, 찻가루를 잔에 넣고 끓인 물을 부어 마시는 가루차 음료법)와 격불(擊拂, 차선을 저으며 거품을 내게 하는 행위) 등의 단계를 포함한다. 각 단계를 모두 숙지해야 하는데 가장 중요한 순서는 점다와 격불이고 그 절정이라 할 수 있는 것은 탕화(湯花, 뜨거운 물에 떠오르는 거품)가 나타나는 부분이다. 그래서 그 승부를 가늠하는 기준이 되는 것은 차의 색깔과 찻물의 색깔이다.

우선 차 색깔이 선명한 백색인지를 보는데 순백색이면 승으로 청백, 회백, 황백색이면 패로 평한다. 차의 색깔이 차 만드는 기술 수준을 반영하기 때문이다. 차의 색깔이 순백인 것은 부드럽고 연한 잎을 따서 제대로 만든 것이나, 푸른색을 띠는 것은 찻잎을 찔 때 화력이 약했기 때문이고, 회색빛을 띠는 것은 찻잎을 찔 때 화력이 너무 세었기 때문이다. 황색을 띠는 것은 찻잎 따는 시기가 적절하지 못했기 때문이고, 홍색을 띠는 것은 찻잎을 말릴 때 화력이 지나쳤기 때문이다. 두 번째로 탕화의 지속 시간을 본다. 송나라 때는 주로 단병차(團餅茶, 시루에서 쪄내고 압착기에서 즙을 짜낸 찻잎을 갈아서 틀에 박아낸 차)를 마셨는데 마시기 전 먼저 다병(茶餅)을 가루로 빻았다. 가늘게 빻아 찻물을 붓고 잘 저으면 탕화가 고르게 나타나 찻잔에 입을 대어도 오래도록 그 거품이 사라지지 않는데 탕화가 일어난 후 금방 사라지면 찻잔에 입을 대기도 전에 찻물 색깔이 드러난다. 그래서 찻물이 일찍 드러나는가 늦게 드러나는가의 여부는 차의 우열을 가리는 근거가 되었다. 투다에

서 찻물 색깔이 일찍 나타나면 패로, 늦게 나타나면 승으로 평가한다.

북송의 문학가 범중엄(范仲淹)은 『화장민종사투다가(和章岷從事鬪茶歌)』에서 투다에 대해 상세하게 묘사했다.

북원차를 천자에게 바치려, 향리의 선비들이 먼저 그 맛을 겨루네.
구름 너머로 수산의 동굴이 보이면, 병을 가지고 중령수를 길러 간다네.
황금 절구로 빻은 녹차가루 날리면, 푸른 옥잔 속에 비취색 파도가 이네.

● 송대의《투다도》

맛을 겨루니 제호(醍醐)를 가벼이
여기고, 향을 겨루니 난지(蘭芝)
보다 은은하다네.
그간의 품평을 어찌 속일 수 있으리,
열 눈 보고 열 손이 가리키네.
이기면 오르지 못할 신선산에 오
른 듯 하고, 지면 가늠할 수 없
이 수치스럽다네.

이 인구에 회자되는 다시(茶詩)는
생동감 있는 이미지로 당시 투
다의 풍경을 묘사했다. 다기
의 아름다움, 차맛의 심오
함, 차향의 유장함이 시인의
붓 아래 하나하나 펼쳐지고 있
다. 마치 신선의 경지에 오른 듯한
승자와 패전병과 같은 패자의
두 가지 표정과 모습이 선
명한 대조를 이룬다. 이러
한 살아있는 듯한 장면은
찻잎이 하늘에서 내린 비
할 데 없는 작물이며 그 최대
의 효능을 발휘해야 함을 표현하
고 있다. 이어서 시인은 이미지적인 비유를
들어 차의 효능을 찬양했다.

● 투다

하늘에서 만들어낸 돌 위의 꽃이여, 섬돌 앞의 심오함이라 할 만 하구나.

세속의 혼탁함을 내가 깨끗이 하고, 천일간의 취기를 내가 깨우네.

굴원이 그 혼백을 부르려 하고, 유령은 벼락같은 소리만 들리네.

려동이 노래하지 않을 수 있으랴, 육우가 경을 짓지 않을 수 있으랴.

천하 만상 중 다성(茶星)이 없다 누가 말하리오.

상산 대인은 영지 먹기를 끊고, 수양 선생은 고사리 캐기를 쉬네.

장안 술값이 천 원 감했고, 성도 약 시장은 그 빛이 없네.

선산의 한 모금과 비할까마는 아름다운 노래 바람 따라 들리네.

여기서의 차는 이미 세속의 생산물이 아니라 섬돌 앞의 상서로운 풀로, 몽롱한 상태의 굴원의 혼백을 불러오고 벼락같이 코를 고는 유령(劉伶)을 깊은 잠에서 깨울 수도 있다. 려동(盧소)이 어찌 차를 위한 천고에 빛날 시를 바치지 않을 수 있었겠는가? 육우는 어찌 다서로써 역사에 길이 전해질 경전을 쓰지 않을 수 있었겠는가? 울창한 숲과 망망한 하늘아래 어찌 다업(茶業)의 위대한 인물이 없다 할 수 있겠는가? 상산사호(商山四皓)는 더 이상 영지를 먹을 필요가 없었고 수양(首陽) 선생은 더 이상 고사리를 캐어 먹지 않아도 되었다. 장안성의 술값은 백 원이나 내려갔고 성도성의 약 시장은 그 명성을 잃었다. 이 모든 것이 바로 가명(佳茗, 아름다운 차)을 마신 데 연유한 것이다. 시 전체에 넘쳐나는 차의 향기는 전국적으로 널리 퍼진 투다 풍조를 예술적으로 그려내고 있다.

『투다가(鬪茶歌)』는 마지막에 "그대는 꽃을 부러워 말라, 여인은 풀을 겨루기만 할 뿐인데, 주옥을 가득 싣고 돌아온다네"하고 쓰고 있다. 이로부터 알 수 있듯 투다의 승자는 명예뿐 아니라 주옥을 가득 얻어온다 했으니 그야말로 명리를 모두 얻는 셈이었다. 많은 사람들이 투다

● 청나라 때 화가 왕승패(汪承霈)의 《군선집축도(群仙集祝圖)》는
투다 모임의 하인 이미지를 묘사했다. 어떤 이는 찻잔을 준비하고 어떤
이는 먼저 차를 마시기도 하는 등 갖가지 표정으로 그려지고 있다.

에 열심이었던 것도 이해할 만하다.

투다는 원나라 때에 이르러 이미 민간에 퍼졌는데 이러한 사실은 지금까지 전해오는 원나라의 유명한 화가 조맹부(趙孟俯)의 《투다도(鬪茶圖)》에서 엿볼 수 있다. 《투다도》는 당시 생활의 숨결을 가득 담은 풍속화로 총 4명의 인물이 그려져 있다. 그들 곁에는 다구를 담은 짐이 몇 개 놓여 있는데, 왼쪽 사람은 짚신을 신고 한손에는 잔을, 한손에는 주전자를 들고 주전자의 차를 잔에 따르려고 하고 있다. 오른쪽에는 두 사람이 서있는데 두 눈은 앞 사람을 응시하고 있는 것이 마치 찻물의 특색에 대한 설명을 경청하며 대답을 준비하는 듯하다. 그림 속 인물들의 모습이나 옷차림을 보건대 문인 같지는 않고 오히려 이곳저곳을 유랑하는 잡화 장수 같다. 투다 풍습이 민간에 이미 전파되어 사회 풍속으로 변모했음을 잘 알 수 있는 대목이다.

시대가 발전하고 차 마시는 방식이 끊임없이 변화함에 따라 사람들은 더 이상 투다에 집착하지 않고 이것을 하나의 취미로 삼게 되었다. 한가한 시간에 삼삼오오 지기를 청하여 좋은 장소에서 향기로운 차를 달인 후 찻잎의 우열을 평하기도 하고 마음을 터놓고 대화하기도 했으니 이를 두고 "나는 그 즐거움을 색다르게 여기며, 한 번의 한가로움으로 분주한 생활의 피로를 녹인다."라 표현하고 있다.

6 찻잔 밖으로 넘치는 향가

중국의 다인들은 차를 음미할 때 차의 색, 향, 맛과
달이는 법뿐 아니라, 다기의 아름다움과 조형미를 중시했다.
찻잎과 향기로운 꽃을 섞어 만든 화차(花茶)를 제대로 음미하려면
뚜껑있는 다구를 사용해야 하며, 차를 우린 후 먼저
그 향을 맡고 후에 그 맛을 음미한다.

다양한 다구(茶具)

섬서성 부풍현(扶風縣)에는 법문사라는 유명한 탑절이 있다. 전해지는 바에 따르면 아육왕(阿育王, 아쇼카왕)은 석가모니 열반 200년을 기념하기 위해 대천계에 8,400개의 탑을 세우고 이로써 불사리를 모셨다. 법문사는 중국에 세운 19개 보탑중의 하나로 '관중탑묘시조(關中塔廟始祖)'로 찬양받고 있다. 법문사는 초기 아육왕사라고 불렀으나 당나라 때 '불법지문(法門之門)'의 의미를 더하여 법문사로 이름을 고쳤다. 당 태종 때부터 당나라 역대 황제들은 30년마다 지하궁을 개방하여 석가모니의 사리를 궁내에 모셨다. 당 희종(唐僖宗) 이환(李環)이 사리를 모신 것을 마지막으로 하여 건부(乾符) 원년(874년) 사리와 역대 황제의 공품을 함께 지하궁에 매장했다.

1987년 4월 법문사의 진신보탑을 수리하던 중 이 지하궁이 발견되어, 그곳에서 가치 있는 문물이 상당량 출토되었는데 그 중에는 잘 보존된 당나라 궁중 다기도 포함되어 있었다. 황금빛과 푸른빛이 휘황찬란하고 장관을 이루는 금은, 유리로 된 이 신비로운 색채의 다구는 중국 최초로 발견된 가장 완전하고 수준 높은 당나라 궁정 다구의 실물로 그 역사가 1100년에 이른다.

● 법문사에서 출토된
당나라 궁정 다구

다구에는 명확하게 문장과 『물장비(物帳碑)』가 새겨져 있다. 『물장비』
에는 "차통, 차체(차망), 차숟가락, 일부칠사(一付七事)가 총 80량"이라
고 기록되어 있다. 새겨진 문장에 따르면 이 다구는 함통(咸通) 9년
(868년)에서 10년 사이에 제작되었으며, '칠사'가 가리키는 것은 차연
(茶碾, 차절구), 차축(茶軸, 차를 빻을 때 쓰는 도구로 긴 축에 바퀴가 꿰어 있
는 모양), 차거름망, 차망 보관통, 차망 덮개, 은 차시(가루차를 뜨는 작은
숟가락), 차측(잎차를 뜨는 큰 숟가락)을 말한다. 이들 금은 다기 외에 유
리 재질로 된 찻잔이 있으며 그 밖에 염대(鹽台, 소금 등 첨가물을 넣는 용
기), 결기(潔器, 다구 청소도구) 등이 있다. 지하 궁에 모셔진 다구가 이
미 완전한 세트를 이루고 있었음을 보여준다. 이 다구들의 발견은 당나

라 때 중국의 차문화가 이미 찬란한 시대에 접어들었으며 다구 생산도 상당 규모를 갖추고 있었음을 충분히 설명해준다.(『다구청아(茶求淸雅)』18쪽)

자고이래 차 마시기를 즐겼던 사람들은 차의 정취를 중시하고 그 고아함을 숭상했으며 "다호(茶壺)가 차의 정취를 더하고 차는 다호의 예술적 가치를 높인다."고 강조했다. 좋은 차와 좋은 다호는 마치 붉은 꽃과 푸른 잎처럼 서로 어우러져 더욱 돋보인다고 여겼다.

● 다엽관

차를 즐기는 다인들은 좋은 차를 선택할 줄 알아야 했던 것은 물론이요, 또한 그에 걸맞은 좋은 다구를 골라야 했다. 공부차(工夫茶)를 마시려면 조산로(潮汕爐, 물을 끓이는 데 사용하는 화로), 옥서석외(玉書石畏, 끓인 물을 담는 도자기 그릇), 맹신관(孟臣罐, 다호), 고침구(苦琛歐, 백자로 된 작은 찻잔)의 네 가지가 갖추어져야 하며 하나라도 빠져서는 안 된다. 우롱차(烏龍茶)의 은은한 맛을 제대로 느끼려면 작은 주전자와 작은 잔으로 천천히 음미해야만 한다. 용정차(龍井茶)를 투명한 유리 다구에 우려내면 찻잎이 마치 흙을 뚫고 나온 죽순처럼 통통하게 퍼지며 물고기가 헤엄치듯 가라앉았다 떠오른다. 이는 보는 사람의 눈을 즐겁게 하며 마시는 사람으로 하여금 그 완연한 정취에 젖게 한다. 벽라춘은 경덕진(景德鎭)의 달걀 껍데기처럼 얇은 백자 찻잔에 받쳐 우려내면 찻잎이 뭉게뭉게 피어올라 달을 가린 옅은 구름처럼, 희미한 안개처럼 몽롱한 아름다움을 드러낸다. 화차(花茶, 찻잎과 향기로운 꽃을 혼합하여 꽃의 향이 찻잎에 스미도록 만든 차)를 평가하려면 뚜껑이

있는 다구를 갖추어야 하는데, 다완(茶碗, 찻잔), 다탁(茶托, 찻잔 받침), 찻잔 뚜껑의 세 가지가 한 세트를 이룬다. 차를 우려낸 후 먼저 그 향을 맡고, 그런 다음 그 맛을 보면 순수한 차의 향이 마음속 깊숙이 퍼져 신선한 감동을 준다.

다탁에 관하여 또 한 가지 아주 흥미로운 이야기가 전해진다. 당나라 덕종(德宗) 건중(建中) 연간에 성도(成都) 부윤(府尹) 최녕(崔寧)에게는 딸이 하나 있었는데 차 마시기를 대단히 좋아했다. 그러나 찻잔에 차를 따르고 나면 뜨거워 잔을 들기가 불편했고 접시를 찻잔 밑에 놓으면 차를 마실 때 잔이 쉽게 엎어졌다. 어느 날 그의 딸은 한 가지 방법을 생각해 냈다. 밀랍을 불에 데워 부드럽게 만든 후 찻잔 바닥 크기의 밀랍 고리를 만든 것이다. 이를 작은 접시에 놓고 그 위에 찻잔을 올려놓으니 찻잔, 밀랍 고리, 접시가 일체를 이루어 찻잔이 고정되고 손도 데일 일이 없어졌다. 후에 그녀는 도료공으로 하여금 이 형식에 따라 도료로 고리를 만들도록 했다. 최녕은 딸의 걸작을 보고는 대단히 기뻐하며 이를 '탁(托)'이라 이름 짓고 그것을 친구들에게 소개했다. 이로부터 다탁은 널리 유행하게 되었다. (이광문(李匡文)의 『자가집(資暇集)』 참조)

● 법문사에서 출토된 당나라 시대 다롱(茶籠, 차바구니)

중국의 다기는 대단히 다채로워 눈을 즐겁게 한다. 당나라 때 다완

은 고풍스러운 소박함을 중시하였으며 '얼음빛' 같기도 하고, '옥빛' 같기도 한 월자(越瓷, 당대의 청자)가 가장 우수한 것으로 꼽힌다. 당나라 때 시인 육구몽(陸龜夢)은 "가을 바람 불고 서리 내려 월요(越窯, 절강 여묘현 상림호 일대를 중심으로 한 당나라 시대의 대표적 가마터)가 열리면, 온 산의 푸른 비취빛을 도자기 위에 빼앗아 가져온다네"(『전당시(全唐詩)』23권 「추색월요(秋色越窯)」 참조)라는 아름다운 시구를 써서 월요 자기의 유려한 색채를 묘사했다. 송나라 때는 투다 풍조가 나타나 찻가루로 그 품질의 높고 낮음을 비교하면서 다완의 색과 차색이 선명한 대비를 이루어야 했으므로 사람들은 검은 유약을 입힌 '건잔(建盞)'을 상품으로 쳤다. 명청 이후에는 차의 종류가 갈수록 많아지고 차 색깔도 다양해지면서, 다호는 편리하고 우아하면서도 소박하며 정교한 것을 추구하게 되었고 다완은 저마다 그 아름다움을 다투며 여러 형태로 자유로운 발전을 이루어, '공춘(供春)', '시대빈(時大彬)' 등 다호 제작의 대표적 작가들이 나타났다.

중국 다인들은 줄곧 용기의 아름다움을 추구해왔다. 당나라 때 다성, 다선과 송나라 때 공다(貢茶)사신, 그리고 명청 다예 전문가들은 근·현대 다도중인들로 차를 음미하는 데에도 비범함을 보였다. 북경 토박이인 경우 차를 마시려면 먼저 용기를 선택하는데, 다호와 찻잔의

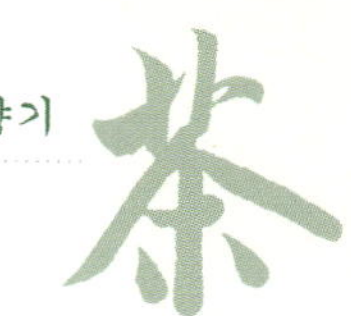

소박하고 우아한 멋을 중시하여 다호 모양이 특이하고 아름다워야 했다. 찻잔은 작고 정교한 것을 선호했는데 갈증해소에 그치지 않고 차를 음미하는 데 목적을 두고 있었다. 이로써 차를 음미하는 것에 그치지 않고 다구의 디자인과 다실의 장식을 통하여 예술을 즐기고 지식을 쌓을 수 있었다. 다인의 이러한 경향은 보이지 않게 다기의 생산을 촉진했고 이로써 많은 진귀한 용기들이 선을 보였다. 예를 들면 자사호 가운데 공춘호는 그 모양이 정교하고 참신하며, 재질이 얇고도 단단하여 진귀한 보물로 칭송받았다. 도자기로 만든 일부 다기에는 산수, 인물, 사조, 어충 등을 그려 넣어 고풍스런 우아한 멋을 살리고 시적인 아름다움을 표현했다. 어떤 독특한 것은 다구에 글을 써넣어 미묘한 운치가 흘러넘쳤다. 예를 들어 다구에 자주 보이는 '야(也)', '가(可)', '이(以)', '청(淸)', '신(心)'의 다섯 글자는 일종의 회문체(回文體)로 되어 있어 시계방향으로 읽기만 하면 어느 글자부터 읽던지 모두 같은 의미 즉 음다(飮茶)의 의미를 가지게 되어 있다.

중국 다구의 발전은 거친 것에서 정교한 것으로, 큰 것에서 작은 것으로, 번잡한 것에서 단순한 것으로, 고풍스럽고 화려한 것에서 아담하고 우아한 것으로 가식적인 것을 버리고 순수한 상태로 돌아가는 과정을 거쳐 왔다. 정교한 다구는 일종의 예술품으로써, 차를 달이고 음미하는 도구일 뿐 아니라 이를 통해 아름다움을 누릴 수 있도록 해 준다.

차 문화의 변천

1989년 3월 31일 《인민일보》에는 아주 재미있는 만화가 하나 실렸다. 이 그림은 주근화(朱根華)가 그린 것이었다. 미국 한 초등학

교의 수업시간에 선생님이 물었다. "남극, 북극은 지구의 어느 방향에 있나요?" 아이들의 대답은 정확했다. 이어서 선생님은 다시 물었다. "중국은 지구의 어느 쪽에 있나요?" 아이들은 그 뜻을 알지 못했고 "도자기 가게 안이요"라고 대답했다. 아이들은 왜 이같이 대답했을까? 영문 china에는 중국과 자기라는 두 가지 의미가 있다. 아마 중국 자기가

● 산차(散茶)가 유행하면서 차 마시는 방식이 더욱 간소화되었다.

이 어린 친구들에게는 아주 인상 깊었던 모양이다.

　확실히 자기는 중국의 독창적 발명품 중 하나이며 중국 문화의 중요한 구성부분이기도 하다. 도자기는 인류가 처음으로 불을 사용하면서 물질에 변화를 가하여 만든 화학성을 띤 물질로써 인류 문명사에서 획기적 의미를 가진다. 신석기 시대에 중국의 많은 지역에서 도자기가 제조되었다. 여요(余姚) 하모도(河姆渡)의 제4문화층에서 출토된 도기인 협탄흑도(夾炭黑陶)는 7,000여 년의 역사를 가지고 있다. 절강과 민광(閩廣) 일대에서는 일찍이 높은 불에서 구워진 무늬를 새겨 넣은 경도(硬陶)가 제조되었다. 뿐만 아니라 이것을 기초로 유약을 바른 유채 방식이 개발되기에 이르렀다. 이러한 유도(釉陶)는 상조 시대에 이미 북방지역으로 전파되었는데 유도를 굽는 화력은 경도(硬陶)보다 높았고 화력이 더 높아지면서 자기가 되었다.

　도자기 산업은 당나라 때에 이르러 황금시대를 맞았다. 당시 남방지역에는 이미 차나무 재배가 보편화되어 있었고 북방지역에도 차 마시는 풍조가 성행했으며 이러한 풍습이 전

국 각지로 퍼져나갔다. 특히 문인과 선비들은 차를 음미하는 것이 심신을 수양하고 몸을 정결케 하는 일이라 여겼다. 차를 음미할 때에는 차의 색, 향, 맛과 달이는 방법을 중시했을 뿐 아니라, 다기가 가진 유색의 아름다움과 조형미를 추구했다. 때문에 각지 도자기 제조업의 빠른 발전을 촉진했으며 그 결과 전문적인 다구 제조업이 생겨나고 다기의 종류 또한 빠르게 늘어갔다. 육우는 『다경』에서 자다(煮茶), 음다(飮茶), 자다(炙茶) 에 필요한 다구와 부속용기를 포함한 총24가지에 대해 상세히 설명했다. 현대인의 관점으로 볼 때 한 잔의 차를 마시는 데 이렇듯 복잡한 다기가 필요하다는 것은 참으로 불가사의한 일이라 하겠으나 옛사람들에게는 정해진 예절을 따름으로써 차 마시기를 더욱 완전하게 하기 위한 필연적 과정이다.

당나라 때는 경제가 번영하고 문화가 창성하여 각 업종이 모두 신속한 발전을 거두었다. 다기의 제조 또한 도자기 산업의 빠른 발전에 힘입어 갈수록 정교해졌다. 이 시기 다기는 남방지역의 월요와 북방지역의 형요백자가 서로 경쟁적으로 발전하는 양상을 나타냈다. 육우는 『다경 · 사지기』에서 당시 각지에서 생산되던 자기의 풍과 품질에 대해 평가하면서 "다완은 월주(越州)의 것이 상품이고 정주(鼎州)의 것이 차등품이며 무주(婺州)의 것이 그 다음이고 악주(岳州)의 것이 그 다음이고 수주(壽州)의 것이 또 그 다음이다. 어떤 이는 형주의 것을 월주의 것 위에 두는데 반드시 그렇지만은 않다. 만약 형주의 자기를 은으로 친다면 월주의 자기는 옥과 같으며 이것이 형주의 것이 월주의 것만 못한 첫 번째 이유이다. 또 형주의 자기를 눈에 비유한다면 월주의 자기는 얼음에 비유할 수 있으니 이것이 형주의 것이 월주의 것만 못한 두 번째 이유이다. 또 형주의 자기는 흰색이어서 차의 빛깔이 원래의 색인 붉은 색을 띠지만 월주의 자기는 청색이어서 차의 빛깔이 녹색을 띠는

데 이것이 형주의 것이 월주의 것만 못한 세 번째

이유이다.”라고 했다.

　우리는 육우의 월요청자와 형요

백자에 대한 비교로부터, 월요

청자와 형요백자의 다기 제조

가 모두 정밀하고 아름답게

이루어졌음을 알 수 있다. 월요

자기는 청록색을 띠며 유색이 비취

색으로 빛나 얼음이나 옥과도 같았

고, 형요자기는 태토가 치밀하고 깨끗하

며, 유약의 색깔은 희고 윤기가 있어 마치 은이나

흰눈과도 같았다. 그러나 월요자기의 유색이 푸른 비취색을 띠며 모양

이 우아하고 아름다워 찻물의 색깔과 더욱 잘 어우러졌기 때문에 당시

다인과 문인 선비들의 사랑을 더 받았다.

● 의흥(宜興) 자사호(紫砂壺) 외에 자기의 도시라 불리는 경덕진의 도자기 다구 또한 점차 정교한 아름다움을 추구하는 방향으로 발전했다.

　송대의 차문화는 옛것을 이어받아 한걸음 더 발전하는 시대라 할 수

있다. 한편으로는 당나라 사람들이 이룩해놓은 차문화를 계승하면서 시

대적 요구에 따라 발전을 도모했으며, 동시에 원명 시대 차문화의 새로

운 발전을 개척해 나갔다. 또 한편으로 송나라 사람들은 당나라의 차를

단차(團茶)로 발전시켜 차 제조 자체를 공예화하고 더 나아가 다예의 함

축적 의미를 심화시켰다. 송대에 이르러 더 이상 직접 차를 끓이지 않게

되었고 점다법을 이용했으며 ‘투다’가 크게 성행했는데 위로는 황제,

제상, 문인, 선비에서 아래로는 농부, 서민, 평민과 일반백성에 이르기

까지 ‘투다’를 즐기지 않는 이가 없었다. 이리하여 투다의 승부를 쉽게

가를 수 있는 건요(建窯) 흑유(黑釉)의 찻잔이 크게 사랑받게 되었다. 이

찻잔은 바닥지름과 입구지름의 차이가 커 투다를 할 때 수직으로 잔의

● 시대빈이 만든 문단호(文旦壺)

벽을 기울이면 탕화가 쉽게
찻물에 스며들었다. 송대 문인들은 투다를 하거나 차를 음미할 때 품질
좋은 공다(貢茶)를 건요흑유의 토호(兎毫) 기법의 잔에 따랐다. 이렇듯
눈처럼 흰 차 색깔과 선명한 대비를 이루도록 함으로써 그 끝없는 정취
를 더했다.

명청 이후 차의 종류는 갈수록 많아졌고 차를 달이는 과정은 더욱
간소화되어 직접 차를 우리는 방법이 나타났으며, 이에 따라 다기도 간
소화되기 시작했다. 명청 시대에는 단차를 버리고 산차(散茶)가 크게
번성했는데 이것은 중국 차학 역사에 획기적인 의미를 가진다. 이것은
많은 차 재배 농민들의 수고를 덜었을 뿐 아니라 차를 마시는 방법과
다기의 근본적 변화를 가져옴으로써 송대의 흑유 토호 다완이 명대에
이르러 정자(定瓷)의 순백 다완으로 발전했다. 그 외에 산차가 날로 성
행하면서 도자기 다호가 생겨났고 그 가운데 공춘, 시대빈이 제작한 의
흥 자사호가 가장 널리 알려졌는데 그 가격이 금과 옥보다 비싸 오랫동
안 진귀한 물건으로 번성했다.

의흥 자사호 외에 자기의 도시 경덕진의 도자기 다구도 더욱 정교한
아름다움을 추구하는 방향으로 발전하여 사람들에게 사랑받아 왔다.

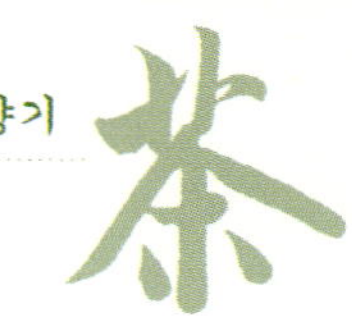

영락(永樂)에서 선덕(宣德) 연간에 경덕진에서 생산한 첨백(甛白) 다구는 가장 정교한 다구로 꼽힌다. 태질이 단단하면서도 치밀하며 몸체가 얇고 정교하여 국내외에 널리 이름을 떨쳤다. 다호의 모양은 제량호(提梁壺, 위에 손잡이가 달린 형태), 파수식(把手式, 옆에 손잡이가 달린 형태), 몸통이 긴 형태, 몸통이 납작한 형태 등 다양해졌고 다호의 몸통에 인물, 산수, 화조, 어충을 그려 넣는 등 장식 방법도 다채로워져 청화(靑花), 투채(鬪彩), 유리홍(釉里紅), 안색유(顔色釉) 등의 형태로 나타났다. 강희(康熙), 옹정(雍正), 건륭(乾隆)의 세 왕조에 이르러 경덕진 도자기는 이미 융성기를 맞아, 그 태질이 견고하고 치밀하며 유약을 바른 면에 윤기가 흘러 색채가 수려하고 새겨진 모양이 정교하다는 특징을 갖추었다. 특히 경덕진 어요에서 생산한 궁정용 다호는 대단히 정교하고 치밀하여 그 아름다움을 어느 것에도 비교할 수 없었다.

다채로운 중국 다구는 그 독특한 매력으로 국내외 사람들의 관심을 불러 모아 다예 발전에 지대한 영향을 미쳤다. "물은 차의 어머니요, 다호는 차의 아버지라."는 말이 있다. 이들과 어우러져 중국의 대지에 뿌리를 둔 진기한 꽃이 더욱더 아름답게 피어나기를 바랄 뿐이다.

중국 차문화의 한 떨기 꽃, 선도경자

중국 다구의 발전에 따라 차를 음미하는 예술도 함께 일어나 중국 특색을 반영하기 시작했다. 당대의 고풍스러움, 송대의 아름다움, 명청대의 단아함은 당시의 사회적 분위기와 밀접한 관련이 있다. 서로 다른 재질, 서로 다른 형태의 다구는 민족 문화의 예술적 형태로 차 마시는 형식이 왕성한 발전을 거듭할 수 있도록 했으며 화하(華夏)문화의 휘황찬란함을 투영했다. 그 가운데 중국 다기의 핵심이라 할 수 있는 선도경자(宣陶景瓷)는 차문화의 발전 속에서 많은 사람들의 주목을 받았다.

선도란 의흥에서 만든 자사 다구이다. 의흥의 옛이름은 형계(荊溪)이며 형계하(荊溪河)에서 그 이름을 땄다. 북송 시대에 송 태종 조광의(趙光義)의 휘를 피하여 의흥이라 개칭한 것이 오늘날까지 사용되고 있다. 의흥에는 도토(陶土)가 풍부했는데 짙은 자색에 붉은 빛이 도는 빛깔을 띤다하여 이를 자사(紫砂)라 통칭했다. 또한 홍색, 녹색, 황색, 백색 등의 색을 가지고 있다하여 '오색토'라고도 불렀다. 이것을 재료로 만든 다구를 자사기(紫砂器)라고 칭했다. 초기의 자사기가 누구의 손에서 나왔는지는 고증되지 않고 있다. 다만 자사기가 본격적으로 발전하기 시작한 것은 명나라 중기부터이며 당시의 다사기는 실물이 보존되어 있을 뿐 아니라 믿을 만한 기록이 남아 있다. 중국 고대 다서 가운데 자사기에 대한 최초의 기록은 만력(萬曆) 15년 허차서(許次紓)의 『다소(茶疏)』이다. "과거 공춘의 다호와 근래 시대빈이 만든 것이 모두 세인에게 귀히 여겨진다. 이들은 모두 거친 모래로 만들어… 손가는 대로 만들어 놓으니 대단히 정교하다." 여기서 언급한 공춘은 바로 자사기를 예술의 경지로 끌어올려 발전시킨 인물이다. 『양선명도록(陽羨名陶錄)』에는 "공춘과 오이산(吳頤山)은 집안의 동복이다."라는 기록이 남아있다. 오이산은 책 읽는 선비였는데 그가 금사사(金沙寺)에서 공부할 때 공춘은 집안일이 한가할 때를 틈타 절의 스님이 도토를 돌려가며 기와 만드는 것을 모방해 사호(砂壺)를 만들었다. 만든 사호는 차향을 더욱 진하게 하고 열을 오래도록 간직할 수 있게 하여 많은 사람들이 이를 모방하기 시작했고 공춘의 사호를 앞다투어 사려는 사람들이 줄을 섰다. 공춘을 '시조'라 한다면 시대빈은 '대가'라 할 수 있다. 시대빈은 4

대 다호 제작 전문가 중 한 사람인 시붕(時朋)의 아들로, 처음에 그는
'공춘'의 사호를 모방했으나 그 모양은 공춘의 것보다 더 컸다. 한번은
시대빈이 외유를 나갔다가 강소 태창(太倉)에 이르렀는데 우연히 차관
에서 많은 사람들이 차에 관한 의견을 나누는 것을 듣고 크게 깨달은
바가 있어 의흥으로 돌아온 후 작은 다호를 만들기 시작했다. 그 다호
는 "아름다움보다는 소박하고 우아한 멋이 있으며 그 오묘함이 생각할
수 없을 정도이니… 전후의 많은 유명 작가들이 이를 수 없는 수준이더
라."고 전해진다.

　자사기가 의흥에서 번성한 것은 우연의 일치가 아니다. 이것은 중국
차문화의 커다란 환경 속에서 얻어진 결과이며 중국 차문화 발전 혁명

● 선도(宜陶)란 의흥에서
제작한 자사 다구를 말한다.

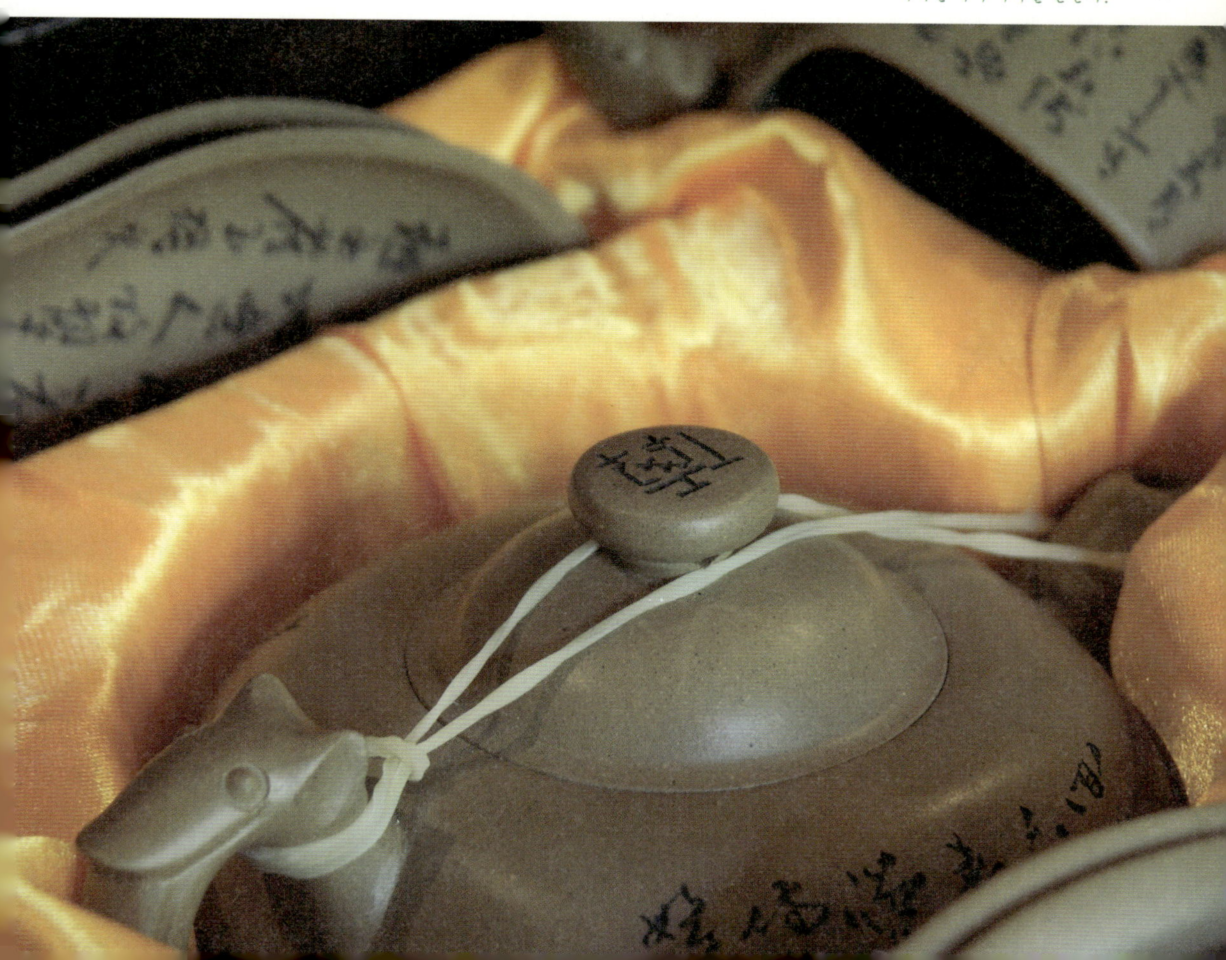

● 자사호는 세인의 깊은 사랑을 받았으며 이 것으로 달인 차는 유난히 그윽한 향을 내었다.

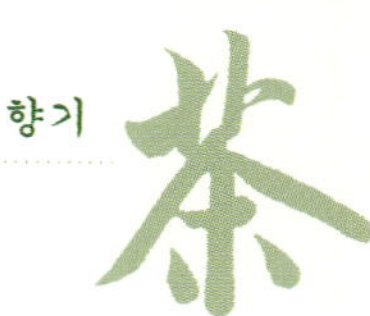

의 필연적 산물이기도 하다. 의흥은 중국 고대 명차 산지의 하나로, 시인 려동(盧仝)은 그의 시에서 "천자가 함선차를 맛보지 않았으니, 백초가 감히 먼저 꽃을 피우지 못하는구나"(『전당시』)라고 찬미했다. 또 다른 고증에 따르면 모계씨족 사회에서부터 의흥에는 도자기 제조업이 존재해왔으며 명나라에 이르러 대규모로 발전되었다는 것이다. 이렇게 다른 곳에서는 찾아볼 수 없는 환경과 하늘이 내려주신 풍부한 자사가 있었기에 자사예술은 탄생할 수 있었다.

자사호가 세인의 사랑을 받을 수 있었던 것은 그 모양이 다양하고 세공이 정교할 뿐 아니라 통기성이 뛰어났기 때문이었다. 자사호로 달인 차는 그 맛이 유난히 맑고 그윽했다. 어떤 이는 자사호에서 오래 우려낼수록 차의 맛이 향기롭고 그윽하며, 오래 사용하면 빈 다호에 끓는 물을 넣기만 해도 차향이 난다고 했다. 또 어떤 이는 자사호에 차를 담으면 그 맛이 변치 않고 수일을 간다고 했다. 자사호는 또한 냉열 급변성이 좋아 엄동설한에 펄펄 끓는 물을 부어도 파열되지 않으며, 열전달이 느려 잔을 들고, 잡고, 받치고, 옮길 때 손을 데일 일이 없다. 자사의 도토 재질은 내열성이 강했는데 송나라 때 소동파(蘇東坡)가 자사 제량호로 차를 달이면서 "솔바람과 대나무 화로가 제호(提壺)를 서로 부르네."라고 읊었던 시구에도 잘 나타나 있다. 겨울에 자사호를 화로에 올려놓고 차를 끓이는 것이 흥미로운 일상이었음을 엿볼 수 있다.

명나라 때의 차 마시는 방식은 기본적으로 현대의 그것과 일치한다. 당시 사람들이 마시던 것은 현대에 푸른 찻잎을 볶은 것과 비슷한 어린 찻잎이었다. 찻물이 선명한 녹색을 띠었기 때문에, 사람들은 자사기 뿐 아니라 찻물의 윤기를 더욱 돋보이게 하는 경덕진 백자차를 더욱 선호했으며, "백자차 두 잔의 가치가 십만 냥"을 호가하기에 이르렀다.

청나라 때 경덕진 백자 다구의 생산이 왕성하게 발전하면서 각지의 자기 제작 전문가들이 구름처럼 이곳으로 모여 그 기술은 끊임없이 발전했고 법랑(琺瑯), 분채(粉彩)의 두 종류의 유상채(釉上彩)를 창조했다. 법랑채는 당시의 동태(銅胎) 법랑기의 색채와 문양을 모방해 제작한 것이다. 옹정 시대에 이르러 법랑채 다구는 태질이 깨끗하고 전체적으로 밝으며 달걀 껍데기처럼 얇아 유약은 보이나 태골이 보이지 않는 완벽한 경지에 이르렀다. 전해지는 바에 따르면 이 도자기를 빛에 대고 보면 뒷면으로부터 그 바탕의 무늬까지 볼 수 있는데, 그것이 마치 옅은 구름을 뚫고 밝은 달을 보는 듯하고 옅은 안개 사이로 푸른 산을 보는 듯하다 했다. 그 제작의 정교함에 놀라지 않을 수 없다. 뿐만 아니라 경덕진의 유약 색깔은 많은 이들이 칭찬을 아끼지 않는 부분인데, 인공의 기교를 다하여 균홍(鈞紅), 제홍(祭紅), 랑요홍(郎窯紅) 등 다양한 홍유 계통을 창조해냈다.

'제홍' 에 관하여 민간에 아름답고 처량한 전설이 전해온다. 한 도공이 관부로부터 정한 시일까지 공품 자기를 제작하도록 명령을 받았다. 하지만 요구치가 너무 높고 유약 재료가 부족하여 도저히 명령대로 이행할 수 없을 것 같았다. 가엾은 도공은 근심에 쌓인 채 그저 죽을 날만을 기다리는 수밖에 없었다. 이 때 도공의 아름다운 딸은 아버지를 구하기 위해 가마에 뛰어들었고 자신의 피를 뿌려 마침내 선홍빛의 자기를 완성시켰다. 몸을 던져 아버지를 구한 이 마음씨 착한 처녀를 기리기 위해 사람들은 붉은색의 도자기를 '제홍' 이라 부르기 시작했다. 제홍은 아름다우나 화려하지 않고 붉은빛 가운데 자줏빛이 돌아 그 색채가 깊고도 안정적이다. 그러나 그 제작이 대단히 어려워 제작 성공률이 아주 낮기 때문에 황실에서만 이 홍유자기를 사용할 수 있었다고 한다.

경덕진의 다구는 '색이 옥빛' 이요, '소리는 비어있는 듯' 하고, '밝기는 거울' 과 같으며, 중국적인 멋이 농후하게 담겨있다. 그 외벽에는 대부분 정교한 장식이 있다. 어떤 것은 산천의 흐름, 사계절의 화초, 새와 들짐승, 인물과 고사 등을 그려놓았고, 또 어떤 것은 다구에 철학적 의미가 담긴 서예 작품을 써넣어 차를 마시고 도를 논하면서 그 아름다움을 감상할 수 있도록 했다.

선도경자는 아름다운 중국 차 문화의 한 떨기 꽃이라 할 수 있다. 그 시작과 번성은 차 문화 진화의 필연적 결과이며 예술 형식, 품위, 정취의 발전을 촉진했다. 정교한 아름다움을 지닌 자기 다구는 인류 생활에 가장 친근한 용기이며 나아가 일용품의 범주를 넘어 특수한 문화적 색채로 인류에게 사랑받는 예술품이 되었다. 이로써 중국 차 문화사상 빛나는 한 페이지를 장식했다.

● 의흥에는 도토가 풍부했는데 그 색깔이 붉은 자줏빛이 많아 이를 자사라고 통칭했다.

다구란?

: 차를 우리고 마시는데 필요한 모든 도구와
차실안의 장식물까지 총칭하는것

· 다관(다호)	잎차를 넣고 끓인 물을 부어 차를 우려내는 용기
· 다완(찻잔)	우린차를 나누어 마실 수 있는 작은 잔
· 다탁(찻잔받침)	찻잔을 받치는 접시
· 숙우(식힘그릇)	뜨거운 물을 식혀 다관에 붓는 귀가 달린 사발 형태의 그릇
· 버림그릇	예열한 물이나 허드렛물을 버리는 넓고 큰 그릇
· 찻사발	가루차를 넣고 뜨거운 물을 부어 차선으로 저어 마시는 사발
· 차선(찻솔)	찻사발에 가루차를 넣고 더운물을 부어 휘저어 거품을 내게 하는 도구
· (말)차시	가루차를 떠내는 작은 숟가락
· 차측(차뜨게)	차칙이라고도 하며 찻통의 잎차를 덜어 다관에 넣는 도구
· 차선꽂이	차선을 원형대로 말리기 위한 도구
· 차시받침	차시를 받히는 도구
· 찻통	차를 덜어 담는 작은 통
· 거름망	차 찌꺼기를 거르는 도구
· 차읽개	다관 안에 우려낸 차 찌꺼기를 긁어내는 도구
· 탕관	물을 끓이는 도구
· 차화로	찻물을 끓이기 위해 불을 피우는 용구

· 다판	차를 내고 마실 수 있는 넓은 판으로 나무, 돌, 도자기를 이용하여 만듦
· 찻상	다기를 나르고 차를 우리고 마시는 기능을 할 수 있는 상
· 다반	차를 나르는 작은 반
· 다구함	다구를 넣고 이동할 수도 있는 함
· 다식판	다식을 찍어내는 도구
· 표자	물을 뜨는 기구
· 차석(다포)	찻상이나 다판 위에 까는 것으로 천으로 된 것을 다포라 하고 자리풀, 왕골 등을 엮은 돗자리형태를 차석이라 한다.

7 향을 피워 차를 맞이하다

첫째 잔은 목구멍과 입술을 적시고,

둘째 잔은 외로운 번민 씻어 주네. 셋째 잔은 배운 바 적고 비천한 굶주린 창자를 찾나니 생각나는 글이 오천 권이나 된다네.

넷째 잔은 가벼운 땀 솟아 평생의 불평이 모두 모공으로 흩어지네.

다섯째 잔은 기골이 맑아지고, 여섯째 잔만에 선령과 통했다네.

일곱째 잔은 채 마시지도 않았건만 느끼노니 두 겨드랑이에 맑은 바람이 솔솔 일어나네.

문인·묵객이 즐긴 고아한 다도

명나라 말 선비 모상(冒襄)과 진회(秦淮)의 명기 동효완(董曉宛)의 사랑 이야기는 많은 사람들에게 감동과 눈물을 안겨 주었다. 그들은 한 사람은 학식이 출중하고 또 한 사람은 미모가 빼어나 그야말로 선남선녀라 할 만한 한 쌍이었다. 불행히도 동효완이 젊어서 일찍이 생을 마치자 모상은 『은매암억어(隱梅庵憶語)』를 써 자신의 슬픔을 노래하며 그녀에 대한 사랑을 기렸다. 모상과 동효완은 모두 차를 즐겨 글 속에는 그들이 차를 음미하는 장면이 많이 기록되어 있으며 차로 정을 나누고 사랑을 전했던 남녀의 모습이 절절히 담겨있다.

이것은 중국의 문인들이 사물을 빌어 사람을 비유하고 사물을 빌어 마음을 털어놓았던 모습이며, 차의 '정행검덕(精行儉德)' 정신과 세속을 초월한 듯한 특성은 바로 이러한 문인들의 요구에 정확히 부합하는 것이었다. 문인들은 차를 음미하며 시상을 끌어냈고 마음의 수양을 쌓았으며, 이리하여 '잠이 달아나고, 아침마다 시상이 맑아지는' 경지에 이르렀다. 차를 마시고 음미하는 것은 문인과 선비들의 일상생활 중 일부이자 즐거움이요 고상한 취미가 되었다. 차는 문인에 의해 생겨나 문인과 하나가 된 듯하다.

야율초재(耶律楚才)는 원나라 때 유명한 대재상이며 학식이 풍부한 학자이다. 그는 일찍이 『서역종왕군옥걸다인기운(西域從王君玉乞茶因其韻)』이라는 일언율시의 첫 부분에서 "여러 해 건계차를 마시지 못했더니 마음에 누런 먼지가 다섯 수레나 되네. 옥빛 사발 속에는 찻물이 어리고 황금 절구가에는 찻잎이 어리네."라고 묘사했다. 시 속에서 서역에 있는 시인은 오랫동안 좋은 차를 마시지 못해 마음이 꽉 막히고 답답함을 느끼던 차에 마침 뜻밖에도 건계의 명차를 얻게 되었다. "쇠

약한 노인의 시혼이 문득 밝아지고, 속세의 덧없는 꿈은 멀어짐을 느낀다. 양 겨드랑이로 푸른 바람이 들어 침대에 앉으니 평온한 기쁨에 멀리 노을이 진다." 정신이 번쩍 드는 것이 마치 봄바람에 멱 감은 듯하여 그 기쁨은 비할 데 없다. "고운 언어로 차 마시기를 청하니 봄의 빛깔보다 낫고 술보다 오래가네. 마시면 정신이 맑아져 잠이 달아나고 속세의 처지는 구름처럼 덧없네." 몇 모금만을 마셨는데 정신이 맑아져 마치 날개를 달고 신선의 경지에 오른 듯하며 속세를 멀리 떠나온 듯하다. 차를 마시자 시상이 샘처럼 솟아올랐다는 이 장면은 시인이 차를 음미한 후 누렸던 기쁨을 노래한 것으로, 이같이 차는 문인들의 창작 활동에서 절묘한 역할을 했다.

차는 시상을 돋구어주었을 뿐 아니라 문인들의 여러 사상과 감정을 담는 가장 좋은 매개체였다. 당나라의 걸출한 시인 두보(杜甫)는 그의 시에서 "해가 질 때는 테라스에 서고, 봄바람이 불면 차를 마실 때라"고 썼다. 당시 두보는 이미 40이 넘어 보잘것없는 녹봉으로 지내고 있었고 고향으로 돌아가

● 명대 문징명(文徵明)의 그림
《품명도(品茗圖)》

밭을 갈며 지내기를 소망했다. 이 시는 소탈하게 유유자적한 삶을 쓰고 있으나 그의 마음 속 숨겨진 편치 않은 심정을 표현했다. 시선이라 불리는 이백(李白)은 호방하고 얽매이지 않는 성품으로 평생 뜻을 이루지는 못했으며, 다만 시 속에서 낭만적이고 풍부한 상상력을 빌어 자신의 이상을 표현했다. 출구 없는 삶의 답답함이 그로 하여금 속세를 피하여 은둔하게 하였고 그는 하루종일 술에 취해 있었다. 그가 쓴 『증내(曾內)』의 시에서 "삼백육십일 날마다 취한 듯 하노라"라고 읊기도 했다. 형주에 사는 옥천진공(玉泉眞公)이 '선인장차'를 자주 마셔서 나이가 80이 넘었는데도 여전히 얼굴색이 복숭아빛을 띤다는 말을 듣고, 누구나 죽음을 맞이한다는 것을 알면서도 장생을 바랐던 이 시인은 차에 대해 이같이 찬가를 불렀다. "듣자하니 옥천산 동굴은 대부분이 유굴(乳

● 송나라 황제 조길(趙佶)의 《문회도(文繪圖)》는 문인들이 차 마시는 장면을 묘사했다.

窟)이라. 다람쥐가 흰까마귀 같이 깊은 계곡의 달에 걸려있네, 차가 산

속 바위에서 자라는데 옥천이 쉬지 않고 흐르더라……."

이백은 시선답게 가장 먼저 명차를 시가(詩歌)에 담았으며 이

것을 시작으로 다시(茶詩)가 우후죽순처럼 나왔다. 많은 다시

들 가운데 차를 음미하는 오묘함을 신비롭고 생동감 있게

잘 표현한 시로는 려동(盧仝)의 다가(茶歌) 『주필사맹간

의기신다(走筆謝孟諫議寄新茶)』를 꼽는다. 첫 잔에서 일

곱째 잔까지 차를 음미하는 느낌을 이렇게 적고 있다.

"첫째 잔은 목구멍과 입술을 적시고, 둘째 잔은 외

로운 번민 씻어주네, 셋째 잔은 배운 바 적고 비천한

굶주린 창자를 찾나니 생각나는 글이 오천 권이

나 된다네, 넷째 잔은 가벼운 땀 솟아 평생의 불

평이 모두 모공으로 흩어지네, 다섯째 잔은 기골

이 맑아지고, 여섯째 잔 만에 선령과 통했다네,

일곱째 잔은 채 마시지도 않았건만 느끼노니 두 겨드랑이에 맑은 바람

이 솔솔 일어나네."

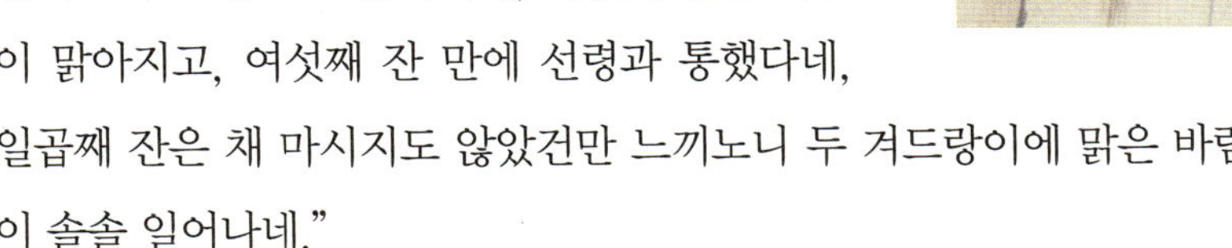

● 이백은 최초로 명차를
시가에 응용했다.

한 잔 마실 때마다 차를 음미하는 기쁜 감정을 점층적으로 표현하여

입속의 욕심을 정신적 즐거움으로 승화시킴으로써 덧없는 세속을 벗어

나 환상의 왕국으로 들어가고 있다. 모든 걱정 근심들은 이로써 누그러

지고 솔솔 불어오는 선선한 바람으로 바뀌어 신선의 경지에 이른다. 이

러한 순결한 영혼으로 차를 음미하는 모든 과정이 려동의 붓 아래에서

충분히 살아난다. 일반적으로 중국인은 차를 마실 때 '품(品, 음미하

다)' 자를 대단히 중시하며 고상한 맛을 음미하려면 세 잔이 적당하고,

세 잔 이상을 마시는 것은 짐승처럼 우둔한 짓이라고 여겼다. 그러나

려동은 거리낌 없이 예부터 내려온 규칙을 깨고 한번에 일곱 잔이나 마

신 것이다. 이것이 바로 비범하고 호방하며 차 마시기에 중독 되어 있던 려동의 모습이다. 차는 그에게 입을 즐겁게 하는 욕망에 그치지 않고 자신의 정신세계를 표현할 광활한 천지를 열어주었다.

고상한 품격을 갖추었던 문인 선비들과 사대부들은 의식적으로 차 음미하는 것을 고아한 소양을 나타내고 감정을 드러내며 자신을 표현하는 예술행위로 삼아 즐기고 끊임없이 창조했다. 그리하여 차 마시는 문화는 예술화, 문학화의 길을 걷게 되었다.

향을 피워 차를 맞이하다

문인 학자들은 역사적으로 중국 사회에서 가장 주목할 만한 계층이다. 그들은 위로는 벼슬길에 올라 정치에 참여하고 심지어 재상이나 장군이 되어 중국정치를 좌지우지하기도 했으며, 아래로는 가세가 궁핍한 나머지 서민으로 전락해 말을 타고 다니며 물건을 파는 행상이 되기도 했다. 그러나 전체적으로 그들은 사회의 중간계층으로 집안에 밭이 많아 일하지 않아도 되었고 문화적 소양을 갖추어 유가에서 말하는 '항산(恒産, 보장된 생업)'이 있고 '항심(恒心, 변함없는 안정된 마음)'을 가진 선비들이었다. 때문에 그들은 독특한 생활방식과 인격 수양, 예술 정신을 형성했다.

문인과 학자들은 차를 음미할 때 찻잎, 찻물과 다구의 세심한 선택 이외에 '담담하게 준비' 하는 자연미와 '맑은 마음과 정신' 의 기쁨을 특히 강조했다. 좋은 차 이외에도 근사한 벗과 훌륭한 환경, 정확한 방법, 정교한 기교가 있어야만 차의 세 가지 맛을 보고 이상적인 효과를 얻을 수 있다고 여겼다. 이 방면에서 명청 시대 문인들은 많은 신기하고도

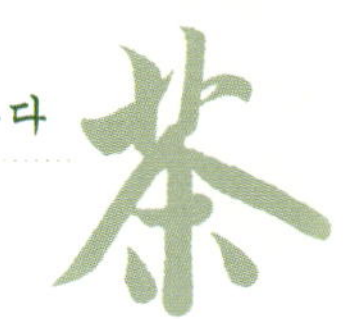

흥미로운 방법을 개발해냈는데, '분향반명(焚香伴茗, 향을 피워 차를 맞이한다)'은 그 방법 중 하나이다.

소위 '분향반명'은 차를 음미할 때 다실 안에 향을 피우고 그 향과 차를 한데 어우러지게 하여 다실의 신비스런 기운을 더하는 것이다. 그럼으로써 마치 구름이 자욱한 자연 속에 앉아 차를 맛보는 듯한 정취를 만들어 끝없는 매력을 더하게 되고 즐겁고 안락한 느낌을 줄 수 있다. 이러한 방식은 절강 일대에서 가장 먼저 유행하기 시작했고 그 정취를 문인과 학자들이 선호하여 모방하게 되었다. 명나라 학자인 문진형(文

● 잘 차려진 찻상

震亨)은 차를 음미하는 데 대단히 정교한 감각을 자랑했다. 그는 『장물지(長物志)』 제12권 「분향」 부분에서 '분향하여 차를 맞는' 독특한 정취를 언급했다.

향과 차의 사용은 그 이로움이 대단히 많다. 세상의 시끄러움에서 벗어나 은둔하며 도덕을 논할 때 마음을 맑게 하고 정신을 기쁘게 한다. 해가 기울어 황혼을 맞을 때 휘파람 길게 한번 부는 여유를 갖게 한다. 조용한 창가에 기대어 한가로이 시를 읊고 등불 아래 책을 읽을 때 잠을 멀리 쫓을 수 있다. 친구와 마주앉아 사사로운 정담을 나눌 때 흥을 더해준다. 비 때문에 창을 닫고 식사 후 잠시 거닐 때 고독을 없애준다. 밤중에 비가 창을 두들기며 잠을 깨울 때 곁에 두고 갈증을 해소할 수 있다. 차를 가장 잘 음미할 줄 아는 사람은 그 깊은 향과 차맛을 중시하고 이를 위해 향을 피워 차를 달이는 방법을 사용하기도 한다. 이

● 향으로 차를 음미한다.

로써 지조 있는 선비들은 그 마음의 귀를 열어 차를 음미한다.

문진형은 청아한 글로 좋은 차와 좋은 향의 정취를 이야기하면서 언제, 어디서, 어떤 이와 함께하든 차와 그 향이 절묘하게 어우러지면 사람을 매료시키는 선율을 만들어 내어 더 깊이 있는 즐거움을 맛보게 한다고 기록했다. 향을 피워 차를 맞이하는 것은 이같이 '높은 은둔', '도덕', '지조 있는 선비'와 밀접한 관련이 있다.

문인들의 낭만적인 사상, 호방한 정서, 아름다운 생각들은 그들로 하여금 차를 음미하는 정취를 끊임없이 추구하도록 했다. '분향반명'의 방법을 모두가 동경했지만 대문호 서동파는 그의 시 『차운기학원시배신다(次韻寄壑源試焙新茶)』에서 처음으로 미인을 훌륭한 차에 비유했다.

"선산에 영초가 구름에 젖어 향기로운 피부를 씻고 분도 바르지 않았네, 밝은 달이 옥천을 비추고 봄바람이 불어와 무림의 봄을 깨우네, 백옥의 마음을 깨닫기 위해 고유(膏油)는 바르지 않아도 된다네, 보잘 것없는 시라고 그대는 비웃지 말게 자고로 훌륭한 명차는 모두 미인과 같다네."

이것은 북원(北苑)의 용봉단차(龍鳳團茶)를 찬양한 시이지만 시인은 자신의 풍부한 상상력을 동원하여 좋은 차를 미인에 비유했다. 마치 여린 찻잎을 본 것이 아니라 꽃인 듯도 하고 옥인 듯도 한 미인이 온유한 자태로 험준한 산꼭대기에 서서 구름이 피어오르는 산봉우리 가운데 언뜻언뜻 나타나는 것을 본 듯 묘사하고 있다. 여인은 새하얀 옷을 몸에 걸치고 바람을 따라 하늘하늘 일어서는데 깨끗이 씻겨진 찻잎처럼, 또한 물 위에 떠오른 부용처럼 차가운 옥빛 피부를 하고 화장도 하지 않았다. 친구가 보내온 명월과 같이 아름다운 학원단차(壑源團茶)를 받았을 때 나는 당나라 려동이 그랬듯 일곱 잔을 연거푸 마셨고 양 겨드랑이에 선선한 바람이 일어나고 무림이 봄처럼 따뜻해지는 듯 느꼈다.

내가 가장 좋아하는 것은 고유(膏油)를 칠하지 않은 단차인데 그래야지만 화장을 하지 않고도 백옥 같은 마음씨를 가진 절대미인처럼 차의 천연의 맛과 내재된 아름다움을 최대한 드러낼 수 있다.

"자고로 명차는 미인과 같다네", 소동파의 시는 일부 문인과 시인들의 '영감'을 불러일으켰다. 좋은 차를 미인에 비교한 것은 풍류적이고도 함축적인 표현이 아닌가? 그래서 '분향반명'은 부지불식간에 '미인반명(美人伴茗)'으로 변화했다. 명나라의 대학자인 문단의 맹주 왕사정(王士貞)은 『해어화·제미인봉다(解語花·題美人捧茶)』에서 "중령에 물을 길어 곡우에 첫 수확하니 보정(寶鼎) 소나무 소리가 가늘게 들린다. 버들가지의 가냘픈 허리는 바구니 곁에 연기를 피우고 그 푸른 깃발을 빻아 놓는다. 옥빛의 난(蘭)싹은 푸른 바람 한 줄기 불러온다. 아름다운 아가씨 금잔을 기울이고 봄산의 뜻을 소리 없이 보낸다." 이 사가는 대

단히 아름답고 독특한 정취가 흐르며 차가 미인과 같음을 따뜻하고 감동적으로 그려 오래도록 머릿속에 남는다.

중국 고대 문인과 사대부의 다사에 대한 애정은 그들의 생활 속에 녹아 차는 이미 원래의 물질적 의미를 초월하여 전체 문인과 선비의 생활 예술, 인생의 목표와 하나로 융화되었다. 그들은 차를 마시는 사람이 차를 달이는 기술보다 중요하며, 차를 음미하는 마음이 찻잎의 품질보다 더 중요하다고 여겼다. 그래서 그들은 비범한 음미 방식을 끊임없이 추구하고, 유려하고 밝은 필체로 그들이 창조한 '분향반명', '미인반명'과 같은 즐거움을 찬양했다. 이로써 그들은 풍성한 시적의미를 담은 생활과 흥미로움으로 넘쳐나는 청음(淸飮)의 세계를 열었던 것이다.

차를 즐기는 즐거움에 관한 이야기들

차는 중국이 가장 숭상하는 전통음료이며 명실상부한 중국의 국민음료이다. 당나라 다성인 육우가 '남방의 아름다운 나무'라고 칭찬했던 신비롭고도 아름다운 이 식물이 광활한 중국의 국토에서 생장한 것은 벌써 7,8천만 년의 역사를 가지고 있다. 화하의 옛 선민들은 세계에서 가장 먼저 차의 가치와 효능을 발견하고 찻잎을 만들어 이용했으며 가장 먼저 찻잎 재배, 채취, 가공, 이용을 시작했다. 고대시기 신농이 차로 해독했다는 전설로부터 선진시대 '생자갱음(生煮羹飮, 찻잎을 끓여 마시는 방법)'에 이르기까지, 그리고 삼국시대 오나라 왕 손호(孫皓)가 말한 '밀사도천이대주(密賜茶荈以代酒, 몰래 차를 하사하여 술을 대신하게 하다)'라는 기록으로부터 왕안석이 차를 달이기 위해 물을 선별했다는 이야기에 이르기까지 다사에 관련한 고사는 실로 많다. 차가 외국으로 전파된 이후에도 일련의 기이한 이야기들이 전해졌는데 이렇듯 차를 음미하는 가운데 일어난 이채로운 이야기들을 엮어 차문화의 한 모습을 살펴볼 수 있다. 여기서는 몇 개의 짤막한 이야기로 독자들에게 '차를 음미' 할 기회를 제공하고자 한다.

●직접 차를 재배한 '별난 다인'

당나라는 중국의 봉건제도가 득세한 시기로 다사는 번성하고 차 마시는 풍조가 성행했다. 당시 유명한 시인들은 거의 모두가 차를 즐겼으며 일부 시인들은 심지어 중독의 수준에 이르렀는데 대시인 백거이(白居易)가 그 중 한 사람이다. 그는 평생 차를 즐겼으며 그의 현존하는 2,800수의 시 가운데 다사를 언급한 것만 50여 수에 이른다. 그의 많은 찻잎에 관한 시로 미루어 보건대, 그는 많은 명차를 마셨던 경험이 있으며 그 중에는 촉차(蜀茶), 몽정차, 녹창명(綠昌明), 자순차, 백명아(白茗芽) 등이 있다. 그가 가장 좋아하며 높이 평가했던 것은 촉차와 몽정차였다. "양자강 물은 중품이요, 몽산정의 차는 상품이라."며 그는 몽정차를 찬양하는 시를 짓기도 했다. 그밖에 유명한 『시다금(詩茶琴)』에서 "가야금으로는 녹수만을 듣고, 차 중에 오랜 친구는 몽산차 뿐이라."고 썼다. 여기에서 시인은 몽산차와 당시 유명한 곡이던 '녹수'를 함께 거론하고 몽산차를 '오랜 친구'라 칭함으로써 시인의 몽산차에 대한 애정을 충분히 표현했다.

뿐만 아니라 백거이는 직접 차나무를 재배했던 유일한 시인이기도 하다. 원화(元和) 연간에 백거이가 강주(江州) 사마(司馬)로 좌천되어 노산 향로봉 유애사(遺愛寺)에 이르렀을 때 『향로봉하신치초당즉사영영(香爐峰下新置草堂卽事詠懷, 향로봉 아래 새로 초당을 짓고 마음속의 생각을 시가로 읊다.)』라는 시에서 "향로봉 북쪽, 유애사의 서쪽 편에 흰 바위는 깨끗하고 맑은 물도 잔잔하네.", "바위사이에 작은 초가집을 짓고 골짜기를 파서 차밭을 만들었다네."라고 썼다. 그의 시에서 시인의 한가롭고 소박한 생활에 대한 만족과 한없는 즐거움을 엿볼 수 있다.

● 왕안석의 찻물 선별

왕안석은 노년에 기관지 천식을 앓았는데 약을 써도 근본적인 치료가 되지 않아 애를 먹었다. 태의원(太醫院)에서 양선차(陽羨茶)를 마시되 반드시 장강 구당(瞿塘) 중협의 물을 길어다 달여 마셔야한다고 일러주었다. 소동파는 촉(蜀)지역 사람이라 왕안석은 그에게 "왕래하시는 길에 구당 골짜기 중간의 물을 한 항아리 길어다 이 늙은이에게 주면 노쇠한 늙은이의 목숨을 연장하는 데 도움이 되겠소."라며 부탁했다. 소동파는 기꺼이 그러겠노라고 했다.

얼마 후 소동파가 직접 물을 길어 왕안석을 만나러 왔다. 왕안석은 사람을 시켜 물 항아리를 서재에 내려놓고 직접 옷소매로 털고 닦았다. 그러고는 부리는 아이를 시켜 불을 지피고 물을 끓였다. 먼저 백정완(白定碗)에 양선차를 한

● 왕안석은 양선차를 달이기 위해, 소동파에게 구당 중협의 물을 길어 달라는 청을 한 일이 있다.

● 문인들은 모임이 있으면 아이종을 불러 차를 끓였다.

줌 넣고 찻물이 게눈처럼 끓어오르길 기다렸다가 재빨리 다완에 부었더니 한참이 지나서야 그 색깔이 나타났다. 왕안석이 물었다. "이 물은 어디서 떠온 것이오?" 소동파가 대답했다. "무협입니다." 왕안석이 말했다. "그렇다면 중협에서 떠온 것이 맞겠구먼" 소동파가 다시 대답했다. "그렇습니다." 왕안석은 웃으며 말했다. "또 늙은이를 속이려 드는군! 이것은 하협의 물인데 어찌하여 중협의 물이라 하오?" 소동파는 크게 놀랐고 사실대로 고할 수밖에 없었다. 알고 보니 소동파는 아름다운 삼협의 경치를 감상하느라 배가 하협에 이르러서야 왕안석이 부탁했던 일을 떠올렸다. 그러나 그때는 물의 흐름이 너무 세차 되돌아 올라가기는 힘들었다. 소동파는 할 수 없이 뱃사람에게 배를 멈추라고 명하고 경험 많은 한 노인을 불러 구당 삼협의 물을 어찌 구분하느냐고 물었다. 노인은 말했다. "삼협은 서로 연결되어 있어 그 구분이 없습니다. 상협이 중협으로 흐르고 중협은 하협으로 흐르니 밤낮으로 그 흐름이 끊어지는 법이 없습니다. 어느 물을 길어도 좋고 나쁨을 구분할 수 없

습니다." 소동파는 서로 차이도 없을 바에야 하협의 물을 길어 그것을 보충해야겠다고 생각했던 것이다. 왕안석이 물을 구별한 것에 대해 소동파는 신기하게 여겨 물었다. "삼협이 서로 연결되어 모두가 같은 물인데 선생님께서는 어찌 그것을 구분하시는지요?" 왕안석이 말했다. "글을 읽는 자는 경거망동해서는 안 되며 반드시 세심하게 이치를 살펴야 하오. 구당물의 성질은 『수경보주(水經補注)』에 나와있소. 상협의 물은 그 성질이 너무 급하고 하협의 물은 너무 느리고 중협의 물만이 그 완급이 반반이지요. 태의원의 명의가 이 늙은이의 증세를 알고 중협의 물을 사용하도록 한 것이라오. 이곳의 물로 양선차를 끓이면 상협의 물은 그 맛이 짙고 하협은 그 맛이 연하고 중협의 물은 그 중간이 되는데, 오늘 이 차는 한참만에야 색깔이 나타나니 하협의 물인 것을 알 수 있는 거라오." 소동파는 크게 깨닫는 바가 있어 급히 일어나 사죄하고 왕안석에게 탄복해마지 않았다.

●책 알아맞히기, 내기하기, 차 마시기

"꽃잎은 흐르는 물결 위에 떠서 저대로 흘러가네. 한 가지 그리움을 두 곳에서 애태우네. 고이는 정은 풀어 버릴 길 없고, 눈썹 내리우니 그리움이 다시 솟네." 이것은 이청조(李淸照)가 『일전매(一剪梅)』에서 결혼한 지 얼마 안 되어 남편 조명성(趙明誠)이 먼 길을 떠났을 때의 그리움과 슬픔을 표현한 시이다. 이청조(약 1084~1151년)의 별호는 이안거사(易安居士)이고 송나라 때 완약파(婉約派)의 대표적 인물 중 하나이다. 그녀의 사(詞)는 참신하고 깨끗하며 이해하기 쉬운 구어체로 표현되어 있으며 생활의 숨결이 농후하게 녹아있어 송사 중에서도 독특하고 이채로운 특색을 나타내며 '이안체(易安體)'로 불리운다.

이청조는 높은 문화적 소양을 가진 관리 집안에서 태어나 18세 때 당시 젊은 금석학자이던 조명성과 결혼했다. 결혼 후 두 사람은 각각 글을 읽고 시를 쓰면서 고서적, 서화, 금석, 사료를 수집하고 또 한편으로는 차를 마시며 그 고상한 정취를 즐겼다. 기록에 따르면 이청조가 산동 청주(靑州)에서 지내던 10년간, 식사 후에 두 사람은 책으로 가득한 '귀래당' 서재에서 차를 달이며 역사를 논하다가 먼저 어느 책, 어느 권, 어느 페이지에 나온 이야기인지 말하는 사람이 먼저 차를 마셨다고 한다. 이청조는 학식이 깊고 기억력이 좋으며 사고가 민첩하여 종종 한 발 앞서 답을 말하곤 했다. 그럴 때면 이청조는 만족한 듯 크게 웃었고 그리고 나서 부부는 마주보며 차를 마셨다. 그들이 이같이 차를 통해 학문 정진을 돕고 부부간의 애정을 돈독히 했다는 아름다운 이야기는 오늘날 사람들의 입에서 입으로 전해지고 있다.

●화로 인해 복을 얻다

찻잎이 막 유럽에 전해졌을 때 사람들은 차에 대해 잘 알지 못했다. 어떤 이는 차가 장수할 수 있게 하는 묘약이라 했고 또 어떤 이는 이것이 사람을 해치는 독물이라 했다. 사람들의 추측에 대해 당시 스웨덴 국왕 구스타프 3세는 차와 커피의 효능과 독성을 검증하기 위해 두 형제 사형수를 실험대상으로 삼기로 결정했다. 국왕은 그들의 사형을 면해주는 조건으로 형에게는 매일 몇 잔의 차를 마시도록 하고 동생에게는 몇 잔의 커피를 마시도록 했다. 몇 년이 지나도 형제는 독성이 나타나지 않았을 뿐 아니라 오히려 몸이 대단히 건강해졌고, 차와 커피는 이미 그들의 생활에 없어서는 안 될 음료가 되어 하루라도 마시지 않으면 편치 않게 되었다. 차와 커피를 마시며 형제는 모두 장수하여 80세까지 생을 누렸다. 이로부터 스웨덴 사람들은 안심하고 차를 마실 수 있었고 차는 점차 널리 성행하기 시작했다.

● 이청조는 차를 낙으로 삼았다.

몽고족의 내차무(奶茶舞)

8 특이한 차들

몽고족이 즐겨 마시는 내차 만드는 방법은 이러하다.

먼저 차를 빻아 철솥에 넣고 물을 부어 끓인다.

약 십분 후 찻물이 짙어져 홍갈색을 띠면 미리 끓여 놓은 우유나

양젖을 붓고 거기에 소금을 조금 넣고 고루 저으면

향기로운 내차가 완성된다.

비범하면서도 평범한 공부차

중국은 차의 고향이다. 때문에 중국인들은 차의 정취를 가장 잘 이해하며 음다 예술을 가장 중시한다. 고금을 막론하고 인류는 아름다운 차 예술을 추구

해 왔고, 이를 위해 최고 수준의 음다방식을 끊임없이 창조해왔다. 공부차(工夫茶)는 바로 이러한 노력의 결과이다. 공부차가 오늘날까지도 많은 사랑을 받을 수 있는 이유는 그 다예 기법이 독창적이고 고결한 아름다움을 갖췄을 뿐 아니라 세계 여러 지역에 널리 전파되었기 때문이다. 먼저 복건 산간지역과 광동의 조산 평원에서부터 동남아 지역으로 전해졌고, 계속해서 대만, 일본, 구미 각지로 퍼져 나갔다.

공부차의 '비범함'은 그 '달이는 방법'이 대단히 정교하고도 깊은 이해가 필요하다는 데 있다. 가장 대표적인 공부차인 조산(潮汕) 공부차에 대해 말하자면 그 다예 과정이 홍차, 녹차, 화차 등 다른 차보다 훨씬 복잡하고 신경 써야 하는 부분이 많다. 공부차를 음미하려면 그 색, 향, 맛, 형태 외에 무이차의 '암운(岩韻)', 안계차의 '관음운(觀音韻)', 봉황차의 '산운(山韻)', 동정차의 '풍운(風韻)' 등 '운(韻, 정취)'을 음미하는 것이 가장 중요하다. 운은 청(淸, 맑다), 아(雅, 우아하다), 후(厚, 진하다), 원(遠, 심오하다)의 조건을 말하는 것으로 훈련이 부족하거

나 차 마시기 경험이 부족한 사람은 운과 맛의 구분이 근본적으로 불가능하며 청, 아, 후, 원은 말할 필요도 없다. 공부차를 마시려면 우선 고풍스런 다구를 갖추어야 하는데 사람들은 이를 일컬어 '팽다사보(烹茶四寶)'라 한다. 첫째는 맹신관(孟臣罐)인데 이것은 의흥 자사로 만든 다호로, 작고 정교하며 겨우 1량의 물만을 담을 수 있다. 둘째는 고침구(苦琛甌)인데 이것은 작고 신기하게 생긴 찻잔으로 그 크기가 탁구공 반만하고 4ml의 찻물을 담을 수 있으며 보통 4개를 한 세트로 하여 타원형 다반(茶盤)에 놓는다. 셋째는 옥수석외(玉水石畏)인데 홍갈색을 띠는 편평한 수호(水壺, 끓인 물을 담는 다구)로 4량 정도의 물을 담을 수 있다. 넷째는 산두풍로(汕斗風爐)인데 물을 끓이는 데 사용하는 화로이다. 도제품 외에 다호, 잔, 주발 등은 자기도 있는데 전체에 청색 유약을 바르고 흰색 바닥에 파란 무늬를 그려 넣어 풍미를 살렸다.

● 공부차의 다구

● 다호를 돌려가며 4개의 찻잔에 차를 따름으로써 각 찻잔의 차 농도가 일치하도록 한다.

　'사보'가 모두 갖춰지면 차를 음미할 수 있다. 공부차는 우려내는
방법도 독창적이다. 우선 깨끗한 샘물을 떠다가 다구를 깨끗이 씻어 다
반에 준비해 놓는다. 이어서 끓인 물로 맹신관과 고침구를 한 번 헹궈
낸다. 그런 다음 맹신관에 반 이상이 차도록 찻잎을 넣고 펄펄 끓인 물

을 붓는다. 한 가지 주의해야 할 점은 처음 물을 부을 때는 따뜻한 찻잔을 사용해야 한다는 것이다. 물이 맹신관에 가득 차면 뚜껑으로 입구에 있는 찻잎을 살며시 밀어낸 후 즉시 뚜껑을 닫아 향기가 날아가지 않도록 한다. 잠시(약 1분 미만)후 다호를 돌려가며 4개의 찻잔에 차를 따름으로써 각 찻잔의 차 농도가 일치하도록 한다. 이렇게 돌려가면서 따르는 방법을 '관공순성(關公巡城)'이라 한다. 마지막 순간에 돌아가며 한 방울씩 균형을 맞춰가며 차를 따르는 것을 '한신점병(韓信點兵)'이라 부른다.

차를 잔에 따랐다 해서 절대 급히 잔을 들고 마셔서는 안 된다. 공부차의 규칙에 따라 우선 잔을 코밑에 가져다가 찻잎의 맑은 향을 맡고, 그 다음 차를 마시되 찻물을 입속에서 돌려가며 향을 즐긴 후 목을 적시고 몸을 편안하게 한다. 이같이 향을 맡으며 마시되 공부차가 사용한 것이 우롱차이기 때문에 일반적으로 3~5잔은 연거푸 마실 수 있다. 그러나 5잔까지 마시고 나면 찻잎을 버리고 새 차로 바꾸는 것이 좋다.

그러나 이같이 공부차가 '비범'하다고 해서 결코 '탈속(脫俗)'한 것은 아니다. 공부차가 이렇게 여러 지역에 보급되고 유행했다는 것은 이것이 일반 서민들의 생활 속에 얼마나 깊이 뿌리내렸는가를 보여주는 증거다. 청말 명초의 옹휘동(翁輝東)은 『조주다경(潮州茶經)·공부차』에서 공부차가 조산지역에서 널리 유행한 모습을 사실적으로 묘사했다. "귀한 손님이 모인 잔치이건, 한적한 곳의 조용한 주택이건, 상점이나 공장이건, 노상이건, 매일 바쁜 생활 속에서도 한가한 시간이 찾아오면 다들 찻잔과 주전자를 들고 서로에게 차를 따라주며 즐거운 삶을 만끽한다." 조산 사람들은 예부터 찻잎을 '다미(茶米)'라 부르며 이미 식량과 동일시했다. 또한 빈부에 상관없이 집집마다 '오미(烏米)'와 '백미(白米)'를 비축해 두었는데 '오미'란 찻잎을 가리키는 것으로 차 마시기가 이미 생활의 일부가 되었음을 잘 보여준다. 조산 사람들이 공부차를 즐겨 마셨던 모습은 영화에서도 여러 차례 소개되었는데, 그 중 최초로 나타난 영화는 1940년대 말 왕단봉(王丹鳳)이 주연한 〈해외심부(海外尋夫)〉이다. 이 영화는 바다를 떠돌며 부두에서 노역을 하는 젊은이가 공부차를 달이는 재능으로 사장의 총애를 받아 행운을 얻는다는 내용을 묘사하고 있는데, 차 달이는 능력이 얼마나 중시되었는지 잘 나타나는 대목이다.

조산에 가 본 사람이라면 누구나 조산 사람들이 손님에게 친절하다고 느꼈을 것이다. 손님이 집안에 들어오면 주인이 먼저 내오는 것은 음식이 아니라 공부다구이다. 조산 사람들은 공부차로 손님을 접대하는 것이 가장 고상한 예절이라 여기기 때문이므로, 그 차의 짙은 향이 맞지 않더라도 주인의 성의를 생각해서 마음으로 향을 느끼도록 해야 한다.

공부차가 '비범'하면서도 '평범'하다고 하는 것은 공부차 다예가

만들어낸 우호적이면서 운치 있는 분위기에서 기인한다. 이 분위기는
손님, 가족, 친구에 대한 정을 가득 담고 있다. 공부차의 이러한 '정'은
공부차를 마셔본 모든 사람들에게 깊은 인상을 남긴다.

서장지방의 소유차

당나라의 문성(文成)공주가 서장(西藏, 지금의 티벳)과 화친하
여 변경지역의 안정을 꾀한 일은 역사적으로 미담으로 전해진다. 당시
당나라에는 차 마시는 풍조가 성행하여 모두들 차를 즐겼다. 문성 공주
는 집을 떠나 멀리 서역으로 가면서 많은 혼수를 준비했다. 금은 장신
구, 진주마노, 비단주단 외에 각종 명차가 포함되었는데, 이것은 문성
공주가 평소 차를 즐기고 또한 차로 손님 접대하는 것을 좋아했기 때문
이었다.

서장은 고원지대로 기후가 한랭건조하고,
사람들은 하루 세끼를 모두 육식 위주로
하며 과일과 야채는 거의 먹지 않았다.
문성공주는 처음 서장에 도착했을 때
그곳 생활에 익숙지 않았다. 매일
이른 아침 여종이 우유를 가져오
면 그녀는 두 눈을 질끈 감았지만
먹지 않을 수 없었기에 먹고는 늘
위가 불편해 고생하곤 했다. 그래서
그녀는 한 가지 방법을 생각해냈다.
먼저 우유를 반 컵 마신 후 차를 반 컵

● 문성공주는 멀리
시집가면서 각종 명차를
가지고 갔다.

● 소유차(酥油茶, 소나 양의 젖을 국자로 저으며 부글부글 끓여 냉각한 후 응고된 지방을 넣어 만든 차) 끓이는 도구

마시는 것이었다. 그리고 나서부터는 정말로 위가 훨씬 편안해졌다. 이후 그녀는 아예 차즙을 우유에 넣어 함께 마셨는데 의식하지 않은 사이 차와 우유가 섞여 그 맛이 우유나 차 하나로 마실 때보다 더 좋았다. 이후로부터 아침에 우유를 마실 때 차를 넣었을 뿐 아니라 평소에 차를 마실 때에도 우유와 설탕을 넣게 되었는데 이것이 바로 초기의 내차(奶茶, 우유차)이다.

"위에서 좋아하면 아래에 효과가 있다.(上有所好, 下有所效)"는 말이 있다. 문성공주가 차를 즐겨 마시는 것을 본 사람들은 처음에는 이를 대단히 신기하게 생각했고 이후로 서장 관리 귀족들이 차례로 이를 모방했다. 공주도 늘 차로 군신과 친구를 접대했다. 처음으로 차즙을 마실 때 그들은 약간 쓰고 떫다고 느꼈지만 마신 후 입안에 향기가 남아 위장이 시원하고 갈증이 해소되어 정신이 맑아졌으며 마음이 가벼워짐을 느꼈다. 이같이 차가 점차 많은 사람에게 전해지면서 사람들은 찻잎을 선초묘약이라 여겼고 심지어 문성공주가 이렇게 아름다운 이유도 차를 마신 때문이라 생각했다. 그래서 사람들은 앞을 다투어 이 같은 습관을 따라했고 차 마시는 풍조는 빠르게 확산되어 서장 각지로 퍼져 나갔다. 문성공주는 차 마시는 습관을 보급하기 위해 그 이치를 이해하게 하고 그 방법을 전하는 외에, 서장왕에게 건의하여 사람들을 파견하여 목축, 짐승의 가죽과 털, 녹용 등 토산품을 가지고 섬서, 사천 등 지역으로 가 찻잎으로 바꾸도록 했다. 이로부터 서장의 차 마시는 풍조는 날로 성행했으며 찻잎의 소비량도 점차 늘었다.

사람들은 차를 마시면서 점차 한 가지 사실을 깨달았다. 느끼한 고기를 먹은 다음 진한 차를 마시면 위장이 아주 편하다는 점이었다. 문성공주는 경성(京城)일대에 파, 생강, 참깨 볶은 쌀 등을 차에 넣어서 끓여 먹는 사람들이 있다는 것을 생각해 내고는 차를 끓일 때 소유(소, 양의 젖을 국자로 저으며 부글부글 끓여 냉각한 후 응고된 지방)와 잣을 넣어서 먹어보았더니 아주 향기로웠다. 설탕을 넣지 않고 귀한 소금을 좀 넣으면 짭짤하고 향긋한 것이 그 맛이 더 훌륭했다. 문성공주는 새해를 맞을 때 직접 소유차를 만들어 대신들을 접대했다. 이로써 '소유차' 는 점차 예절을 갖추어 성대하게 서장귀족과 손님을 접대하는 가장 훌륭한 음식이 되었고, 오늘날 손님이 왔을 때 소유차를 대접하는 것은 서장 사람들의 독특한 풍습으로 자리 잡았다.

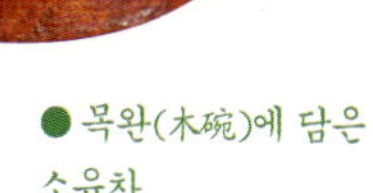

● 목완(木碗)에 담은 소유차

요즈음은 소유차 만드는 과정이 훨씬 복잡해졌다. 보통 먼저 물을 한 솥 끓이고 차를 빻은 후, 펄펄 끓는 물에 넣는다. 약 반시간 쯤 후에 찻물이 우러나면 찻잎을 건져내고, 찻물은 긴 원기둥 모양의 차통에 넣는다. 한편, 우유에 소유가 응고될 때까지 끓인 후 찻물이 담긴 차통 안에 붓고 적당량의 소금과 설탕을 넣는다. 이 때 차통의 뚜껑을 닫고 손으로 차통을 잡은 채 상하로 움직이는 긴 막대기를 이용하여 계속 두드린다. 통안의 '딸그락, 딸그락' 하던 소리가 '찰, 찰' 하는 소리로 바뀌면 차, 소유, 소금, 설탕 등이 한데 섞여 소유차가 완성된다.

소유차를 만드는 데 사용하는 차통은 대부분 구리 재질로 되어 있으며 은으로 만든 것도 있다. 소유차를 담는 다구는 대부분 은으로 만들어져 있는데 금으로 가공하여 만든 것도 있다. 다완은 목완이 대부분이지만 금, 은 혹은 동에 상감을 넣어 만들기도 한다. 어떤 것은 비취로 만드는데 이러한 화려하고 값비싼 다구는 전문가들에게는 보물과도 같았다. 이같이 여러 등급의 다구는 재산 정도를 가늠하는 척도가 되기도 했다.

소유차를 마실 때는 예절을 중시한다. 대부분 손님이 들어와 앉은 후 여주인이 즉시 참파를 내어오는데 이는 볶아 익힌 청과맥 가루와 차즙을 섞어 만든 것을 단차 모양으로 빚은 것이다. 그러고 나서 다완을 내어오는데 여주인은 예의를 갖춰 나이 순서에 따라 연장자부터 소유차를 따른 후 모두에게 친절하게 차를 권하고, 이 때 주빈은 소유차를 마시며 참파를 먹는다. 이같이 자주 볼 수 없는 차 마시는 풍습은 대다수 사람들에게 신선한 느낌을 준다. 소유차를 마시는 데는 또한 많은 규칙이 있다. 현지 습관에 따라 손님은 소유차를 마실 때 단번에 다 마셔서는 안 된다. 이러한 방법은 예의 없고 교양이 없어 보인다. 보통은 한 잔을 마신 후 약간의 시간을 두어야 하는데 이것은 여주인의 차 달이는 솜씨를 칭찬하는 의미이다. 이 때 여주인은 그 뜻을 마음으로 이해한 후 다시 한 잔 가득 차를 따른다. 이렇게 두세 번 반복한 후 더 이

상 마실 뜻이 없을 때 손님은 남은 차를 예의를 갖춰 땅에 뿌림으로써 소유차를 배불리 먹었음을 나타내고 여주인도 더 이상 차를 권하지 않는다.

　장족은 청장고원(靑藏高原)에서 사는데 그곳은 지세가 높고 기후가 한랭건조하다. 장족 사람들은 통상적으로 소와 양고기, 참파를 주식으로 하는데 "고기의 비린 맛은 차가 아니면 없앨 수 없고, 청과의 뜨거운 기운은 차가 아니면 풀 수 없다."고 한다. 이는 그들이 소유차를 즐겨 마시는 이유이기도 하다. 남녀노소를 불문하고 모두가 하루도 소유차를 거르는 법이 없으며 매일 약 20잔 정도를 마신다. 다호를 화로에 올리고 종일 끓이면서 언제든 마실 수 있도록 한다. 이 지역에서는 라마교 제사를 지낼 때 신도들은 경건하게 차를 올리고 부호들은 차를 시주하는 풍습이 있다. 그들은 이것이 '덕을 쌓고', '선을 행하는' 방법이라 여긴다. 서장의 큰 라마교 사원들은 아주 커다란 차솥을 준비해 두는데 그 솥의 지름이 1.5m를 넘으며 찻물을 몇 동이나 담을 수 있다. 사원을 참배할 때는 물을 끓여 차를 달이고 참배자에게 마시도록 하는데, 이것을 불가에서의 일종의 희사로 여긴다.

그 외에도 이들은 차를 결혼할 때 행복의 상징으로 여긴다.

● 소유를 담는 통

그래서 남녀가 결혼할 때 장족 사람들은 차를 진귀한 예물로 삼았다.

소유차는 장족의 고급 음료이며 장족 사람들이 손님을 접대하는 예절의 차이기도 하다. 서장을 방문할 기회가 있다면 친절한 장족 사람들에게 향기로운 소유차로 접대 받는 경험을 할 수 있을 것이다.

몽고의 내차

"하늘은 창창하고, 들은 끝없이 망망하구나. 바람이 불어 풀이 흔들리고 멀리 소와 양이 풀을 뜯는다." 이 시를 읽을 때마다 파란 하늘, 흰 구름과 아름다운 대초원에 목동이 말을 타고 누비는 아름다운 광경이 눈앞에 펼쳐진다.

몽고족 사람들은 자손대대 이 아름다운 초원에서 뿌리를 내리고 살아왔다. 풍요로운 초원, 셀 수 없이 많은 소와 양들은 그들로 하여금 독특한 음식문화를 형성하게 했다. 현지 주민들은 고기와 치즈를 주식으로 하기 때문에 "하루 식사를 거를지언정 하루도 차 없이는 살 수 없다."는 생활 습관이 생겼고 차는 그들의 일상생활에서 필수품이 되었다.

● 전다(磚茶, 차 부스러기를 늘러 벽돌모양으로 만든 차)

몽고족 사람들이 차를 마시는 방법은 지역마다 다르다. 도시와 농촌 지역에서 차를 우려내 마시는 것과 달리 목축 지역에서는 대부분의 사람들이 철솥에 차를 넣고 끓여 마시는 방법을 사용한다. 몽고족은 하루 세끼를 먹을 때 항상 차와 함께 하는데, 그 때문에 ‘하루 세끼’라는 말보다는 ‘세 번의 차와 한 끼 식사’라고 말하는 편이 더 정확하다 할 것이다. 목축민들은 아침, 점심, 저녁에 각각 한 차례씩 차를 마시는 습관이 있으며 그들이 마시는 것은 맑은 차가 아니라 향기로운 내차(奶茶, 우유차)이다. 그들은 차를 마실 때 늘 볶은 쌀이나 우유과자 등의 간식을 함께 낸다.

내차 만드는 방법은 이러하다. 먼저 차를 빻아 철솥에 넣고 물을 부어 끓인다. 약 10분 후 찻물이 짙어져 홍갈색을 띠면 미리 끓여놓은 우유나 양젖을 붓고 거기에 소량의 소금을 넣고 고루 저으면 향기로운 내차가 완성된다. 어떤가? 소유차를 만드는 방법과 비슷하지 않은가? 청나라 사람 기운사(祁韻士)의 『서수요략(西陲要略)』에는 몽고인의 차 마시는 습관이 기록되어 있다. “관직에 오른 귀족들은 여름에 치즈와 우유를 먹고 겨울에 소나 양고기를 먹는데, 가난한 서민들은 우유차를 마시며 생활했다. 그들은 목축 외에 매년 서장차 끓이는 것을 중요한 일로 삼았다.” 몽고 내차가 서장지역 차 마시는 습관의 영향을 받아 발전했음을 알 수 있다. 그러나 몽고인들은 차 마시는 방법을 계속 발전시켜 점차 자기 민족만의 독특한 방법을 만들었다.

몽고족 사람들은 매일 서너 차례 내차를 마셨고 많은 경우 대여섯 차례 마시는 이도 있다. 일반적으로 이른 아침 내차를 한 주전자 끓여 약한 불에 데워가며 하루 종일 마신다. 손님이 오는 경우에는 내차, 코담배와 볶은 쌀로 손님을 대접했다.

백족의 삼도차

　　운남 대리(大理)의 창산(蒼山) 아래 이해(洱海, 운남성에 있는 호수 이름)가에는 대대로 가무에 능한 백족(白族)이 살고 있다. 명절이나 친구들이 방문했을 때 백족 사람들은 첫맛은 쓰고 두 번째 맛은 달며 세 번째로 뒷맛을 남기는 '삼도차(三道茶)'로 손님을 대접했다. 전해지는 바에 따르면 삼도차는 아랫사람이 찾아와 배움을 청할 때 윗사람이 행했던 일종의 예식에 사용된 것이 그 초기 형태였다. 진정한 배움을 얻으려면 우선 쓴 맛을 봐야 하는데, 험난한 단련을 거쳐야만 생활의 달콤함을 얻을 수 있고 세상의 시고 달고 쓰고 매운 온갖 맛을 충분히 알아야만 인생의 참뜻을 알 수 있다는 함축적 의미를 내포하는 행위였다. 시간이 흘러 이러한 차 마시는 방식은 이미 백족이 손님을 대접하는 의식으로 자리 잡았다.

　　백족 사람들은 손님이 오면 주인이 나와 멀리서 온 손님에게 친절하게 이야기를 건네는 한편 불을 지피고 물을 끓인다. 물이 끓으면 잠시 한 쪽에 둔다. 주인은 다관을 약한 불에서 천천히 데우고 다관이 뜨거워지면 찻잎 한 줌을 다관에 넣는다. 그리고 나서 다관을 약한 불에 올려 돌려가며 데우는데, 이 때 찻잎이 다관 안에서 계속 섞이며 골고루 데워지게 한다. 다관 안 찻잎의 색깔이 녹색에서 황색으로 변하며 향이 나기 시작하면 즉시 다관에 끓는 불을 붓는다. '펑 '하는 소리가 들리면서 뜨거운 김이 피어오르고 찻잎이 물 속에서 상하로 움직이면 이 때가 바로 찻물을 걸러낼 시기다. 이 때 다관 밖으로 넘친 찻가루는 마치 활짝 핀 수국 같다. 이어서 주인은 진하게 우러난 차를 손님의 잔에 차례로 따른다. 주인이 찻잔에 두세 방울만 찻물을 부었을 때 그 색은 호박 같고 향은 아주 짙다.

　첫 번째 잔은 농차라고도 부르는데, 그 향은 코를 찌르지만 맛은 쓰고 떫다. 주인은 잔에 약간의 끓는 물을 더한 후 예의바르게 허리를 굽혀 찻잔을 두 손으로 받치고 손님에게 드리는데 보통 작은 잔에 한 잔씩 드린다. 손님은 차를 받으면 주인집의 최고령자에게 전달하며, 자리한 사람들이 모두 잔을 채우고 나면 주인도 함께 차를 마신다. 이 차는 사람이 젊을 때 고생다운 고생을 해야만, 사람다운 사람이 될 수 있다는 뜻을 함축한다.

　두 번째 잔은 단맛이 나는데 다관에 새로 물을 가득 붓고 화로에서 끓인 후 차를 넣어 만든다. 두 번째 잔은 찻잔을 쓰지 않고 다완으로 마시며 다완에 적당량의 흑설탕과 얇은 호두조각을 넣고 함께 우려낸다. 이 차는 맛이 달콤한데, 젊어서의 고생 후 맞이하는 중년의 달콤한 나날을 상징한다.

● 운남 대리의 창산,
이해(洱海)

　세 번째 잔은 뒷맛을 남기는 차인데, 주인은 먼저 꿀을 반 숟가락 뜨고 자홍색 산초나무 열매, 잣, 생강 등 여러 재료를 잔에 함께 넣은 후 다관안의 찻물을 부어 손님에게 드린다. 이 때 흔들면서 마시도록 손님에게 이르는데 이것은 함께 넣은 재료가 찻물과 충분히 섞이도록 하기 위함이다. 이 차가 입안에 들어오면 얼얼하게 매우면서 달고 쓴 여러 맛이 느껴지며 그 뒷맛이 오래 남는다. 이 차는 그 독특한 풍격을 가졌을 뿐 아니라 몸을 보하고 양기를 돋우며 기침을 멈추게 하는 효능이 있다고 전해진다. 이 마지막 잔은 과거에 겪은 수많은 풍상을 되돌아보는 노년을 상징한다.

　백족의 삼도차를 마시면 입안이 편안한데 이것이 바로 삼도차의

● 백족은 '삼도차'를 끓일 때 꿀, 호두, 산초열매 등의 재료를 함께 사용한다.

매력이라 하겠다. 최근 사람들의 생활수준이 향상되고 차문화가 보급
되면서 삼도차에 배합하는 재료도 더욱 다양하
고 풍부해지고 그 함축하는 의미 또한
달라진 부분이 있다. 그러나 첫맛은
쓰고 두 번째 맛은 달며 세 번째로 뒷
맛을 남기는 독특한 풍은 여전히 그대
로이다.

● 삼도차의 다구

객가 지방의 뢰차

　　　　오래 전 중국 북쪽지역에 전쟁과 재난이 빈
발한 탓에 백성들은 수년간 기근에 시달리고 있었다. 이 때 황
하 중하류의 한족들은 전란을 피해 세 차례에 걸쳐 대규모로 남하했
다. 그 중 일부 힘 있는 부호 등은 복건의 풍요로운 평원에 정착했고 대
부분의 보통 백성들은 산간지역에 들어가 중국 남부의 객가(客家)를 형
성했다. 객가는 이같이 대부분 산지에 거주했기 때문에 비교적 쉽게 한
족문화를 지켜가면서 동시에 자신들만의 객가 차문화를 형성했다. 뢰
차(擂茶)는 바로 객가의 독창적이면서 민족 특색을 잘 반영한 일종의
차 마시는 풍속이다.

　객가 사람들의 뢰차는 중국의 수많은 다예 가운데 그 독창적인 매력
을 자랑한다. 민북(閩北)지역의 객가는 예로부터 뢰차를 마시는 습관이
있었다. 그들은 뢰차를 집안의 보물처럼 여기며 친구들이 찾아오거나
중요한 모임이 있을 때, 혹은 경조사를 치를 때 뢰차를 마셨다. 이것이
그들에게는 가장 보편적이고 가장 융성하게 손님을 대접하는 예절이

되었다. 뢰차는 식용으로도 사용되지만 약용으로도 사용할 수 있고, 해갈의 기능 뿐 아니라 배고픔을 채워주는 역할도 한다. 뢰차는 중원에서 기원하여 장강 중하류에서 번성했으며 오늘날에 이르러 복건, 광동, 강서 등 객가의 거주지역으로 확대되었다. 뢰차는 중국의 다른 민족들의 차 마시는 방식과 마찬가지로 고대 선조들의 차 마시는 방식이 보존되어온 한 형태이며 이러한 의미에서 볼 때 일종의 문화유산이라 할 수 있다.

뢰차의 원래 이름은 '삼생탕(三生湯)'이다. 객가 사람들은 뢰차를 만들 때 우선 찻잎, 쌀, 생강을 한데 섞은 후 물에 담갔다가 막자사발에 담는다. 그런 다음 약 50cm의 동백나무로 만든 봉으로 돌려가며 잘게 찧어 부순다. 이렇게 찧으면서 한편으로는 계속해서 참깨, 땅콩, 약초(향초, 국화, 등나무 넝쿨 등)를 첨가한다. 사발 안의 내용물이 곱게 가루로 빻아지면 완성된 것으로, '뢰다각자(擂茶脚子)'가 만들어진 것이다. 이것을 다완에 넣고 고루 섞고 끓는 물을 부으면 향기롭고, 달고, 쓰고, 매운 맛이 어우러진 뢰차가 완성된다. 표주박 가득 갈아 거른 차를 구리로 만든 다호에 넣고 끓인 물을 넣으면 온 방안이 금세 향기로 가득 찬다.

객가 사람들은 친절하며 대부분 뢰차로 손님을 접대한다. 이 때의 뢰차는 고기와 야채를 사용하는 두 종류로 나눌 수 있다. 야채를 먹는 손님을 접대할 때는 땅콩, 강두 혹은 대두, 찹쌀, 다시마, 고구마 전분 당면, 멥쌀가루, 냉채 등을 배합하고, 고기를 먹는 손님을 접대할 때는 볶은 고기 혹은 소장, 죽순, 표고버섯, 지진 두부, 녹말 당면, 파 등을 함께 넣는다. 뢰차는 그 맛이 진하고 오래간다. 마시면 맑은 향이 코로 올라와 혓바닥에서 땀이 나는 것이 느껴지며 입안에 그 향이 머물러 정신이 맑아지고 오장이 편안해짐을 느낄 수 있다. 지금의 객가 사람들은

뢰차에 약간의 변화를 주었는데 잘 볶은 참깨, 튀긴 땅콩을 자스민차에 섞고 여기에 흰설탕을 넣고 잘게 갈아 섞은 다음 물에 타 마신다. 이렇게 만든 차는 두유 같기도 하고 우유 같기도 하며, 마시면 입안 가득 그윽하고 달콤한 맛이 마치 유유자적한 신선이 된 듯 하다. 약리적 관점에서 보면 '삼생탕'은 열을 내리고 폐를 윤기 있게 해주며, 비자를 다스릴 뿐만 아니라 냉기를 쫓아내고 머리를 맑게 하는 효능이 있다. 그래서 일 년 내내 산 속에서 생활하는 객가 사람들에게는 부정한 기운을 쫓아내고 질병에 대한 저항력을 높이며 몸을 건강하게 하는 효과가 있다. 이 때문에 예부터 그들 사이에 늘 하는 말이 전해져 온다. "뢰차를 마시면 몸은 건강해지고 마음은 즐거워진다네."

객가는 산 넘고 물 건너 바람과 이슬 맞아가며 온갖 고생 속에 천리 먼 길을 남하했고, 정착지에 이르러서는 빈손으로 살림을 일으켜야 했다. 이같이 고달픈 과정을 거치며 그들은 점차 강인하고 부지런하며 모험을 무릅쓰고 발전을 지향하는 품성을 지니게 되었다. 바로 이러한 품성은 객가인들이 지칠 줄 모르고 신천지를 찾아 나서는 원동력이 되었다. 뢰차의 풍격과 객가의 정신은 상통하는 면이 있지 않은가? 들판에서 취하여 오랜 여정 동안 달여 마셨던 뢰차는 일월성진(日月星辰)과 풍상우설(風霜雨雪)의 모습을 그대로 담고 있다. 이를 음미하면 고상하며 한가로운 정취가 느껴지고 호방하고 시원스런 기개가 생겨난다. 이는 객가의 귀한 보물이며 고달픈 여정을 견디게 한 '원천' 이다. 수많은 음식문화 중 생활의 철학적 깨달음을 담지 않은 것은 없나 보다.

동가의 유차

해마다 청명절을 전후로 도류(都柳) 강변, 묘령(苗嶺) 산기슭에는 소쿠리를 등에 진 동가(侗家) 아가씨들이 삼삼오오 무리를 이루어 노래를 하며 산 위의 다원(茶園)에 오르는 모습을 흔하게 볼 수 있다. 이 시기가 봄 찻잎을 따기 좋은 때이기 때문이다.

동가 사람들은 차를 마시는 습관은 없지만 일 년 내내 유차(油茶)를 마신다. 동가 지역을 가본 사람들은 그 맑고 향긋하며 허기를 달래주고 갈증을 해소하는 달고 진한 독특한 맛의 '타유차(打油茶)' 를 잊을 수 없을 것이다.

여기서 '타' 는 차를 만드는 과정을 가리키는데 현지 여성들은 거의 모두 이 차를 만들 줄 안다. 유차를 만드는 도구는 간단하다. 솥, 대나무로 짜 만든 차 여과망, 차숟가락만 있으면 된다. 재료에는 차씨 기름, 찻잎(청명차가 적합함), 음미(陰米, 햇볕에 말린 멥쌀), 땅콩, 대두와 잘게

썬 파 등을 사용하며 재료가 준비되면 솥을 걸고 불을 피워 유차를 만든다. 우선 음미를 솥에 넣어 황백색으로 튀겨낸 후 쟁반에 담는다. 그런 다음 튀긴 찹쌀떡, 대두, 땅콩을 각각 사발에 담는다. 세 번째 단계는 찻물을 끓이는 것이다. 차 기름을 달구어진 솥에 치고 여기에 음미를 한 줌 넣은 후 연기와 향이 피어오를 때까지 볶아낸다. 그러고 나서 찻잎을 볶은 쌀과 섞어 볶고 솥에서 연기가 피어오르면 물을 부은 후 약간의 소금을 넣어 함께 끓여낸다. 끓인 차를 각각의 재료가 담긴 잔에 넣어 마신다. 찻물을 얼마나 끓일 것인지는 차를 마시는 사람 수에 따라 정하며 한 사람당 반 다완을 기준으로 한다. 유차를 마실 때는 보통 '삼함일첨(三咸一甛)'으로 한다.(소금을 넣은 찻물 세 사발, 설탕을 넣은 찻물 한 사발) 튀긴 음미, 튀긴 땅콩, 튀긴 찹쌀떡, 튀긴 대두를 다완에 넣고 차숟가락을 사용하여 뜨거운 물을 다완에 넣으면 향기 나는 유차가 완성된다.

유차는 향이 진하고 그 맛이 달콤하며, 영양이 풍부한 특징이 있다. 또한 자주 마시면 정신을 맑게 하고 병을 치

● 동족 가정

료하여 몸을 보호한다. 동족 노인이 유차를 마실 수 없게 된다면 자손의 불효를 질책할 것이다. 동족 사람들은 고향을 떠나 이웃 마을에 갔을 때라도 유차를 마실 수 없으면 몸이 편

● 복건의 차 제조장

치 않음을 느낀다. 동족 사람들과 섞여 사는 묘족, 요족, 장족 사람들도 이러한 풍습의 영향을 받아 유차를 좋아한다. 그들은 대대로 한랭한 고원지역에 사는데 유차를 마심으로써 추위와 질병을 막을 수 있었고 이것이 습관이 되어 유차 마시기가 그들의 민족적 풍습으로 자리 잡았다.

유차를 만들기 위해 현지 주민들은 찻잎을 다병으로 만들어 보관한다. 다병을 만드는 법은 다음과 같다. 우선 채취한 신선한 찻잎을 선별하여 솥에 넣고 끓임으로써 푸른 기운과 떫은맛을 없애고 이를 건져내 말린다. 그런 다음 나무 시루에 넣어 찌는데, 찻잎은 한 번에 1~1.5 kg씩 층층이 깔아 시루에 가득 차게 하고 이것을 냉각한 후 거꾸로 뒤집어 꺼내면 '압축 다병' 이 만들어진다. 이렇게 만들어진 다병은 유차를 끓일 때 사용하면 아주 편리하다.

다병의 제작에 관하여 감동적인 이야기가 전해지고 있다. 옛날 한 동족 젊은 남녀가 결혼을 앞두고 있었는데 젊은이는 신부측에 보낼 예물 때문에 고민을 하고 있었다. 이 때 갑자기 정혼녀에게서 한 통의 편지가 왔다. "사랑하는 오빠, 걱정하지 마세요. 저희 집에서는 돈도 예물

도 받지 않는답니다. 만일 저를 데려가실 생각이라면 찻잎 10근을 담은
바구니만 들고 오세요." 젊은이는 편지를 보고 기쁘고도 걱정스러운 마
음이 들었다. 기뻤던 것은 정혼녀가 예물을 원치 않고 찻잎만을 원했다
는 것이고, 걱정스러웠던 것은 '10근의 마른 찻잎을 어떻게 광주리 두
개에 채워갈까?' 하는 점이었다. 그는 삼일 밤낮으로 생각했으나 뾰족
한 방법이 생각나지 않아 좌불안석이었다. 여동생이 오빠의 근심하는
모습을 보고 웃으며 말했다. "오빠, 새언니는 오빠를 시험하는 거예요.
저에게 도움을 청하지 그랬어요?" 영리한 여동생은 오빠에게 물을 반
솥 끓이고 나무 시루에 찻잎을 넣어 찌도록 했다. 이렇게 층층이 찻잎
을 깔아 찌자 10근의 찻잎은 금세 하나의 다병으로 변
했다. 젊은이는 다병을 바구니에 담아 기분 좋게
정혼녀의 집으로 보냈다. 이후로 쪄서 눌러
만든 다병은 동족 마을에서 전해져 내
려와 오늘에 이르렀다.

● 차 재배 농민들은 보관의
편의를 위해 찻잎을 다병으로
만들었다.

9 중국의 차 습관

중국인은 차를 즐긴다. 집에서도 차를 마시고 차관에 가서도 차를 마신다. 회의를 할 때도 차를 마시고 다투며 이치를 따질 때도 차를 마시려 한다. 아침식사 전에 차를 마시고 점심식사 후에도 차를 마신다. 맑은 차 한 주전자만 있으면 어떤 상황에서도 편안하다.

차로 손님을 대접한다

중국은 차의 고향이며 일찍이 전설 속의 삼황시대에 중국에는 이미 차를 마시는 습관이 있었다. 송대 이후 차는 사람들의 일상생활에서 없어서는 안 될 물품이 되었다. 남송 시대 오자목(吳自牧)은 『몽량록(夢梁錄)』에서 당시 사람들의 생활에 대해 이렇게 묘사했다. "땔감, 쌀, 기름, 소금, 술, 장, 식초 그리고 차는 사람들의 일상생활에 없어서는 안 되는 물품이다." 1930년대 문예계 지식인 임어당(林語堂) 선생은 또 이렇게 말했다. "중국인은 차를 즐긴다. 집에서도 차를 마시고 차관에 가서도 차를 마신다. 회의를 할 때도 차를 마시고 다투며 이치를 따질 때도 차를 마시려 한다. 아침식사 전에 차를 마시고 점심식사 후에도 차를 마신다. 맑은 차 한 주전자만 있으면 어떤 상황에서도 편안하다."(『오사여오민(吾士與吾民)』) 차가 사람들의 생활에서 얼마나 중요한 역할을 차지하고 있는지 알 수 있는 대목이다.

중국은 예의지국으로서, 손님에게 친절하고 예의를 갖추어 사람을 대한다. 손님이 오면 친절하게 예를 갖추어 차를 접대하는 것이 이미 습관이 되었다. 이러한 습관과 사회에 기존에 있던 예절이 서로 결합하여 생활의 정취를 드러냈을 뿐 아니라 점차 속세의 예절 형식으로 변화하여 사회 문화 전통의 한 구성 부분이 되었다.

차로 손님을 접대하는 것은 생활예절의 중요한 한 부분이다. 친구가 놀러 와도 주인은 늘 맑은 차 한 잔을 권한다. "차 드세요!" 통상적으로 주인은 손님에게 환영과 존경의 의미를 전하고자 이같이 말한다. 청나라 사람 유월(俞樾)은 자신의 저서 『다향실총초(茶香室叢鈔)』에서 송나라 무명씨의 『남창기담(南窓紀談)』에 나온 "객이 오면 차를 베풀고, 가려하면 탕을 베푸는 것이 어느 때에 기원했는지 모른다. 그러나 위로는

관부에서 아래로는 여염에 이르기까지 혹
폐함이 없다."는 말을 인용하고 있다. 이
것은 차로 손님을 대하던 예의가 송대
에 이르러 이미 널리 전파되었고, 명
대에 이르러서는 사회 생활에 없어서
는 안 될 예절이 되었음을 알려준다.
차로 손님을 접대하는 것은 중국 국내
에서 역사적으로 전해온 전통 풍습일
뿐 아니라 주변 국가에도 영향을 미쳤다.
청나라 사람 왕석기(王錫祺)가 펴낸『소방호
재여지총초(小方壺齊輿地叢鈔)』에는 일본의『관
광기유(觀光紀遊)』에 명치 17년 5월 13일자로 기록된
"우리나라의 풍습이 모두 중토에서 기원한다... 손님이 오면 반드시 차
를 대접하는데 손님은 이를 쉽게 마시지 않는다. 손님이 잔을 들고 한
모금 마시면 주인은 이것을 보고 손님에 대한 예를 갖춘다."라는 부분
이 인용되어 있다. 지금은 일본 뿐 아니라 몽고, 한국, 베트남 등에도
차로 손님을 접대하는 습관이 있다.

　차로 손님을 접대하는 것은 일종의 예의로써 많은 부분을 신경 써야
한다. 중국 남쪽의 많은 지역에서는 일상적으로 손님을 대할 때 맑은
차 외에 주인과의 친밀도를 고려하여 서로 다른 차와 간식을 낸다. 호
남의 일부 지역에서는 일반적인 차를 달이는 것 외에 친한 친구가 오면
뢰차를 달인다. 강소, 절강 지역에서는 신년 춘절 기간에 손님을 접대
할 때 감람(橄欖, 감람수의 열매)이나 도라지를 찻물에 넣었는데 이를
'원보차(元寶茶)' 라 불렀고 이로써 신년의 길한 기운을 더했다. 소수민
족 지역의 예절 규범은 더욱 많다. 200년 전 포르투갈 선교사 후커는

『달단(옛날에 한족이 북방의 각 유목 민족을 일컫던 통칭)·중국여행기』에서 서장 사람들이 손님을 차로 접대하는 풍습에 대해 상세하게 묘사했다. 소유차를 한 주전자 끓이고 손님이 오면 권한다. 집안에 손님을 초대할 때 좋은 차와 소유가 많으면 손님에 대한 존경의 표시라고 여겼다. 몽고족 유목민들은 매일 세 번 차를 마신다. 손님이 오면 주인은 향이 나는 내차를 초원의 맛을 담은 볶은 쌀, 치즈, 우유과자와 함께 낸다. 서북부 소수민족 지역, 특히 녕하(寧夏) 회족 자치구에서는 회족, 동향족, 보안족, 살랍족을 막론하고 '삼포태(三炮台)' 사발(차받침, 다완, 잔 뚜껑으로 이루어진 다구를 가리킴)로 달인 '팔보차(八寶茶)'(찻잎 외에 얼음설탕, 대추, 구기자 등을 넣어 만든 차)를 손님 접대하기 가장 좋은 차로 여겼다. 운남의 백족들은 손님이 방문하면 늘 자기 민족의 특색을 담은 '삼도차'로 접대한다. 카자흐족은 손님이 차를 마실 때 여주인이 양탄자에 꿇어 앉아 손님에게 차를 따른다. 손님이 첫 잔을 다 마신 후 주인은 두 번째 잔을 내온다. 이 때 손님은 반드시 한 모금 마신 후 그 잔을 들어 여주인에게 권한다. 여주인이 이를 마시면 손님은 편안히 차를 마실 수 있게 된다. 동족 사람들은 손님이 오면 유차를 마시는데 이것은

● 서북지역 소수민족들은 차를 마실 때 차받침, 다완, 잔뚜껑을 모두 갖춘 '삼포태'를 사용한다.

주인의 손님에 대한 최대의 존경을 의미하는 것이다. 손님이 다완을 받아 들면 주인은 젓가락을 함께 건넨다. 손님이 충분히 마시고 난 후 젓가락을 다완에 걸쳐 놓으면 더 이상 마시지 않겠다는 의미이다. 그렇지 않으면 주인은 계속해서 차를 따를 것이다. 호북 악서(鄂西)의 토가족들은 손님을 접대할 때 늘 독특한 유차탕을 끓인다.

유차탕 만드는 법은 이러하다. 먼저 적당량의 차 기름을 솥에 치고 기름에서 연기가 날 때쯤 찻잎과 약간의 산초열매를 집어넣는다. 찻잎이 누르스름하게 변하면 재빨리 적당량의 찬물을 붓고 다시 소량의 생강을 넣은 후 이것을 잘 눌러 짜서 차즙과 생강즙이 충분히 나오게 한다. 물이 펄펄 끓으면 다시 찬물을 붓고 물이 뜨거워질 때까지 기다렸다가 소금, 마늘, 후춧가루 등 조미료를 가미한다. 탕이 완성되면 이것을 미리 다유로 튀겨낸 대두, 땅콩, 호두, 음미, 두부, 옥수수 등이 담긴 다완에 붓는다. 이것을 '팔보유차탕(八寶油茶湯)' 이라 한다. 손님이 먼저 한 잔 들도록 한다. 토가 사람들은 일반적으로 젓가락, 숟가락을 사용하지 않으면서 죽까지도 깨끗하게 먹는다. 그러나 처음 이 곳을 방문한 사람은 이 뜨겁고 향기 나는 유차탕을 끝까지 먹지 못하는 경우가 많다. 이런 경우 주인에게 젓가락을 달라고 하여 다완 바닥의 마지막 부분까지 먹도록 한다.

사회적으로 교류할 때, 차로 사람을 대하는 일은 고상한 방법으로 여겨진다. 중국 고대의 청렴결백한 많은 선비들은 "공명에 욕심이 없어 뜻을 밝게 하고, 조용히 앉아 먼 것을 생각한다."는 인생철학을 가지고 있었다. 공명에 욕심이 없다는 것은 차의 천성이다. 아마도 이런 이유 때문에 차가 그들 간 교류의 매개체이자 상징이 된 듯하다. 진(晉)나라 때 육납(陸納)이라는 사람은 그 성품이 검소하고 소박했다. 그가 오흥(吳興) 태수를 지낼 때 하루는 사안(謝安) 장군이 그를 찾아온다는 전갈

이 왔다. 그의 조카 육숙(陸叔)은 사안을 접대할 아무것도 준비되지 않았음을 알고 걱정이 되었으나 차마 육납에게 직접 물어볼 엄두도 내지 못했다. 그래서 작은 아버지와 상의도 하지 않은 채 풍성한 주안상을 준비했다. 사안이 도착한 후 육납은 다과로만 접대하려 했는데 육숙이 준비한 주안상을 내어왔다. 사안이 돌아간 후 육납은 육숙에게 곤장 40대를 때리고 말했다. "네가 숙부의 이름을 빛내지는 못할지언정 어찌하여 청렴하게 살아온 나의 명성을 더럽히려 하는가?" 그는 바로 공명에 욕심이 없었던 중국 명사이다. 『진서·환온전(晉書·桓溫傳)』에는 동진의 대장군 환온이 다과를 중시했던 일화가 소개되어 있다. "환온은 성품이 검소하여 잔치 때마다 오직 일곱 쟁반에 차와 과일을 담아 접대할 뿐이었다." 사학자들은 환온이 재능이 있으나 권력에 야심이 있는 자였다고 평가한다. 그런데 그가 이같이 검소한 성품으로 표현되었으니, 어느 정도 허구가 담겨 있는 듯하다. 그러나 여기서 차로써 손님을 접대하는 것이 당시에는 훌륭한 품격의 표현이었음을 알 수 있다.

둔황석굴이 발견된 오대(五代)무렵부터 북송 초기에 이르기까지의 글을 실은 『다주론(茶酒論)』은 의인화 수법으로 차와 술의 우열 및 이로움과 해로움을 기술했다. 이에 따르면, 차를 마시고 술을 즐기는 것의 이로움과 해로움을 구별하는 것은 고대에도 의견이 분분했던 화제였다고 한다. 명나라 때 풍몽룡(馮夢龍)의 『광소부(廣笑府)』에 실린 '다주쟁고(茶酒爭高)' 중에 의인화된 차가 술에게 자랑하는 장면이 나온다. "잠을 물리치는 공이 적지 않고 흥을 북돋아 시상을 돕는 것 또한 칭찬할 만하다, 패가망신하는 것이 모두 술로 인한 것이라, 손님을 접대할 때 차만 마시는 것도 그 때문이 아닌가?" 간단명료한 한 마디로 차를 중시했던 의미를 잘 꼬집었다 할 만하다.

중국인에게 차는 점잖은 군자이자, 조용하고 후덕하며 정 깊은 친구

이다. 친구가 멀리서 찾아오면 한 잔의 차를 담는데 그 맑은 향이 우정
과 천천히 어우러져 흐른다. 차로 손님을 접대하는 전통이 천년을 지나
전해져 올 수 있었던 힘이 바로 여기에 있지 않을까.

● 외족이 손님을 접대하던
금은화차

결혼식에서의 차

『홍루몽』 제25회에 왕희봉(王熙鳳)이 사이암(태국의 옛 이름)
공차를 대옥(黛玉), 보옥(寶玉), 보차(寶釵)에게 나누어주는 장면이 있
다. 하루는 왕희봉이 대옥을 놀리며 말했다. "네가 이미 우리 집의 차를
마셨는데 어떻게 우리 집 며느리가 아니란 말이냐?" 여기서 왕희봉이
차를 마신일과 결혼을 함께 거론한 것은 결코 실언이 아니다. 사실 차
와 결혼을 연관시키는 것은 중국의 전통적인 풍습이었다.

옛날 남녀가 결혼을 할 때 남자측은 일정한 예물로 여자를 '교환' 해

오거나 '사' 왔다. 결혼은 남녀 일생의 행복과 관계된 것이기 때문에 대부분의 부모들은 예물에 어느 정도의 경제적 가치가 있어야 함은 물론이거니와 더 중요한 것은 화를 없애고 복을 가져다주는 길한 물건이어야 한다고 생각했다. 명나라 사람 랑영(郞瑛)은 『칠수류고(七修類稿)』에서 이같이 설명했다. "차씨를 한 번 심으면 다른 곳으로 옮겨 심을 수 없다. 옮겨 심으면 계속 살지 못한다. 그래서 여자가 청혼을 받아들이면 이것을 차를 마신다고 일컫는다. 차로서 예물로 삼은 것 또한 바로 하나만을 섬긴다는 일부종사의 의미에서 출발한 것이다." 『칠수류고』는 명나라 가정(嘉靖), 융경(隆慶) 연간의 작품으로, 여기에는 당시 예물에도 포함되었던 찻잎이 쌀이나 술처럼 단순한 일상 생활용품에서 그치는 것이 아니라 봉건제도하의 결혼에서 '일부종사'의 의미를 가지는 것으로 묘사했다. 다시 말해 차는 중국 고대의 일상생활의 '일반 예물'과 혼례과정에서 전체 혼례와 예물을 대표하는 '중요 예물'의 의미를 모두 가지고 있었다. 『봉씨문견기(封氏聞見記)』에는 "옛 사람들도 차

● 차는 음료 중의 '겸손한 군자'로 불린다.

를 마셨지만 오늘날과 같이 이에 매료되어 종일 밤을 지새우고 풍습으로 형성될 정도는 아니었다.”는 기록이 있다. 이것은 생활용품으로서 차를 표현한 것으로 최소한 이 책이 나타난 당나라 중기 이전의 상황을 묘사했다고 볼 수 있다. 중요 예물로서 차에 대해 말해보자. ‘여자가 청혼을 받아들이는 것’을 ‘차를 먹는다.’고 일컬었는데 이것은 송대 이후의 일로 추정된다. 고증에 의하면 당나라 이전의 혼례물품 중에는 남존여비 사상을 반영하는 물건은 있어도 여성에게 ‘일부종사’를 요구하는 예물은 없었기 때문이다.

송은 중국의 이학(理學)이나 도학(道學)이 가장 융성하게 발전한 시기이다. 원의 통치자도 이학을 ‘국시(國是)’로 추앙하고 ‘하늘의 이치를 받들고, 속세의 욕심을 멸한다’는 사상을 고취했다. 때문에 여자가 시집을 갈 때 일부종사의 도덕관을 요구한 것은 남송과 원나라 시기 도가에서 제창되어 나온 것일 가능성이 크다. 옛 사람들은 차가 ‘옮기지 않는’ 특성이 있음을 알게 되었다. 차나무의 번식은 그 씨앗의 생장에 의한 것이며 차나무가 자란 후에도 옮겨 심을 수 없고 그렇지 않을 경우 차나무가 살지 못한다고 인식한 것이다. 이러한 ‘옮기지 않는’ 특성은 도가에서 말하는 ‘일부종사’의 이치에 꼭 들어맞았다. 따라서 찻잎은 혼례에 빠질 수 없는 필수 예물이 되었고 결혼 전체를 상징하거나 대표하는 의미를 함축하게 되었다. 지금도 중국의 많은 농촌지역에서는 여전히 정혼이나 결혼을 ‘수다(受茶, 차를 받다)’, ‘흘다(吃茶, 차를 먹다)’라고 부르며 정혼할 때의 지참금을 ‘다금(茶金)’이라 칭하고, 예물을 ‘다례(茶禮)’라 한다. 이러한 풍습은 중국 고대사회 혼례의 흔적이다.

찻잎을 혼례에서 일부종사의 상징으로 삼은 것은 과거 주로 한족들 간에 유행했던 풍습이었다. 그러나 중국의 많은 소수민족들도 역시 차를 숭상하는 습관이 있었고, 그리하여 혼례 중에 차로 예를 갖추던 풍습은 각 민족에게도 보편적으로 유행하기에 이르렀다. 예를 들어 운남의 와족(佤族)은 약혼할 때 세 차례에 걸쳐 '도첩(都帕, 약혼 예식)'을 보냈다. 첫 번째로 '씨족주(氏族酒)'를 6병 보내는데 이보다 많아도 적어도 안 되었고 별도로 찻잎, 파초 등을 수량에 제한 없이 더 보내기도 했다. 두 번째로 '인거주(隣居酒)'도 역시 6병을 보내는데, 이것은 이웃들이 이 혼사에 대해 동의하고 증인을 서겠다는 의미를 나타냈다. 세 번째로 '개문주(開門酒)'를 보내는데 이것은 단 한 병만을 보내어 신부의 어머니가 베개 곁에 두고 밤에 딸을 위해 기도하며 마시도록 하는 의미였다. 운남 서북부 납서족(納西族)은 약혼을 '송주(送酒)'라 부르는데, 술을 보낼 때 술 한 항아리 외에 차 2통, 설탕 4상자 혹은 6상자와 쌀 2되를 함께 보냈다. 운남 백족은 약혼할 때 대부분 한족과 마찬가지로 차를 반드시 예물에 넣는다. 대리 지방 이해 호수 근처 서산의 백족은 '송팔자(送八字, 사주를 보내는 의식)'에서 남자측이 여자측에 주는 예물 중 반드시 차를 넣었다. 예를 들어 이원(洱源)에 사는 백족 남녀가 사주가 맞아 혼인할 수 있는 경우, 남자측은 여자집에 '옷감, 돼지고기 세 덩어리(그 중 한 덩어리는 꼬리가 달린 채로 둠), 햄, 양 한 마리(도축한 것), 찻잎 2량, 은고리 1개, 귀걸이 한 쌍과 현금 약간, 팔자첩(八字帖) 한 장'을 보냈다. 여자측이 예물을 받으면 혼인이 성사된 것으로 본다. 운용(雲龍)에 사는 백족은 '옷감 4보따리, 차 2근, 돼지고기' 등을 약혼 예물로 한다.

신부를 맞이하거나 결혼식을 올리는 과정에서 차가 어떻게 사용되는지 알아보자. 물론 예물로 삼는 것도 있지만 주로 신랑, 신부의 '교배차', '화합차'로 사용되거나 부모님과 어른께 바치는 '사은차', '인친차' 등의 형식에 이용했다. 때문에 일부 지방에서는 결혼을 '흘다(차를

먹다)' 라고 직접 부르기도 한다. 한족의 '흘다' 에 사용된 차는 약혼에
서 차를 예물로 삼은 이치와 마찬가지로 일부종사의 의미를 나타낸다.
그러나 다른 민족이 결혼할 때 차를 선물하는 것은 대부분 생활 속의
일종의 예절일 뿐이다. 예를 들어 운남 대리 지역의 백족의 결혼식에서
는 신부가 들어온 이튿날 신랑, 신부는 아침 일찍 일어나 우선 친척 어
른들께 차와 술을 올리고, 이어서 부모, 조상께 절을 드린 후 부부가 함
께 식사를 함으로써 혼례가 모두 끝났음을 알린다. 이원지역 백족의 결
혼식에서는 첫날 보통 신부 맞는 의식을 거행하고 둘째 날 정식으로 손
님을 대접하며 셋째 날 신부가 손님에게 절하는 의식을 치르는데, 이
가운데 신랑 신부가 손님들께 차를 올리는 것은 셋째 날이다. 상견례
때 남자측은 신부와 그 부모, 형제에게 선물을 준다. 신부에게 주는 선
물은 주로 결혼식 당일 신부가 착용하게 될 장신구이다. 신부 부모에게

● 옛날, 여자가 청혼을 받아들이는 것을 '흘다(吃茶)'라 했다.

주는 것은 옷감과 돼지고기, 양고기, 술 등이며 주로 손님을 접대할 때 사용할 음식들이다. 신부의 남동생에게 주는 선물은 '술 반 주전자, 찻잎 2량, 돼지고기 한 덩어리'이다. 이처럼 이원의 백족들은 결혼할 때 찻잎을 신부와 그 부모에게 주지 않고 남동생에게만 주었는데, 이 차는 혼례 과정에서 한족과 같은 특수한 의미를 가진 것이 아님을 잘 알 수 있다. 이러한 사실은 운남 서북부 보미족(普米族)의 혼례 풍습에서도 알 수 있다.

보미족은 차를 즐겼는데, 그들의 약혼에서 결혼까지의 과정 또한 매우 복잡하여 약혼 후 2,3년이 지나야 결혼식을 올릴 수 있었다. 녕랑(寧浪)지역 보미족의 결혼 과정에는 고대 '창혼(搶婚, 약탈 결혼)'의 풍습이 아직 남아 있다. 남녀 양가는 우선 혼인 시기를 정하고 때가 되면 신부될 여자로 하여금 나가서 일을 하도록 시킨다. 이 때 신랑될 남자가 몰래 여자에게 접근하여 갑자기 여자를 '약탈'하여 뛰면서 외친다. "아무개가 차 마시러(흘다하러) 가기를 청합니다!" 여자측 친구는 이 소리를

들고 빨리 나와 쫓아가 여자를 '빼앗아' 온다. 그런 후 집에서 정식으로 결혼 예식을 진행한다. 분명한 것은 여기서 '흘다'를 청한다는 것이 한족의 혼례 풍습 중 말한 '흘다'와 의미가 다르다는 점이다.

서북의 유고족(裕固族)은 결혼한 첫날 신부를 미리 설치한 작은 천막에 들여보내고 여자측 친척이나 친구가 신부와 함께 밤을 보낸다. 둘째 날 아침 소유차를 마시고 신부는 큰 천막으로 들어가는 의식을 치른다. 신부가 큰 천막에 들어갈 때 먼저 본채에 있는 불감(佛龕, 불상을 모셔 두는 방이나 집)을 향해 비단수건을 바치고, 시어머니께 소유차를 올린다. 이 의식이 끝나면 축하연이 시작된다. 그 중 가장 특색 있는 것은 신랑에게 양다리고기를 드리는 예식인데 사실상 이것은 잔치를 베풀 때 가수가 흥을 북돋우는 과정이다. 의식이 시작되면 두 명의 가수가 한 사람은 털이 붙어있는 양다리고기를 들고 다른 한 사람은 차를 받치고 서는데, 이 다완에는 큰 소유 한 덩어리와 작은 소유 4덩어리를 넣는다. 차는 대해(大海)를 나타내며 큰 소유는 높은 산을 상징한다. 그리고 나서 모두가 좋아하는 '요답곡과(謠答曲戈, 유고어로 양다리라는 뜻)'를 부른다. 이같이 유고족의 혼례의식에서 차는 대해의 의미만을 상징했다.

요컨대 찻잎문화가 혼례 의식에 스며들거나 혹은 흡수된 것은 차가 '옮기지 않는' 성격이 있었던 이유 이외에 예로부터 차로 손님을 접대하는 것을 예로 생각했던 풍습과도 관련이 있다. 혼례는 사회에 혼인관계를 공개하고 인정을 바라는 일종의 형식이며 잔치를 통해 신랑, 신부가 친척들과 친구들에게 인사하는 자리이다. 또한 결혼을 축하하는 첫날은 보통 양가가 좋은 친구 관계를 맺는 날이기도 하다. 손님에게는 차를 접대하는 것이 풍습이니 혼례에서도 자연스럽게 차가 빠질 수는 없었던 것이다.

제례 의식의 차

　　멀고 먼 상고시대에 인류는 자연을 숭배했다. 그때 사람들은 자연계의 많은 현상들을 이해하지 못했고 자연계의 모든 물체와 자연적 힘은 생명, 의미, 초인적 역량을 가졌다고 인식하고 예로써 이를 숭배했다. 지금까지도 많은 민족들이 여전히 자연을 숭배하는 풍습을 지키고 있다.

　　중국인이 자연 숭배 과정에서 가장 신경 쓰는 부분은 '경(敬)'자이다. 성결한 물건으로서 차는 옛 사람들의 이러한 요구에 정확히 부합했기 때문에 찻잎으로 조상에 제사지내는 것은 고대 중국에서 이미 일종의 민속이 되었다. 문자 기록이 나타난 것은 위진 남북조 시대로 거슬러 올라간다. 양(梁)의 소자현(蕭子顯)이 쓴 『남제서(南齊書)』에는, 남조 시대에 제나라 세조 무황제(武皇帝)가 죽기 전 남긴 유조에 "내 제사상을 위해 절대 산짐승을 희생시키지 말라, 과일과 떡, 차와 음료, 밥, 술이면 족하다."라고 썼다는 기록이 있다.

　　사실 그 이전 동진(東晉)의 간보(干寶)가 쓴 『수신기(搜神記)』에 이미 "하후개(夏侯愷)가 병으로 죽었는데 친족의 한 사람인 구도(苟奴)가 육안으로 분명히 귀신을 보았다. 하후개가 나타나 말을 손질하기도 하고 처를 꾸짖기도 했다. 그는 살아있을 때처럼 위가 평평한 두건을 쓰고 홑옷을 입은 채 서쪽 벽에 있는 평상에 앉아 사람들에게 차를 가져오라고 시키기도 했다."는 기록이 있다.

　　고금을 막론하고 중국인들이 신과 부처를 모셨다는 이야기는 흔하게 찾아볼 수 있다. 『신이기(神異記)』에는 절강 여요사람 우홍이 산에 차를 캐러 갔다가 단구자라는 신선을 만났다는 이야기가 나온다. 우홍은 매일 단구자에게 차를 올렸는데 그로부터 날마다 큰 차나무를 찾을

수 있었고 가난했던 집은 부유해졌다.

　위의 예는 모두 남방 지역에서 발생한 일이다. 황하 유역과 북방 지역 일대에서 보편적으로 차를 제사용품으로 삼은 것은 수당이 전국을 통일한 시기, 특히 당대 중기 북방에 차 마시는 풍습이 성행한 이후로 본다. 이러한 사실은 당대의 공차제도에서도 엿볼 수 있다. 공차는 궁정에 어용으로 진상하던 찻잎을 말한다. 적당한 기후로 인하여 몽정산의 찻잎이 당나라 때 찻잎으로는 '천하제일'이라 불리며 해마다 진상되었다. 그러나 몽정차의 수량이 적고 촉나라의 길이 험하여, 강을 끼고 있거나 국도 변에 있는 상주 의흥과 호주 장흥에 공배(貢焙, 왕실용 차를 채집하고 제조하던 곳)를 설치했다. 공배를 의흥과 장흥 두 현에 설치했던 것은 이 지역에서 나는 찻잎의 품질이 비교적 좋았던 것과 어느

● 찻잎으로 조상들에게 제사 지내는 것은 고대 중국의 풍습이었다.

정도 관계가 있다. 그러나 이영(李郢)이 그의 시에서 "한 달이 넘는 사천 리 길을, 반드시 청명연에 맞추어 도착해야 하네."라고 했던 것처럼 청명연이 그 주요 목적이었다. 청명연은 청명제가 끝난 후의 잔치를 말하며, 다시 말해 청명연은 겉으로 드러난 것일 뿐, 실제 염두에 둔 것은 청명절의 제사였다. 여기에서 우리는, 이 시기에 차로 제례를 올리는 방식은 북방과 남방 지역 간 큰 차이가 없었음을 알 수 있다.

찻잎을 제사용품으로 삼을 때는 제사의 대상이 하늘이건 땅이건 혹은 부처이건 조상이건 간에 일반적으로 차로 예의를 차릴 때보다 더욱 경건하고 더욱 신경 써야 할 부분이 많았다. 왕실 제사에 사용되었던 것은 모두 진상된 상품 찻잎이었고, 일반 절에서 부처님께 제사 드릴 때 사용했던 것도 가장 좋

● 중국 남방 지역의 많은 절에서는 차를 재배하며 이것으로 첫째 참배객을 대접하고, 둘째 부처님께 올리며, 셋째 스스로 마시기도 했다.

은 찻잎을 남겨두었다가 썼다. 중국 남방 지역의 많은 절에서는 차를 재배하며 이것으로 첫째 참배객을 대접하고, 둘째 부처님께 올리며, 셋째 스스로 마시기도 했다. 보통 이처럼 세 가지 경우에 찻잎을 사용했으며 이리하여 자연적으로 사찰 차문화가 형성되었다. 청나라 때 양주 팔괴(揚州八怪, 청나라 때 양주에서 활약한 8인의 괴짜 화가) 중 한 사람인 정판교(鄭板橋)가 대련을 써서 절의 주지를 부끄럽게 했다는 일화는 그 예이다. 전설에 따르면 어느 날 정판교 선생이 절강 금산사 주지의 방에 갔다가 명나라 사람의 자화(字畵)를 감상하고 있었다. 외모로 사람을 평가했던 그 절의 주지는 그의 옷차림이 초라한 것을 보고 보통 참배객이라 생각하여 낮은 소리로 '차(茶)'라고 말했다. 대화 중 자신과 고향이 같음을 알고는 또 '차를 권한다(敬茶)'고 말했다. 나중에 그가 그 유명한 판교 선생임을 알고는 황급히 소리 높여 '향기로운 차를 올린다(敬香茶)'고 외쳤다. 판교 선생은 떠나기 전 이를 두고 꼬집는 대련을 썼다.

앉으라, 앉으십시오, 상석에 앉으십시오! (坐, 請坐, 請上坐!)
차, 차를 권하오, 향기로운 차를 올립니다! (茶, 敬茶, 敬香茶!)

주지승은 부끄러워 얼굴이 온통 붉어지며 연신 사과했다.

불당의 차 모임으로 그 규모가 가장 큰 것은 서장 랍살(拉薩)의 사원 다회를 꼽는다. 그곳의 차 끓이는 다구는 지름이 5척, 높이가 약 4척이나 되는 동으로 만든 솥이다. 이 다솥의 외벽에는 운반을 편하게 하기 위한 4개의 동으로 만든 고리가 있다. 명말 청초 시기 서장의 큰 라마 절에서 4,000명이 참가한 다회가 거행되었는데 모든 사람이 두 잔씩, 총 8,000잔 넘게 차를 마셨다. 전해지는 바에 따르면 한 어린 라마승이

다솥에서 차를 건지다가 너무 피로하여 다솥에 빠져 죽었다고 하니, 그 다솥의 크기를 짐작할 만하다.

중국 고대 차로 제사를 지내는 형식은 일반적으로 세 가지가 있었다. 다완과 잔에 찻물을 넣는 방법, 끓이지 않은 채 마른 찻잎만 넣는 방법, 차를 넣지 않고 다호나 잔만을 상징적으로 놓는 방법이 그것이다. 그러나 예외도 있었다. 예를 들어 명나라 서헌충(徐獻忠)의 『오흥장고집(吳興掌故集)』에는 "태조 황제가 고저차를 좋아하여 해마다 32근씩 진상하도록 정했다. 청명 이틀 전 현관들은 직접 진상품을 가져와 남경의 궁전에 분향을 한다."는 기록이 있다. 의흥의 현지(縣志, 한 현의 역사, 지리, 풍속, 인물, 산물 등을 기재한 지서)에도 비슷한 기록이 남아있다. 즉 명나라 영락이 북경으로 천도한 후 의흥, 장흥에서는 북경에 차를 진상한 것 외에, 청명 이틀 전 각각 몇십 근의 찻잎을 바쳐 조상에게 분향했다는 것이다.

1970년대 장사 마왕퇴(長沙馬王堆)에서 출토된 서한 고분에서, 차를 죽은 자의 수장품으로 삼았다는 증거로 보이는 자료가 나왔다. 이같이 차를 수장품으로 삼았던 풍습은 중국의 많은 차 생산지에서 오늘날까지 전해오고 있다. 예를 들어 덕앙족(德昻族)의 두건, 상중(湘中) 지역 죽은 이의 다침(茶枕, 차베개), 안휘 지역의 죽은 이 손에서 발견된 찻잎 주머니, 한족의 차씨 봉투 등이 그것이다.

차를 제사용품으로 삼는 것은 많은 민족들 사이에서 성행하는 풍습이다. 운남 서쌍판납의 포랑족(布郞族)은 50년 전 태족(傣族)의 영향을 받아 불교를 믿었지만 자연 숭배, 조상 숭배 등 원시종교 신앙을 믿고 제사 지내는 사람이 불교를 숭상하는 사람보다 많았다. 제사를 지낼 때 포랑족 사람들은 보통 밥과 반찬, 죽순, 찻잎의 세 가지를 올렸는데 그 것을 세 부분으로 나눠 파초 잎에 놓았다. 비교적 큰 규모의 제사 때에만 돼지와 소를 잡았다. 운남 문산의 장족(壯族) 계열인 포농(布儂) 사람들은 신을 모시는 경우는 적은 편이고 주로 '노인정', '나무', '토지묘(土地廟)'를 모셨다. 노인정은 마을 안에 설치하고 신농의 위패를 모셨다. 토지묘는 보통 마을 가장자리에 세웠고, 섬기는 나무는 멀리 산비탈에 있었다. 포농 사람들의 제사는, 토지에 제사 지내는 경우 매월 초하루와 십오일에 마을의 각 가정이 돌아가며 사당에 와서 불을 켜고 차를 올리며 토지신에게 온 마을의 평안을 기원하는 형식이었다. 제사 용품은 간단하여 주로 차를 사용했다.

제사에 차를 사용하는 것은 차문화 발전 과정 중 파생되어 나온 일종의 봉건 미신적 색채를 띤 문화라 할 수 있다. 차는 중국 제사 형태 발전의 후기 단계에서야 적용되기 시작했으며 이것은 제사 비용의 절약 효과가 있었고 사람들의 요구에도 부합했다. 그러나 이것은 분명 인류의 생산, 과학, 문화가 모두 비교적 낙후되어서 나타난 역사적 사회적 현상이었다. 『상서(尙書)』 등 고서적에는 사람의 일은 신에게 있다고 적혀있다. 사회발전과 인류의 인식 및 개조 능력의 향상에 따라 사회에서의 '사람의 일'과 사람들의 '신'에 대한 관념은 모두 끊임없이 변화해 왔다. 국가 건설의 지속적 발전으로 현재 중국의 제사 형태에는 큰 변화가 생겼고 상술한 제사 형태는 사실 이미 역사의 오랜 흔적이 되어버렸다. 미래에 제사가 사회생활에서 사라지게 될지 그대로 유지될지 우리는 단언할 수 없다. 다만 제사 형태나 차를 제사용품으로 사용하는 의식이 여전히 남아 있다 하더라도, 과거와 같은 봉건 미신적 요소는 필연적으로 사람들의 봉건의식 소멸과 함께 사라질 것이 분명하다. 이러한 이유 때문에, 이미 사라졌거나 또는 사라지고 있는 찻잎 제사에 관하여 이 장을 통해 되돌아봄으로써 찻잎문화가 걸어온 역사적 자취를 살펴보았다.

PART I
To 1660

10 차관, 극과 음악을 즐기며 학문을 뽐내는 곳

중국에는 고풍스러운 차관이 많다.

비즈니스를 논하고, 개인적 문제를 상의하고,

작가가 작품을 이야기하고, 가족끼리 집안일을 의논하고,

남녀가 연애를 하는 모든 일상이 이런 차관에서 이루어진다.

차관을 좋아한 옛 북경사람들

중국 문학을 아는 사람이라면 노사(老舍)를 모르는 사람은 거의 없을 것이고, 중국 희극을 좋아하는 사람이라면 노사의 불후의 명작 『차관(茶館)』을 모르는 사람은 더더욱 없을 것이다. 이 연극은 차관 안의 다양한 인물들을 통해 청말 민국초 사회변천의 천태만상을 묘사하여 중국 연극 무대의 경전이 되었다. 그 성공의 원인 중, 노사 선생의 생동감 넘치는 필치와 우시지(于是之) 등 유명 배우들의 인상 깊은 연기를 당연히 빼놓을 수 없겠지만, 차관이 북경과 중국 근대 사회생활에서 차지하고 있는 비중 또한 언급하지 않을 수 없다.

중국에서 차관은 특수한 장소이다. 차를 음미하고, 휴식을 취하며, 대화를 나누기 좋은 장소일 뿐 아니라 사회적 정보의 집산지이고 여러 인물들이 모이는 그야말로 사회의 축소판이라 할 수 있다. 차관이 언제 중국에 선을 보였는지 정확하게 알 수 없다. 다만 당나라 때 봉연(封演)이 지은 『봉씨문견기』에 "개원 연간 사람들이 점포를 많이 열고 차를 달여 팔았는데, 그 도와 풍습을 따지지 않고 돈을 내면 먹을 수 있었

● 노사의 명작 『차관』 연극의 한 장면

다.”는 기록을 보건대, 차관 경영이 적어도 당나라 때 이미 그 규모를 갖추었음을 알 수 있다. 청나라 때에 이르러 차관은 중국의 여러 도시로 퍼졌다. 사람들이 모이고 무역과 교통이 집중되는 곳이면 어디든 차관이 많이 생겼다. 청나라 때 만주족이 중원에 들어온 후 그들의 귀족 자제들은 권세를 등에 업고 종일 먹고 마시며 일은 하지 않았다. 그들은 차관에 들어왔다 하면 반나절이나 하루 종일을 이곳에 앉아 보냈다. 강희, 건륭 연간의 태평성세에 사람들은 한가함을 즐기는 것이 습관처럼 되어 대부분이 주루(酒樓)나 차관에서 시간을 보냈다. 그래서 차관은 위로는 고관대작으로부터 아래로는 보따리 행상까지 갖가지 인물이 운집하는 장소가 되었다.

북경은 여러 해 동안 줄곧 중국의 정치 문화적 중심지 중 하나였다. 그래서 차관이 전국에 성행할 때에도 이곳의 차관 수가 가장 많았고 그 수준 또한 가장 높았다. 서가(徐珂)의 『청패류초(淸稗類鈔)』에는 차관의 개업 장면이 묘사되어 있다. 차관 안에 긴 탁자가 늘어서 있고 찻잎과 찻물은 각각 가격을 매긴다. 손님은 스스로 다호를 가지고 찻잎을 스스로 준비하여 돈을 내고 끓인 물을 사서 찻잎을 우려낸다.(지금까지도 북경의 오래된 차관에서는 이러한 서비스를 제공하기도 한다.) 차관은 저렴하고 편리할 뿐 아니라, 점심때 집에 잠시 들러야 하거나 혹은 잠시 외출할 일이 생겼을 때에도 다완을 탁자에 걸어놓고 종업원에게 일러두기만 하면 돌아와서 계속 차를 마실 수 있었다. 또한 비용도 하루에 한 차례만 지불하기만 하면 되었다. 과거 북경의 대형 차관은 일반적으로 차와 술을 함께 팔았으며 천복(天福), 천덕(天德) 등 그 이름에 ‘천(天)’ 자를 많이 붙였다. 이곳은 좌석이 넓고 창이 밝고 실내가 정결했다. 게다가 가구 배치에도 신경을 썼을 뿐 아니라 찻잎이 매우 향기롭고 뚜껑을 달린 다구를 사용했다.

이러한 차관에서 뚜껑 있는 다완을 쓰는 이유는 무엇이었을까? 우선 이곳에 차를 마시러 오는 사람들은 종일 편안히 이야기를 나누는 것이 목적이었기 때문에 물을 많이 마실 필요가 없었다. 따라서 큰 다완을 사용할 필요가 없었다. 또 한 가지는, 당시 북경의 많은 다객들이 겨울에 귀뚜라미나 나비를 기르는 취미를 가지고 있었는데 다완 뚜껑의 따뜻한 기운이 그들의 '애완동물'에 따스한 숨결을 불어넣었다. 당시 북경의 이런 차관은 '홍로관(紅爐館, 붉은 화로를 설치하고 만주족과 한족의 찐빵을 구운 것에서 온 이름)', '와와관(窩窩館, 익힌 찹쌀로 만들고 고명을 얹는, 공처럼 생긴 식품인 애와와(艾窩窩)나 밀가루를 반죽해 길쭉하게 만든 후 두세 가닥으로 꼬아 기름에 튀긴 과자에 꿀을 발라 만드는 밀마화(蜜麻花) 등의 간식류를 갖춘 차관이라 하여 생긴 이름)', 그리고 '반호관(搬壺館, 화로에 구운 떡, 튀긴 과자와 고기만두를 대신한 간식과 차만을 판다 하여 생긴 이름)' 등 3종류가 있었다.

상술한 차관 외에 북경에는 간단한 차만 팔고 술은 팔지 않는 일반 차관들도 있었다. 가장 작은 것은 방 한 칸 크기로 벽돌을 쌓아 탁자를 만들고 다호, 다완을 준비하는 것과 차를 우려내는 것도 손님이 직접 하는 형태였다. 고급스러운 차관의 경우 장기, 수수께끼 등 손님들이 소일할 수 있는 오락거리를 마련했다. 이러한 차관들은 오후에 평서(平書, 장편의 이야기를 쥘부채, 손수건, 딱딱이 등의 도구를 써가며 강론하며 설명하는 민간 문예의 일종), 대고(大鼓, 운문으로 노래하는 중국 전통 예술의 한 종류) 등의 프로그램을 진행하기도 하여 '서차관(書茶館)'이라고도 불렀다. 많은 대고 예술인들이 이 같은 차관에서 배출되었다.

북경의 교외 중소도시, 재래시장, 도로 옆 등에서는 소형 '야차관(野茶館)'도 볼 수 있었는데 이것은 차 노점의 형태였다. 임시장이 열리는 기간에는 차 노점도 임시로 운영되었다. 이러한 노점의 경영자는 나무

그늘 아래 시원하게 천막을 치고 탁자와 낮은 의자를 놓아 차관을 꾸몄
는데 다구는 거친 도기 다완이고 찻잎은 하품의 값싼 것이었으며 찻물
도 뜨겁지 않은 경우가 많았다. 이러한 차 노점의 서비스 대상은 주로
서민들이었고 그들이 차를 마시는 목적은 주로 갈증을 해소하는 것이
지 휴식이 아니었다.

　북경 토박이라면 '대완차(大碗茶)'를 아직도 생생하게 기억할 것이
다. 이것은 차 노점보다 더 원시적인 경영 방식이었다. 이곡일(李谷一)
의 시『전문정사대완차(前門情思大碗茶)』는 젊은 세대들 사이에서 빠르
게 전해졌고 나이든 세대들의 지나간 세월에 대한 향수를 불러일으키
기도 했다. 과거 북경에서 대완차를 팔던 사람들은 주로 노동 능력을

● 북경 사람들은 차관에서
시간 보내기를 좋아했다.

잃은 가난한 사람들이었다. 그들은 생업이 없어 멜대를 매고 길가에 나와 차를 팔았다. 멜대 한쪽에는 큰 자기 주전자를 매달았는데 이 주전자 안에는 찻잎 가루로 만든 찻물이 있었고, 다른 한쪽에는 바구니를 매달아 다완을 담고 있었다. 차를 파는 사람은 이 멜대를 매고 골목을 다니며 소리치며 차를 팔았는데, 손님이 있으면 멜대를 내려놓고 대완 가득 차를 따라 손님에게 주었다. 어떤 때는 휴대하고 있던 낮은 의자를 꺼내어 손님이 앉아서 차를 마실 수 있게 세심한 배려를 하는 경우도 있었다.

차관이건, 차 노점이건, 혹은 멜대에 매고 다니며 팔던 형태이건 모두 과거 북경 거리의 생생한 모습들이다. 시간은 흘러 지금의 북경 모습은 날로 새로워졌으며 과거의 모습은 찾아보기 힘들다. 그러나 거리에는 여전히 각종 형태의 차관이 즐비하게 늘어서 있고 때로는 공연하는 모습도 볼 수 있다. 연극 『차관』은 늘 많은 관중을 끌어 모으고, 널

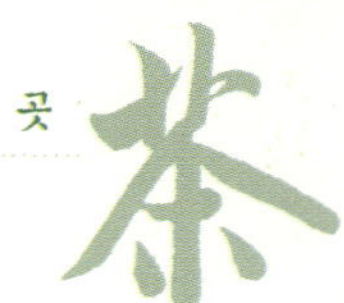

리 잘 알려진 '노사차관'에는 날마다 진한 향의 차를 음미하려는 다객들이 가득하다. 북경의 차관에 가 볼 기회가 있다면 북경의 향이 가득 담긴 보통 사람들의 생활과 중국 차 문화를 더 생생하고 구체적으로 체험할 수 있을 것이다. 육우가 살아온다면 북경의 차관에 대해 근사한 작품 한 편 남기지 않을까!

사천지방의 차관은 천하제일

파산 촉수(巴山蜀水)는 강산이 그림처럼 아름답다. '천하웅(天下雄)'이라는 별칭을 가진 검문관(劍門關), 수려한 풍광으로 세계에 이름난 구채구(九寨溝), 두 개의 봉우리가 마주하며 날아갈 듯이 서 있는 두산(竇山), 대나무와 어우러져 청아함을 자랑하는 '이백관(李白館)' 등 수려한 산수가 역사 속의 많은 명인들을 만들어냈다. 잘 알려진 시선 이백, 대문호 진자앙(陳子昻), 그리고 유명한 현대 작가 사정(沙丁) 등이 모두 그 산수에 매료되었다.

찬란한 문화, 수려한 풍경, 수많은 명인들이 많은 사람들로 하여금 이곳을 찾게 했다. 하지만 진정으로 사천을 알고 싶다면 사천 사람들의 정취가 가장 잘 묻어있는, 도시 각지에 촘촘히 박혀있는 수많은 형태의 차관을 꼭 방문해봐야 한다.

사천은 중국 찻잎이 기원한 곳 중 하나이다. 그래서 찻잎 재배 역사가 오래되고 차 마시는 풍습도 널리 퍼져있다. 사천은 차관의 발원지이기도 하다. 일찍이 1000여 년 전 사천에는 차관과 차 노점이 이미 나타났다. 『다경』에는 '촉의 노부인이 차죽을 만들어 팔았다'는 기록이 있다. 세월이 흐르면서 차를 마시는 것은 사람들의 생활에 없어서는 안

될 중요한 부분이 되었다. 아침에 일어나면 폐를 맑게 하고 목을 촉촉이 적셔주는 차 한 잔, 음주 혹은 식사 후에는 느끼함을 없애고 소화를 도와주는 차 한 잔, 고된 일을 마친 후에는 피로를 풀어주고 정신을 맑게 해 주는 차 한 잔, 친한 친구들과 만날 때 차 한 잔, 이웃과의 다툼 후에 감정을 풀어주는 차 한 잔. 사천의 크고 작은 도시에는 시장 통에도 길거리에도 곳곳에 차관과 차 노점들이 즐비하다.

사천의 차관에는 독특한 특징이 있다. 작은 나무 탁자와 등받이가 있는 대나무 의자, 다완, 잔 뚜껑, 잔 받침으로 이루어진 다구, 주둥이가 길고 고풍스런 냄새가 물씬 나는 자줏빛 다호 등은 고향의 숨결을 느끼게 한다. 차관이 열리는 장소도 지역에 따라 조금씩 달라 큰 거리, 작은 골목, 도로가 등 손님들이 모일 만한 곳이면 어디든 열렸다. 손님이 멀리서 오면 편한대로 아무 차관에든 들어가 앉는다. 종업원은 즉시 한 손에는 다호를 한 손에는 다구를 들고 온다. 다구를 손님 앞에 늘어 놓고 다호를 들어 다완에 물을 붓는데 그 동작이 군더더기 없이 깨끗하고 민첩하여 마치 나비가 춤을 추는 듯도 하고 교룡(蛟龍, 전설에 나오는 용으로 풍파를 일으켜 홍수를 나게 할 수 있는 능력을 지님)이 물을 뿜는 듯도 하다. 차를 다 따르고 난 후에도 물 한 방울 떨어져 있지 않으니 그 뛰어난 솜씨에 찬탄을 금할 수 없다. 1988년 5월 대만의 유명한 소설가 경요(瓊瑤)가 부군 평흠도(平鑫濤)와 성도의 차관에 들렀다가 차 따르는 기예를 보고 놀라워하며 즉시 남편을 불러 이 진귀한 장면을 찍도록 했다고 한다. 정통 사천 차관에는 자줏빛 구리 다호, 주석 잔받침, 경자로 만든 뚜껑 있는 다완, 원타차(圓沱茶) 등 모든 것이 잘 갖추어져 있다.

"천하 차관의 으뜸은 중국의 차관이요, 중국 차관의 으뜸은 사천 차관이다."라는 말이 있다. 사천 차관이 이같이 주목받는 것은 그 수가 많고 서비스가 숙련되어 있으며 친절하기 때문만이 아니라, 그 중요한

사회적 기능이 있기 때문이다. 사천성은 장강 중상류에 위치해 있는데, 서산이 에워싸고 강이 가로질러 흐르며 기름진 평야가 펼쳐져 작물이 풍성하므로 예부터 '천부지국(天府之國)'이라 불렀다. 우수한 지리적 환경은 많은 문화계 명인들을 배출해 냈다. 특히 한나라, 삼국 시대에 장강 중하류가 아직 충분히 개발되지 않은 상황에서 사천은 당시의 정치 중심이던 장안과 가깝다는 지리적 여건 덕분에 발전된 문화를 꽃피울 수 있었다.

진한 시대에는 경제 중심지로 부상하면서 고대 문화가 상당한 수준에 이르렀다. 삼국 시대에 제갈량은 유비를 도와 사천에 촉나라를 세움으로써 파촉문화 개발에 지대한 역할을 했으며, 사천 사람들에게 나라 일에

● 차관이 열리는 장소도 지역에 따라 조금씩 다르다.

관심을 가지는 좋은 전통을 남겼다. 사천 사람들이 차관에 가는 것은 차를 마시기 위한 것만은 아니었으며 우선 정신적 만족을 얻기 위함이었다. 즉 사천 차관의 첫 번째 기능은 '한담'을 나누는 데 있었으며 차관은 사회의 작은 축소판이었다. 차관에는 서로 안면이 있건 그렇지 않건 '사해의 모두가 형제'이니 한 탁자에 앉은 것이 바로 인연이라 여기며 국가대사에서부터 마음속 근심까지 차를 마시며 이야기를 나누었다. 많은 중경(重慶) 사람들이 눈만 뜨면 차관으로 달려가 세수조

차도 차관에서 하고는 차를 들고 아침요기를 하며 한담을 늘어놓았다고 한다.

옛날 성도 차관은 연극배우들이 모여 공연을 하는 장소이기도 했다. 당시 성도에는 전문 극장이 없었기 때문에 배우들은 차관 내에서 공연을 할 수밖에 없었다. 수준 높고 이름 있는 배우들은 날마다 차관에서 한두 차례 고정적으로 공연을 가졌고 이러한 차관을 '좌관(坐館)' 혹은 '준붕(蹲棚)'이라 불렀다. 공연을 들으면서 차 한 잔마다 돈을 더 지불했으며 이것은 '서차(書茶)'라 불렀다. 수준 낮고 잘 알려지지 않은 신인 배우는 고정적인 공연 장소가 없어 각 차관을 돌며 생활할 수밖에 없었다. 이들은 '찬격자(鑽格子)' 혹은 '창붕(闖棚)'이라 불렀다. 차관 안에는 또한 각종 판매상들이 사이사이를 오가며 해바라기 씨, 땅콩, 각종 스낵 등을 팔았다. 그래서 이곳에서는 요기를 하고 차를 음미하며 공연을 볼 수 있었다.

오늘날의 사천에서는 차관업이 여전히 성행중이며 다양한 새로운

모습도 볼 수 있다. 고풍스런 전통식 차관 안에 노배우들이 북을 두드리며 평서를 하고 양금(洋琴, 네모 모양의 나무판에 열네 개의 쇠줄을 매고, 채로 쳐서 소리를 내는 악기)을 연주하며 상성(相聲, 우리말로 '만담' 에 해당하며, 두 사람이 무대에서 해학적인 대화를 진행하는 프로그램)을 하는 모습이 파촉 전통문화의 분위기를 물씬 풍긴다. 신식 차관은 내부가 서양화되어 우아한 다구를 갖추고 있으며 손님들은 조용히 앉아 한담을 나누는 것 외에 각종 시험을 준비하는 학생들이 책을 보면서 휴식을 취한다. 일부 차관에는 문예인들이 자주 모이기도 한다. 대만 여류작가 경요의 『기도석양홍(幾度夕陽紅)』에 등장하는 중경 사평패(沙坪壩) 차관이 바로 그러한 곳인데, 사람들은 이곳에서 시를 읊고 그림을 그려 일반 차관에 비해 멋스러운 분위기를 더한다. 어떤 차관의 주인들은 아이디어를 내어 영화관의 녹색 띠를 이용해 자리를 장식하기도 한다. 편안한 등받이 의자, 목제 원탁, 머리 위의 포도넝쿨 등이 '속세의 한가운데 지어졌으면서도 말의 왁자지껄함이 없는' 조용한 분위기를 연출한다. 그래서인지 손님들은 공연 시작을 알리는 종소리가 울려도 절대 서두르는 법이 없이 느긋하게 차를 한 모금 마시고서야 공연장에 들어가거나, 혹은 더 천천히 차를 즐기기도 한다.

광주의 차루

광주는 역사적으로 중국 남방 지역의 국내외 무역의 요충지였다. 일찍이 한나라 때 광주는 전국에서 몇 개 안 되는 대도시 중 하나였다. 명청 시대에 이르러 광주는 거의 전국에서 유일한 통상 항구가 되었고, 때문에 광주는 일찍부터 찻잎 수출입의 집산지를 형성하며 찻잎 무역이 대단히 발전했다.

광주 사람들은 대단히 차를 즐긴다. 청나라 동치(同治), 광서(光緒) 연간에 광주에는 이미 이리관(二厘館, 모든 차값이 2리였다는 의미)이 보편적으로 펴져 있었다. 이리관에서는 보통 석만(石灣)에서 만든 다호로 차를 끓이고 찻가루, 떡, 만두 등 값싸고 먹을 만한 식품을 팔았다. 손님들은 대부분 서민들로, 그들은 아침 일찍 일하러 가기 전 '이리관'에 들러 차와 떡을 먹었다. 이것이 광주의 근대 '흘조다(吃早茶, 아침 차를 마시다)'의 기원이다.

중국 선조들은 차가 가장 고귀하고 은은한 맛을 지닌 것이며 차를 음미하는 것 차체가 일종의 고상한 즐거움이라 여겨, 많은 문인들이 차 마시기를 즐겼다. 그래서 광주에도 이리관뿐 아니라 많은 글과 그림으로 장식한 큰 차루(茶樓)가 있었다. 이들 차루는 건축 풍이 독특하고 기발하여 어떤 것은 호숫가에 지어 화랑처럼 꾸미고 어떤 것은 푸른 대나

● 광주 사람들은 차 마시기를 대단히 즐긴다.

무가 어우러진 정원을 꾸며 청아함을 더했다. 광주의 차루는 문련(門聯, 종이나 천 등에 써서 문에 붙이는 대련(對聯))을 상당히 중시했다. 청말 민초에 광주의 대동(大同)차루는 손님을 끌기 위해 주인이 거액을 들여 대련을 모집했다고 한다. 주인은 상하 대련에 반드시 '대(大)'와 '동(同)' 두 글자를 써 넣어야 한다고 규정했다. 한 사람이 대련을 보내왔다. "좋은 일은 하기 쉽지 않고, 대포(大包)는 사기 쉽지 않네, 바늘귀만 한 이익이라도 조금만 가질 수 있기를 바라네, 아들을 데리고 차를 마시는 사람은 많으나 어른을 모시고 차를 마시는 사람은 적다네, 처마에 물방울이 떨어지는데 언제 거꾸로 흐르겠는가" 이 대련은 상을 받았고 좋은 나무에 새겨져 가게에 걸렸다. 이것이 널리 부인과 아이들에게 인기를 모으면서 대동차루 앞은 늘 사람과 마차로 붐벼 장사가 성황을 이루었다.

광주의 중등 수준 이상의 차루는 녹차, 홍차, 화차, 우롱차, 보이차, 봉황차 등을 갖추어 놓았고 찻물을 부을 때 반드시 물주전자를 높이 올려 끓인 물이 날듯이 떨어지도록 했는데, 이러한 방식은 찻잎을 상하로 움직이게 하여 충분히 그 맛을 우려내는 데 도움이 되었다. 차가 다 우러나면 종업원이 돌아가며 한 잔씩 따라주고 이어서 '간식기록카드'에 자신의 입맛에 따라 간식을 주문하도록 한다. 광주 차루에서 차를 마시려면 반드시 어울리는 간식을 함께 먹는 것이 좋다. 이것이 바로 소위 '일충양건(一盅兩件, 차 한 잔과 간식 두 가지)'이라 하는 것이다. 전해지는 바에 따르면 노신 선생은 광주에서 일 년 남짓 머무른 적이 있는데 광주 사람들의 생활 습관을 보고 두 가지 깊은 인상을 받았다고 한다. 첫째 푸른빛의 다래를 즐겨 먹었다는 것과 둘째 차와 간식을 즐겼다는 것이다. 노신 선생은 "광주의 차는 향기롭고 입에 맞아 한 잔만 있으면 친구와 반나절 동안 이야기를 나눌 수 있다."고 했다. 그는 만년에 '북원(北園)’, ‘육원(陸園)’, ‘묘기향(妙奇香)’, ‘도도거(陶陶居)’ 등 차루에서 시간을 보내는 일이 많았다고 한다. 그가 쓴 글에도 이러한 기록이 남아 있다.

광주 차루에서 차를 마시다보면 한 가지 특이한 풍습을 발견하게 된다. 종업원이 차나 간식을 내어 오면 손님이 손가락 두 개(식지와 중지)를 이용하여 탁자를 가볍게 두들겨 감사를 표한다는 것이다. 이 풍습에는 아주 흥미로운 전설이 얽혀있다. 건륭 황제가 평복차림을 하고 바깥 순시 나가기를 좋아했다는 사실은 매우 유명하다. 한번은 황제와 대신들이 강남을 순시하다가 길가에 있는 한 평범한 차관에서 차를 마시게 되었다. 당시 황제는 기분이 좋아 다호를 잡고 곁에 있던 신하에게 차를 따라 주었다. 이 무의식적인 행동에 신하들은 어찌할 바를 몰랐다. 황궁 예절에 따르면 황제가 신하에게 무언가를 주면 즉시 무릎을 꿇고 받아야 하는데, 이 때는 거리의 차관 안에 있던 상황이었고 어떠한 상황에서도 백성들이 있는 앞에서 황제의 신분을 노출해서는 안 된다고 규정되어 있었기 때문에 대신들은 감히 무릎을 꿇고 감사를 표할 수도 없는 노릇이었다. 어찌하면 좋은가? 이 때 한 대신이 기지를 발휘하여 두 개의 손가락을 구부려 두 다리 모양을 만들고 황제의 탁자 앞에서 몇 차례 ‘꿇는’ 자세를 취함으로써 황제의 은혜에 감사를 표한 것이다. 이 이야기가 퍼져 탁자 위에서 손가락으로 두들겨 감사를 표하는 지금의 풍습이 되었고, 이것은 홍콩과 마카오, 그리고 동남아 지역 화교들에게까지 널리 전파되었다.

광주 차루의 종업원들은 절대 손님이 다호 뚜껑을 열고 물을 붓게 하는 법이 없다. 손님은 물을 더 붓기를 원하면 다호 뚜껑을 살짝 열어 다호에 걸쳐놓아야 하며, 종업원은 이를 보자마자 재빨리 다가와 다호를 가져가 뜨거운 물을 채워 넣는다. 이것은 이 지역에 전해오는 풍습

에 기인한 것이다. 광서 연간 광주의 차루에는 거상과 부잣집 자제들이 차를 마시며 메추리 싸움을 구경하는 일이 많았다. 그런데 하루는 불미스런 일이 발생했다. 나쁜 마음을 먹은 한 사람이 장사가 잘 되는 한 차루를 골라 차를 마시다 일부러 메추리를 찻잔에 넣어 두었던 것이다. 뜨거운 물을 붓자 메추리가 놀라 날아올랐고 그는 차루 주인에게서 거액을 뜯어냈다. 이후로 차루 주인들은 비슷한 일이 발생하지 않도록 하기 위해 서로 상의하여 손님이 잔을 열어 물을 따르지 못하게 정했으며 이것이 오늘날까지 전해져 이 지역 차루의 풍습이 되었다.

현재 광주 차루는 날로 더욱 번창하고 있다. 비즈니스를 논하고, 개인적 문제를 상의하고, 작가가 작품을 이야기하고, 가족끼리 집안일을 의논하고, 남녀가 연애를 하는 모든 일상이 차루에서 이루어진다. 통계에 따르면 광주시에서는 매일 약 20만 명이 차루에 들른다고 한다. 사람들의 생활 수준이 점차 향상되면서 점심, 오후, 깊은 밤이나 혹은 음악 카페, 나이트 클럽에서도 차는 늘 이들의 생활 속에 있다. 차가 광주 사람들의 곁을 떠나지 않는 한, 광주의 차루는 날로 번성할 것이다.

● 고풍스러운 차루

11 중국 문학과 예술 속의 차

차를 주제로 한 민간 예술 중

듣기 좋기로 이름난 차가는 가장 기본적이고 소박하며

그 속에는 생산과 생활의 숨결이 가득 담겨 있다.

봄의 찻잎은 여리고 신선하여, 언니와 동생이 짝을 지어 차 밭에 들어 오면,

새 차를 따는 손은 즐거움에 쉬지 않고, 차가를 부르는 마음은 달콤하네.

듣기 좋은 채차가

　　강서 경덕진에서 사람들의 눈길을 사로잡는 것이 아름다운 자기라면, 귀를 사로잡는 것은 바로 아름다운 산가(山歌)일 것이다. "해마다 복숭아꽃이 2월에 피는데 올해의 복숭아꽃은 찻잎의 신선함을 따라오지 못하네, 차를 캐는 아가씨는 차산(茶山)을 좋아하는데 차산은 대대로 즐겁기 한이 없네." 이것은 경덕진 민가 『채차망(采茶忙)』의 일부이다.

　　차를 주제로 한 민간 예술 형식 중 듣기 좋기로 이름난 차가(茶歌)는 가장 기본적이고 소박하며 그 속에는 생산과 생활의 숨결이 가득 담겨 있다. 차가는 찻잎의 재배, 가공 그리고 차 마시는 풍습과 함께 생겨났다. 여러 지역에서 차가를 바탕으로 새로운 예술 형태가 형성되었다.

　　차가는 '채차가(采茶歌)'라고도 하며, 찻잎을 채취하는 시기에 생겨났다. 해마다 봄이 오는 3월이면 차 숲이 우거지고 아름다운 채차가가 온 산을 울려 사람의 마음을 탁 트이게 한다. "봄의 찻잎은 여리고 신선하여, 언니와 동생이 짝을 지어 차 밭에 들어오면, 새 차를 따는 손은 즐거움에 쉬지 않고, 차가를 부르는 마음은 달콤하네." 이 산가는 박자가 경쾌하고 선율이 아름다워 감동을 주는데, 차 마을에서 나고 자라 차 마을을 사랑하는 기쁜 심정을 표현하고 있다.

　　많은 채차가가 연가에서 파생되었다. 『무녕현지(武寧縣志)』에는 이렇게 나와 있다. "마을마다 골목마다 부모로부터 전해지는 가요들이 저마다의 음을 가지고 대부분 남녀의 정사를 노래하는데, '남산 꼭대기의 차나무는 양조(陽鳥)가 채 울기도 전에 싹을 틔웠으니 올해는 어느 집에서 따 갈까?'라는 독창적인 가사는 가락이 구성지고 감동적이다." 차가는 연가에서 그치지 않고, 어떤 것은 차를 사람에 비유해 쓰기도 했

다. 같은 차가라도 그 내용은 다를 수 있는 것이다. 무원(婺源)의 『십이월채차가』의 경우 찻잎 생산과 계절의 자연적 풍경을 결합하여 역사적 인물들을 노래했다. 무녕현의 『십이간차가(十二揀茶歌)』는 차 농가의 생산과 생활, 그리고 수입 증가와 생활 개선에 대한 추구를 담았다. 이외에 남창(南昌), 숭인(崇仁), 남성(南城) 등지에도 비슷한 가사를 담은 십이월차가가 있다.

　　차가의 또 다른 한 종류는 차 농가와 일꾼들 자신이 창작한 민가 혹은 산가이다. 청나라 때 강서 지방에 전해져 매년 무이산 찻잎 채취 때 일꾼들이 불렀던 산가가 있는데 그 가사는 이러하다.

청명이 지나 곡우가 되니, 짐을 지고 복건에 간다네.
복건 말고는 갈 곳이 없어, 여름날 한밤에도 걸어간다네.
볏단을 엮어 이불 깔고, 두 토막 나무로 베개 삼네.
생각하면 가련하구나, 절인 채소 반 그릇에 소금 반 그릇.
찻잎이 떨어지면 강서를 나서니,

● 많은 채차가가
연가에서 파생되었다.

야채 한 그릇이 닭고기보다 못할 게 무어랴.

채차여 가련하고 가련하도다, 삼일 간을 이틀밤도 자지 못하네.

차나무 아래서 찬밥을 먹고, 등불 옆에서 품삯을 센다네.

무이산 위의 아홉 마리 용, 열 가운데 아홉이 빈궁하네.

젊어서 가난하니 믿을 것은 두 손뿐, 죽통을 매고 온다네.

유사한 차가가 강서, 복건 외에 절강, 호남, 호북, 사천 각 지역지에 많이 실려 있다. 이러한 차가들은 처음에는 통일된 곡조를 형성했으나 나중에 전문적인 '채차조(采茶調)'가 생기면서 채차조와 산가(山歌, 즉흥적으로 불리는 민요), 반가(盤歌, 지혜를 겨루는 노래), 오갱조(五更調, 민간에 전해지는 곡조의 하나), 천강호자(川江號子, 천강의 메김소리) 등이 나오고 중국 남방 지역의 전통 민가 형식으로 발전하기에 이르렀다. 채차조가 민가의 격조(格調)로 변화한 후 그 노래의 내용은 다사나 그와 관련한 범위에 국한되지 않았다.

일반적으로 차가는 음이 군더더기가 없고 곡조가 쉽다. 게다가 간결

●봄을 맞는 3월 채차 시기가 되면 노랫소리가 차산에 퍼진다.

하고 박자가 규칙적이며 선율이 분명해 배우기 쉬웠다. 또한 각 지역의 언어, 어법과 곡풍이 그 지방 정서에 따라 달랐기 때문에 각기 특색 있는 가사와 구조를 가지게 되었다. 무녕 등 감악(贛鄂) 변경 일대의 타고가(打鼓歌)는 대부분 채차, 땅 파기, 잡초 뽑기, 곡식 경작 등 노동을 할 때 불렀기 때문에 박자가 노동 동작과 밀접하게 관련되어 있었다. 북으로 노래의 흥을 돋우고 노래와 북소리로 힘을 북돋우며 온 들판에 소리 높여 불렀으니 이것이 바로 집단으로 부르는 대형 산가였다. 타고가는 그 시간이 길어 이른 아침에 나가 저녁 무렵 일을 마칠 때까지 부르는 노래로, 그 내용은 천문지리, 역사고사, 민간전설, 향토민속 등 여러 가지였다. 북을 치며 선창을 하는 고수는 노래를 잘하고 묘한 운치가 넘치는데 삼일 밤낮으로 노래를 해도 같은 노래를 반복하는 법이 없었다. 그래서 "매화는 삼백육십 일이요, 노래는 일신이 마를 때까지라"는 말이 생겼다.

차가는 찻잎 생산, 음용이라는 문화로부터 파생되어 나온 문화현상으로 찻잎 생산과 음용이 그 구체적 형식과 내용을 갖춘 후 나타났다. 때문에 차가는 사람들의 생산과 생활 속에서 고통과 기쁨을 직접적으로 반영했다. 차가에 넘치는 낙관주의 정신은 많은 사람들을 고무시켰고 철학적 가사는 무한한 깨달음을 주었으니, 이것이 아마도 차가가 오랫동안 사라지지 않고 발전해 온 진정한 이유가 아닐까?

생동적인 채차무

민간 문예의 특색 중 하나라면 가무를 결합하여 생동감 있고 발랄하다는 점이다. 산가의 곡조는 그 독창적인 어조를 띠면서 가무곡

● 차 캐는 처녀들이 공연하는 채차등

의 풍격을 가지고 있어 율동성이 강하고 산마을의 정취를 듬뿍 담고 있다. 차 재배 마을 사람들은 그래서 차가(茶歌)를 부르고 차무(茶舞)를 추었다.

채차가에서 발전한 채차무의 가장 중요한 형식은 채차등(采茶燈)이다. 각지 민속이 서로 다르기 때문에 차등을 가리키는 말도 지방마다 달랐다. 예를 들어 강서에서는 이것을 '차람등(茶籃燈)' 혹은 '등가(燈歌)'라 불렀고 호남과 호북에서는 '채차(采茶)'와 '채가(采歌)'라는 이름을 썼으며, 광서에서는 '장채차(壯采茶)'와 '창차무(唱茶舞)'라 불렀다.

채차무는 지역마다 그 명칭도 달랐지만 추는 법에도 큰 차이가 있었다. 그러나 기본적으로 남자 한 명과 여자 한 명 혹은 남자 한 명과 여자 두 명(세 명 이상도 가능했다.)이 함께 추는 형태였다. 춤을 추는 사람은 허리에 비단 띠를 맨다. 남자는 채찍을 들어 멜대, 농사기구 등을 표현하고, 여자는 왼손에 차 바구니를 들고 오른손에 부채를 든 채 춤을

추고 노래하며 아가씨들이 차 밭에서 일하는 모습을 표현했다.

채차무는 다사를 그 내용으로 하는 춤이지만 그 아름다움과 화려함이 전문 무용가의 공연과 비교해도 뒤떨어지지 않는다. 청나라 때 오진방(吳震方)은 『령남잡기(嶺南雜記)』에서 채차등에 대해 이렇게 기록했다. "조주(潮州) 등절에 어룡 놀이를 한다. 매일 저녁 모심기 노래를 부르는 수도지역과 다르지 않다. 그러나 채차가는 대단히 절묘하다. 예쁜 아이를 채차녀로 분장시키고 한 팀에 열두 명 또는 여덟 명씩 팀을 이루어 손에는 꽃바구니를 들고 번갈아 나오며 노래를 하는데 고개를 숙였다 들었다를 반복하는 모습이 아주 곱다. 그 중에 나이가 더 많은 두 사람이 대장을 맡아 녹색등을 들고 자스민꽃을 엮는데, 채차녀가 나아가고 물러서는 모든 행동은 대장을 보고 한다." 강서 지역에도 채차등에 관한 기록은 많다. 예를 들어 청나라 동치의 『연산현지(鉛山縣志)』에는 "하구진(河口鎭)에는 채차등이 더욱 많은데 수려한 남녀가 분장하고 연기를 한다. 화려한 복장을 입고 채차가를 부르는 것이 눈과 귀를 즐겁게 한다."라는 기록이 있다. 또한 청나라 건륭의 『신창(지금의 의풍)현지(新昌顯志)』에도 "정월 초하루 등절에 11일부터 15일까지 대나무 가지를 엮어 등잣이나 받침을 만들고 문간에 세워두며, 아이들은 손에 북, 칼, 연꽃, 물고기, 용 모양들을 들고 거리에서 채차곡(采茶曲)을 부른다." 청나라 초 심양(潯陽) 진사 진봉자(陳奉滋)는 『심양락(潯陽樂)』이라는 시에서 당시 정월 대보름 등회(燈會)를 이렇게 묘사했다.

> 등불이 용하(龍河)를 비추니 , 물고기와 용이 섞여 아름답구나.
> 어여쁜 딸의 향구여, 온 길이 채차가로다.

많은 차 재배 마을에서 채차가는 명절을 축하하는 공연이었을 뿐 아니라 일반 농가에 경사가 있을 때 노래하고 춤추며 즐거운 분위기를 더하는 수단이었다. 채차가는 독창, 한 사람이 선창하는 방법, 두 사람이 선창하는 방법 등 여러 형식이 있었기 때문에 채차무에도 1인무와 군무의 두 종류가 있었다. 통상적으로 젊은 여자아이가 채차 아가씨로 분장하고 아름다운 채차가를 부르며 하늘하늘 춤을 추는데 그 동작은 여러 가지 차 채취 동작에서 따온 것으로, 재미있으면서도 교육적이다.

'다등(茶燈)'이라는 이 민간 무도의 형식은 주로 한족 사이에 유행했으며 중국의 일부 소수민족 지역에서 성행한 반무(盤舞), 타가(打歌)도 차를 대접하고 마시는 다사를 그 주요 내용으로 했다. 이족(彝族)들은 손님이 앉으면 타가를 주최한 마을이나 가정의 어른과 아이들이 징과 수르나이(원뿔 모양의 관으로 된 관악기)의 반주에 따라 손에 차와 술이 놓인 쟁반을 들고 춤을 추며 공손하게 나온다. 차와 술을 손님들에게 일일이 올린 후 다시 춤을 추며 물러난다. 운남 이원의 백족도 그 타가의 방식이 이족과 대단히 비슷하다. 손에 차와 술을 받쳐 들고 리더의 인솔 하에 노래를 하며 무릎을 꿇고 화로를 에워싸고 돈다. 돌면서 상체를 털기도 하고 비틀기도 하며 춤을 추고 노래한다.

어떠한 예술 형식도 생활을 떠나서 생각할 수 없다. 채차무는 차 재배농이 차 마시는 정신과 그 추구하는 바를 실제 생활 속에 투영시킨 전형적인 방식이다. 이같이 가장 흔하게 볼 수 있는, 소박하고 간결하며 유쾌한 형식을 통해 중국 차문화 정신과 민중 사상의 유기적 결합을 전면적이며 집중적으로 조명하고, 일반 대중의 정서와 심미관을 최대한 표현했다. 그리하여 채차가와 채차무는 차 재배농에게는 없어서는 안 될 예술 형식이 되었다.

재미있는 채차극

중국은 찻잎문화의 창시국이며 세계에서 유일하게 다사(茶事)로 '채차극(采茶劇)'이라는 독립적인 극형태를 발전시킨 국가이다.

소위 채차극은 강서, 호북, 호남, 안휘, 복건, 광동, 광서 등 성에서 유행하는 연극의 한 종류이다. 이것은 채차가와 채차무를 기초로 발전한 것이다. 전해지는 바에 따르면 당 명황(明皇) 시대에 궁정 악사 뢰광화(雷光華)는 태감(太監)의 심기를 건드려 안원(安遠) 구화산(九華山)까지 도망을 왔다. 그는 이곳 차 재배지의 아름다운 풍경에 매료되어 성을 전(田)으로 고쳤고 차 재배농들은 그를 전사부라 불렀다. 전사부는 산을 개간하고 차를 재배한 후 남는 시간에 농민들에게 악기와 노래를 가르쳤다. 농민들 가운데 네 남매가 있었는데 전사부를 스승으로 청하여 큰형은 축(丑, 어릿광대 역)으로 분장하고 둘째 형은 호금(胡琴, 경극의 반주에 쓰이는 악기)을 연주하고 두 여동생은 단(旦, 여자

● 차 재배지의 희곡

역)으로 분장한 후 『십이월채차가』를 부르며 차등무(茶燈舞)를 추었다. 사람들은 이것을 차람등(茶籃燈)이라 불렀다. 후에 여기에 차 재배 노동의 내용을 가미하여 큰형은 종이부채를 손에 든 채 흔들고 두 여동생은 손에 차 바구니를 든 채 노래하며 춤을 추었는데, 이 양단일축(兩旦一丑)의 '삼각극'은 무대에서 두각을 드러내며 채차극의 초기형태를 이루었다.

채차극은 명조 말에 형성된 후 각지 찻잎 산업의 지속적인 발전에 따라 청조 건륭 연간에 이르러 유래 없는 번영을 맞았다. 채차극의 공연 형식은 경극과 달라, 채차극의 전통적 소극은 완전하고 색다른 줄거리로 관중을 끌었던 것이 아니라 과장, 오해, 우연적 상황 등의 수법으로 연극의 분위기를 고조시키고 배우의 뛰어난 연기력과 유머러스하고 익살스런 대사로 인기를 끌었다. 예를 들어 감남(贛南) 채차극은 소생(小生, 젊은 남자 역), 소단(小旦, 젊은 여자 역), 소축(小丑, 젊은 어릿광대 역)을 주요 배역으로 한다. 소생은 대부분 청년 역으로 부채를 들거나 낮은 걸음걸이를 기본동작으로 한다. 소단은 영리한 젊은 부인이나 소녀 역인데 부채를 흔드는 동작이 대단히 풍부하다. 소축은 대부분 게으름뱅이나 방탕한 공자 역인데 새나 짐승, 혹은 곤충을 흉내 내는 동작이 많고 대사가 익살스럽다. 일부 연극은 여전히 노래하며 춤을 추는 특징을 유지했다. 채차극의 음악은 대부분 소박하고 명쾌하며 가볍고 활발하다. 또한 그 지방 방언으로 공연해 일반 대중들도 쉽게 따라 불렀다. 공연할 때 반의어, 헐후어(앞부분만 말하고 결론을 대담하게 생략하는 일종의 수수께끼같은 속담), 속담을 교묘하게 사용하여 재미있고 유쾌한 예술적 효과도 거두었다.

차를 소재로 한 연극은 채차극의 탄생에 직접적 영향을 미쳤을 뿐 아니라, 모든 연극에 영향을 주었다는 점에 주목할 만하다. 즉 극작가, 배우, 관중들이 모두 차 마시기를 즐기게 되었고 찻잎문화가 사람들의 생활 곳곳에 스며들어 차와 연극은 대단히 밀접한 수준에 이르렀다. 명나라 때 '옥명당파(玉茗堂派, 임천파(臨川派)라고도 불림)' 라는 극본 창작의 한 예술유파가 등장했다. 이는 대작가인 탕현조(湯顯祖)가 차를 좋아하며 그가 살던 임천을 '옥명당' 이라 이름 지은 것에서 비롯되었다. 탕현조의 작품은 인물의 감정 표현에 치중하고 사조(辭藻)를 중시했다.

그의 『옥명당사몽(玉茗堂四夢)』은 당시와 후세의 연극 창작에 지대한 영향을 미치기도 했다. 이러한 점에서 차로 인하여 탕현조가 중국 연극사에 미친 영향은 유파의 이름 하나에만 국한되지 않았다고 말할 수 있겠다.

과거 차관에서는 노래, 연주, 상성, 대고, 평서 등 예술 공연이 이루어졌을 뿐 아니라 차의 판매도 겸했다. 그래서 명, 청대에 이르러 영업의 성격을 띤 공연 장소들을 일반적으로 '차원(茶園)' 혹은 '차루(茶樓)'라 통칭했다. 초기 극장들의 주요 수입원은 차 판매였고 찻값만 받을 뿐 연극표는 팔지 않았으며, 연극 공연은 차손님을 즐겁게 하고 손님을 끌어 모으기 위한 서비스였다. 19세기 말 북경에서 가장 유명했던 '사가차루', '광화차루'와 상해의 '단규차원', '천선차원' 등은 모두 공연 장소였다. 이 차원이나 차루들은 일반적으로 한쪽 벽의 중간에 무대를 설치하고 무대 앞 평평한 곳을 '지(池)'라 칭했으며 나머지 삼면에 탁자와 의자를 놓아 관중석을 꾸미고 손님들이 차를 마시며 연극을 관람할 수 있도록 했다. 현재의 전문 극장은 신해혁명을 전후한 시기에 나타난 것으로 당시에는 이것을 '극원(劇園)', '극관(劇館)'이라 불렀다. 여기서 '원' 자와 '관' 자는 차원과 차관에서 나온 것이다. 그래서 어떤 이는 "연극은 차로 물을 주어 자란 예술이다."라고 말하기도 한다. 찻잎의 생산, 소비와 무역은 이미 사회의 생산, 문화, 생활의 중요한 한 부분이 되었기 때문에 자연스럽게 연극에 흡수, 반영되지 않을 수 없었다. 때문에 고금을 막론하고 유명한 연극들은 다사의 내용과 모습을 담고 있으며 어떤 것은 극 전체가 다사를 배경과 소재로 삼고 있다. 중국 전통극인 『서원기(西園記)』의 도입부에 "난릉(蘭陵)의 귀한 술을 사고 양선의 새 차를 달인다."는 대사가 나오는데, 이것은 관중들을 단번에 특정 지방의 정취로 끌어들이고 있다.

12 중국의 명차

중국 명차 중의 하나인 벽라춘은 향이 독특해 사람의 정신을 잃게 한다고 하여 하살인향으로 불렸다.

벽라춘은 비취처럼 푸른빛을 띠고 모양은 가늘고 둥글게 말려 나선형을 이루며 춘분에서 곡우 사이에 채취한다.

찻물이 맑고 향이 진하며 유리잔에 우려내면 흰 구름이 흘러가는 듯도 하고 눈꽃이 날리는 듯도 하다.

벽라춘(碧螺春)

둥글게 말린 형태의 볶은 녹차이다. 살청(殺靑, 찻잎의 푸른색 죽이기, 요즘은 쪄서 수증기를 빼는 것과 통함), 유념(揉捻, 차를 잘 우러나게 하거나, 발효를 촉진시키기 위해 손으로 주무르거나 비비는 공정), 건조

● 잘 우려낸 벽라춘은 독특한 향을 낸다.

등 과정을 거쳐 만든다. 강소성 오현 태호(太湖)가의 동정산 지역에서 생산되며 동정 벽라춘이라고도 부른다. 가늘고 둥글게 말려 나선형을 띠며 몸 전체가 부드러운 솜털로 덮여 있다. 찻물이 맑고 향이 진하며 달콤하고 시원한 특징이 있다. 유리잔에 우려내면 흰 구름이 흘러가는 듯도 하고 눈꽃이 날리는 듯도 하다. 차를 달일 때 펄펄 끓는 물을 사용하면 안 되고 따뜻한 물로 달이거나 혹은 먼저 끓는 물을 잔에 붓고 나중에 찻잎을 넣는다.

동정산은 일찍이 송나라 때에 이미 이름난 찻잎 산지이다. 벽라춘의 유래에 관하여 『청가록(淸嘉錄)』에 기록이 남아 있다. 동정산에 벽라봉이 있었는데 그 석벽에 몇 그루의 야생 차나무가 자라 현지 백성들이 이를 취해 차로 마셨다. 어느 해 찻잎이 대단히 무성하게 자라 대나무 바구니에 다 담을 수 없을 정도가 되자 품에도 찻잎을 따 담았다. 찻잎은 품안에서 체온을 받아 수분이 증발하며 독특한 향을 냈다. 사람들은 이구동성으로 '하살인향(嚇煞人香, 향이 사람의 정신을 잃게 한다.)'이라

고 소리쳤다. 이로부터 차를 채취할 때 누구도 대나무 광주리를 사용하지 않고 품에 따기 시작했으며 이 차를 하살인향이라 불렀다. 강희 14년(1675년) 강희 황제가 태호를 유람할 때 현지 관원이 이 차를 바쳤는데, 식사 후 마시니 그 맛이 아주 좋았다. 그런데 그 이름이 우아하지 못하다 하여 벽라춘이라 이름을 바꾸었다. 이는 첫째 산지를 나타내는 것이요, 둘째 차가 비취처럼 푸른빛을 띠고 모양은 우렁이 같고 봄에 채취한다는 의미이다.

벽라춘의 채취 시기는 춘분에서 곡우 사이이며 이 시기가 지나면 보통 녹차가 된다. 신선한 잎을 따서 선별과정을 거쳐 찻잎의 길이와 크기를 고르게 한다. 차를 만드는 방법은 보통 녹차와 같다. 다만 각 제조 단계 사이에 명확한 경계가 없이 연속적으로 만들며 솥 하나를 처음부터 끝까지 사용하여 찻잎의 완전한 모양과 푸른색을 유지한다. 찻잎을 뭉치는 것은 벽라춘의 외형을 형성하는 가장 중요한 단계이며 찻잎의 솜털이 뚜렷하게 드러나고 둥글게 말리도록 한다.

● 전홍

전홍(滇紅)

가늘고 긴 모양의 홍차이며 운남 공부 홍차를 줄여 부르는 이름이다. 운남의 대엽 차나무의 신선한 잎으로 만들며 주로 운남성 란창(瀾滄)강 유역의 봉경(鳳慶), 창녕(昌寧), 임창(臨滄), 운현(雲縣), 쌍강(雙江), 등충(騰

● 운남의 차 재배 역사는 오래되었는데 전홍은 일찍이 널리 이름이 났다.

衝), 맹해(勐海) 등 현에서 생산된다. 그 중 봉경현에서 생산된 것이 가장 유명하며 그 양도 가장 많아 전홍 총 생산량의 50%를 차지한다. 찻잎은 두텁고 윤이 나며 가는 털이 있고, 찻물 색깔은 진한 붉은 색을 띠고 은은한 향이 오래 지속되는 특징이 있다. 설탕을 넣어 마시는 것이 좋다. 중국의 북경, 상해, 천진 등 대도시에 공급될 뿐 아니라 폴란드, 구소련 등 동유럽 각국과 영국, 이란 등지로 수출된다.

운남 란창강 유역은 토지가 비옥하고 계절풍의 영향을 받아 강우량이 풍부하여 각종 식물이 자라기에 적합하다. 1,700년 전 이 지역의 차 재배와 제작이 시작되었다. 이 지역에서는 야생의 큰 차나무가 발견된 적이 있는데 그 높이가 십여 미터에서 몇십 미터에 이르며 둘레는 2m 나 되어 세계 차나무 중 최고를 기록했다.

1939년 풍소구(馮紹裘) 등 순녕(順寧)현(오늘날의 풍경현)에서 대엽종 찻잎을 채취하여 전홍을 만들었다. 그 품질이 우수하여 국내외에서 호 평을 얻었으며 그 해에 25통을 수출했다. 설비 조건의 제한으로 초기 전홍의 생산량은 많지 않아 년 생산량이 가장 많았던 1941년에도 45통 에 그쳤다. 1952년 이후 인민 정부는 전홍의 생산량을 높이기 위해 차 공장을 확충하여 전홍의 생산지와 생산량을 대폭 늘렸다.

고저자순(顧渚紫筍)

가늘고 긴 모양의 말린 녹차이다. 탄방(攤放, 펼쳐놓기), 살청, 탄량(攤凉, 손으로 부드럽게 펼쳐 쌓아두기), 초홍(初烘, 처음 말리기), 복홍 (復烘, 두번째 말리기) 등의 과정을 거쳐 만든다. 주요 산지는 절강성 장 흥(長興)현 고저산이다. 모양이 죽순 같고 색은 자줏빛이라 하여 자순 이라 부른다. 찻잎이 부드럽고 푸른 윤기가 흐르고 흰털이 보인다. 우 려내면 찻물 색깔이 맑고 찻잎이 하나 하나 꽃송이 모양을 이룬다. 은 은한 향이 오래가고 난꽃의 향이 나는 듯 하며 뒷맛이 달콤하여 그 모 양에서 맛에 이르기까지 독특한 특징을 나타낸다.

고저산은 사방 6km로 동쪽에는 태호를 끼고 서북쪽으로 산이 있으 며 토지가 비옥하고 샘이 흐른다. 구름이 자욱하고 겨울에는 매서운 추 위가 없고 여름에는 혹독한 더위가 없어 하늘이 내린 자연환경을 갖추었다. 때문에 찻잎의 품질이 대단히 우수하다. 일찍이 당나라 때 이곳에서 생산한 차는 이미 유명한 공품이었다. 육우의 『다경』에는 "몽정이 제일이고, 고저가 버금이라"는 평가가 있다. 고저산의 금사천(金沙泉)은 찻물로 가장 좋다. 자순차를 진상할 때는 반드시 금사천물을 함께 진상해야 했다. 그래서 '고저차는 금사천'이라는 말도 있었다. 청조 말기에 자순차 생산이 중단되었다가 1978년부터 다시 생산을 시작했다. 고저자순은 매년 4월 초순에서 중순에 채취하며 잎을 딴 후 펼쳐놓고 일반 솥을 사용하여 말려서 수분을 없애는 과정을 거친다. 불에 쬐여 말리는 과정은 두 차례 진행하며 처음 말릴 때는 바구니를 이용하고 두 번째 말릴 때 솥에 볶는다.

황산모봉(黃山毛峰)

가늘고 긴 모양의 말린 녹차이다. 살청, 유념, 홍건(烘乾, 불에 쬐어 건조시키기) 등의 과정을 거쳐 만든다. 주요 산지는 안휘성 황산과 그 주변지역이다. 이 지역은 산이 높고 골짜기가 깊으며 구름이 덮여 있고 강우량이 충분하다. 기후가 온화하고 토양이 비옥하여 차나무 생장에 적당하다. 그래서 생산된 찻잎이 두텁고 맛이 은은하고 달콤할 뿐 아니라 향기롭고 여러 번 우려낼 수 있어 고급차에 속한다. 채취 기준에 따라 특급 모봉과 보통 모봉으로 나눈다.

특급 모봉은 황산 운무차라고도 부른다. 주요산지는 황산의 송곡암(松谷庵), 조교암(吊橋庵), 운곡사(雲谷寺), 승상원(承相源), 자광사(慈光寺), 도화봉(桃花峰) 등지이다. 매년 곡우 전에 채취하며 만들어진 차는 그 잎이 알차고 고르며 흰털이 보이고 모양은 작설 같다. 윤이 나고 부

드러운 녹색에 누런색이 약간 보이며 상아와 같은 색이다. 우려내면 그 향이 은은하며 찻물은 맑고 투명한 특징이 있다. 아주 여린 잎을 채취하기 때문에 생산량이 많지 않아 매년 2천 극(용량의 단위, 1극은 약 25근에 해당) 정도이다.

보통 모봉의 주요산지는 황산 주변의 탕구(湯口), 강촌(岡村), 양촌(楊村), 방촌(芳村), 산차(山岔)와 흡사(洽舍) 등이다. 완성된 차의 품질에 따라 1,2,3급으로 나눈다. 일반적으로 곡우 지나서 채취를 시작하며 입하 전에 차 제작을 끝낸다. 보통 모봉은 특급 모봉보다 품질이 떨어진다. 보통 모봉을 땅속에 저장하여 화차를 만들 수도 있다. 자스민 황산모봉은 향기가 좋으며 동시에 모봉 차맛도 그대로 난다. 차맛과 꽃향이 서로 어우러져 화차 중에서도 진귀한 차이다.

군산은침 (君山銀針)

● 군산은침

침 모양의 황차이다. 살청, 탄량, 초홍, 초포(初包, 처음 싸기), 복홍(復烘), 복포(復包, 다시 싸기), 건조 등의 과정을 거쳐 만든다. 호남성 악양(岳陽)현 동정호의 군산도(君山島)에서 생산한다. 잎이 실하고 견실하며 곧고 길이와 크기가 고르며 솜털이 많고 누런빛을 띤다. '금양옥(金鑲玉)'이라고 부르기도 하는데, 찻물이 연한 황색이며 맛이 은은하고 청아한 향이 난다. 유리잔에 우려내면 잎이 물 위에 둥둥 떠올랐다 눈

꽃처럼 바닥에 가라앉는 것을 볼 수 있다. 죽순이 흙을 뚫고 나오는 것 같기도 하고 칼이 나란히 서있는 듯도 하여 사람들의 눈을 즐겁게 한다. 물을 부으면 떠올랐다 가라앉기를 몇 차례 반복한다.

군산도는 둘레가 10여 리이며 호수로 사방이 둘러싸여 있고 습도가 비교적 높다. 맑은 날에는 구름이 자욱하고 흐린 날에는 안개비가 몽롱하게 내리며 토질은 비옥하여 차나무 생장에 적합하다. 이 곳은 당나라 때 차 생산을 시작했다. 청조에 이르러 진상용 공차로 정해져 건륭황제의 사랑을 받았고 매년 18근씩 진상하도록 규정되었다. 중화인민공화국 성립 후 군삼은침은 국제 박람회에 참가하여 높은 평가를 받기도 했다. 군산은침의 채취와 제작은 까다로운 편이다. 3월 하순에서 4월 초순 사이에 가장 많이 채취하며 뾰족한 첫 잎만을 딴다. 차를 만들 때 특수한 기술이 요구되는데 불에 쬐여 수분을 말린 후 초홍, 초포, 복홍, 복포 등의 과정을 거친다. 초포는 군산은침의 품질을 결정하는 중요한 단계이다. 방법은 초홍을 거친 찻잎을 세 겹의 소가죽으로 싸서 나무 상자나 철 상자에 넣는 것이다. 이틀이 지난 후 찻잎이 등황색을 띠면 꺼낸다. 복포란 복홍 후 찻잎을 다시 싸서 하루 두는 과정인데 이렇게 함으로써 초포 때의 부족했던 점을 보충할 수 있다. 마지막에 찻잎이 약간의 금황색을 띠면 건조과정에 들어간다. 이러한 특수한 과정을 통해 군산은침의 색, 향, 맛이 더욱 완벽한 수준에 이를 수 있다.

육안과편(六安瓜片)

조각 모양의 말린 녹차이다. 안휘와 강소, 호북 등지에서 육안과편이라 통칭한다. 반편, 초편(炒片, 볶기), 홍배(烘焙, 불에 말리기)

등의 과정을 거쳐 만든다. 안휘성 육안, 금채(金
寨), 곽산(霍山)현에서 생산된다. 역사적으로
세 현은 모두 육안에 속했기 때문에 육안과
편이라 통칭한다. 그 중 금채의 제
산(齊山) 박쥐동굴 일대에서 생
산된 제산과편이 품질이 가장
좋다. 산지에 따라 내산지역
과 외산지역의 제품을 나누

는데 내산차의 품
질이 외산의 것보
다 좋다. 과편차
는 잎으로 만들며
싹과 줄기는 사용
하지 않고 모양
이 해바라기 씨
같다. 잎이 약간
위쪽으로 구부러져
있고 비취색의 윤기가
흐르며 찻물은 맑고 푸른
가운데 황색을 띠며 은은하고 향이 좋다. 여러
번 우려내도 오래 맛을 낸다.
　육안과편은 일반적으로 4월 하순에서 5월

219

상순 사이에 채취하며 너무 여리거나 너무 늙은 잎은 조각모양으로 만들어지지 않는다. 반편은 손으로 줄기와 잎을 분리하고 늙은 잎과 여린 잎을 분리한 후 각각 볶는 과정이다. 불에 말릴 때는 질 좋은 목탄을 연료로 비취색이 나고 흰색가루가 보일 때까지 말린다. 뜨거울 때 철통에 넣고 밀봉한다. 이렇게 함으로써 차의 선명한 녹색을 유지하고 청아한 향을 보존할 수 있다.

여산 운무차(盧山雲霧茶)

가늘고 긴 모양의 볶은 녹차이다. 탄청(搓靑, 신선한 찻잎을 살짝 말리기), 살청, 산열(散熱, 열 식히기), 유념, 초건(初乾, 첫 번째 건조), 차조(搓條, 비비기), 주호(做毫, 털 손질하기), 재건(再乾, 두 번째 건조) 등의 과정을 거쳐 만든다. 주로 강서성 려산 일대의 한양봉(漢陽峰), 청련사(靑蓮寺), 파구(鄱口), 화경(花徑) 등지에서 생산되며 명나라 때 처음 생산되었다. 길고 가는 모양이 수려하고 비취색의 윤이 나며 잎이 여리고 살지며 흰털이 보인다. 찻물은 맑고 푸르며 난과 같은 향이 오래 지속된다.

맛이 은은하고 여러 번 우려내어 먹을 수 있다.

여산은 북쪽에 장강이 흐르고 남쪽으로 파양호(鄱陽湖)가 흐른다. 강수가 충분하고 숲이 무성하며 구름과 안개가 희미하게 깔려있다. 동한시대에 재배가 시작되었고 당나라 때 이미 유명해졌으며 송나라 때 진상차에 포함되었다. 여산차의 제조법이 몇 차례의 변화를 거치며 그 품질이 지속적으로 향상되었다. 최초에 생산된 것은 찐 단차(團茶)였다가 송나라 때 찐 산차(散茶)로 바뀌었고 명나라 때 다시 볶은 산차로 변화했다.

차나무는 해발 고도가 높고 일 년 내내 안개가 많은 산간지역에서 자라기 때문에 여산 운무차의 채집과 제조는 대부분 노동절을 전후로 진행한다. 우선 채집한 잎을 그늘지고 통풍이 잘 되는 곳에 펼쳐 4~5시간 말린다. 여산 운무차는 가공 과정에서 두 차례 건조과정을 거치는데 처음 건조는 주로 일부 수분을 증발시켜 찻잎 표면의 점성을 줄임으로써 비벼서 모양을 만들기 쉽게 한다. 두 번째 건조에는 털을 보존하고 손질하는 방법으로 상품의 외형이 가늘고 흰털이 보송보송하며 잎이 부드럽게 한다.

몽정감로(蒙頂甘露)

가늘고 긴 모양의 볶은 녹차이다. 탄청, 삼초삼유(三炒三揉, 세 번 볶고 세 번 비비기), 주형(做形, 형태 만들기), 홍배 등의 과정을 거쳐 만든다. 주로 사천성 아안(雅安) 몽정산에서 생산된다. 제작 시작 시기는 아주 오래전이며 1958년 다시 생산되기 시작했다. 잎이 연하고 살지며 여린 녹색을 띠고 고루 윤기가 흐르며 탕색은 맑고 밝은 황록색이며 향기롭고 은은한 시원한 맛이다.

몽정산의 차 생산은 2,000년의 역사를 자랑하고 있다. 감로(甘露)보혜선사(普慧禪師)가 7그루의 차나무를 이곳에 심은 후 청나라 옹정 연간까지 재배되었으며 생산량이 많지 않았다. 당나라에 공차가 된 후 청나라까지 1,000여 년 간 진상되었다.

몽정산에는 감로뿐 아니라 몽정황아(蒙頂黃芽), 몽정석화(蒙頂石花), 만춘은침(萬春銀針), 옥엽장춘(玉葉長春) 등의 품종이 있는데 이를 몽정차로 통칭한다. 그 중 황아, 석화는 황차이다. 몽정차의 높은 품질에 대해 역대 문인들은 모두 크게 칭찬했다.

백거이는 "양자강 물은 중품이요, 몽산차는 상품이라"는 시를 썼고, 당나라 여양왕(黎陽王)도 "육우가 공평한 논리를 가졌다고 가르친다면 이것은 속세 제일의 차다."라고 평가했다.

몽정감로는 춘분 후에 채취, 제작한다. 채취한 신선한 잎은 펼쳐놓고 세 번 볶고 세 번 뭉쳐 빚는 독특한 과정을 통하여 수분을 말린다. 마지막에 불에 쬐여 건조시킨다. 다 만들어진 후 복홍, 등급별 분류 등 과정을 거쳐야만 상자에 포장될 수 있다.

보이차(普洱茶)

운남 대엽종 잎으로 만든 찻잎의 통칭이다. 산차, 타차(沱茶, 사발 모양으로 만든 고형차), 원차(圓茶, 둥근 모양의 고형차. 원차는 예로부터 일곱 편을 묶어 죽순껍질로 포장하는 것이 전통방법이었으며, 1970년대 접어들어 그 이름을 칠자병차(七子餅茶)로 고쳐 오늘날까지 이어짐), 긴차(緊茶, 심장모양으로 만든 고형차), 병차 등의 품종이 있다. 운남성 보이현에

서는 원래 차를 생산하지 않았는
데 역사상 운남 남부지역과 서남
부 각지에서 생산한 찻잎이 모두
이 곳에서 가공되고 수출되었기
때문에 보이차라고 이름 지었다.
그 중 맹해현 남유산에서 생산한
보이차가 가장 유명하다. 보이차
는 당나라 때 이름이 나기 시작해
청나라 중엽 융성기를 맞았고 그
이후로는 점차 쇠퇴했다가 중화

● 타차

인민공화국 성립 후가 돼서야 다시 발전을 회복하여 지금은 운남성의
주요 차 중 하나가 되었다. 원래 보이 타차가 가장 이름이 났는데 지금
은 보이차라 하면 대부분 보이산차를 가리킨다. 이것은 가늘고 긴 모양
의 흑차인데 탕색은 등황색이고 향이 진하며 오래될수록 떫은맛이 사
라지는 특징이 있다. 차를 햇볕에 말린 후 조수에 장기간 담가 두는 처
리 과정을 거쳐 찻잎의 페놀 등 물질이 전화되면서 독특한 품질을 형성
하도록 촉진한다. 보이차는 일찍이 명말 청초에 동남아 각국으로 수출
되었고 지금은 일본, 독일, 프랑스 등의 국가로 수출되고 있다.

기홍(祁紅)

　　가늘고 긴 모양의 홍차이다. 기문 홍차라고도 부르며 기문
공부 홍차의 줄인 이름이다. 주로 안휘성 기문현과 주변의 석태(石台),
동지(東至), 귀지(貴池)현 등에서 생산된다. 줄기가 튼실하고 끝이 뾰족

하고 가늘며 윤기가 흐르고 금황색 털이 드러나 있다. 우려낸 차탕색은 선명한 붉은 색을 띠며 마실 때 입속에서 그윽한 향이 느껴지고 뒷맛도 순하고 부드럽다. 향이 과일향 같기도 하고 난꽃향기 같기도 하며 그 맛이 오래간다. 차탕에 설탕이나 우유를 넣어도 향이 사라지지 않는다. 중국뿐 아니라 영국, 네덜란드, 독일 , 덴마크, 스위스, 스웨덴, 프랑스, 오스트레일리아, 아일랜드, 핀란드, 이탈리아, 싱가폴, 미국 등지로 수출되고 있다. 기문은 청 광서 연간 이전에는 홍차를 생산하지 않았고 녹차가 대량 생산되었다.

1875년 이현 사람 여간신(餘幹臣)은 복건성의 관직을 버리고 고향으로 돌아와 차를 재배했다. 그는 홍차의 판로가 넓고 수익이 높은 것을 보고 복건 홍차의 제조법을 모방하여 지덕현(오늘날의 동지현) 요도가에 차밭을 만들고 홍차를 시험재배했다. 이것이 성공을 거두자 1876년 차례로 기문의 역구(歷口), 섬리(閃里)에 홍차 재배농장을 만들어 홍차 생산을 확대했다. 이 무렵 호원용(胡元龍)도 기문에 홍차 재배 농장을 만들고 홍차를 시험제조해 성공을 거두었다. 기홍은 금세 복건 홍차를 넘어서는 명성을 얻었고 각지 차 판매상들은 앞을 다투어 기문차를 사들였다. 그리하여 기홍의 생산량은 지속적으로 증가했으며 산지도 확대되었다. 1915년에는 파나마 만국박람회에 참가하여 금상을 받았다. 1980년, 1985년에는 중화인민공화국 금상을 수상했다.

태평후괴(太平猴魁)

끝이 뾰족한 모양의 말린 녹차이다. 살청, 홍배 등의 과정을 거쳐 만든다. 주로 산지는 안휘성 태평현의 후갱(猴坑), 봉황첨(鳳凰尖),

후동산(猴峒山), 계공첨(鷄公尖) 등 고산지대이다. 후갱에서 생산하며 찻잎의 외형이 매우 크고 품질이 가장 좋아 첨차(尖茶, 찻잎 모양이 화살처럼 뾰족한 차) 중의 최고라 하여 이러한 이름이 붙여졌다. 외형은 크고 펴져 있으며 곧은 모양을 띠고 온몸에 흰털이 덮여 있으며 양끝이 뾰족하다. 물을 부으면 잎은 가라앉고 난향을 은은하게 풍긴다. 천천히 우려내면 그 맛이 달콤하면서도 시원한 향이 나고 탕색은 투명하며 잎은 황록색을 띤다. 서너 번 우려내도 향이 떨어지지 않는다. 1915년 파나마 만국 박람회에서 금상을 수상한 바 있다.

태평후괴(太平猴魁)의 채취와 제조는 섬세한 주의를 요하는 까다로운 과정이다.

4월 하순에서 5월 상순 사이에 채취하되 매일 이른 아침 흐릿한 안개 속에서 따고 오전 9시에서 10시 사이 안개가 걷히면 중지하여 '사간팔불채(四揀八不采)'라 부르기도 했다. 사간(四揀)은 고산이나 그늘진 다원을 고르고, 생장이 무성한 곳을 고르며, 곧고 튼튼하게 자란 어린가지를 고르고, 균일하게 한 싹에 두 잎이 난 것을 고르는 것을 말한다. 팔불채(八不采)는 뾰족하지 않고, 너무 크거나, 너무 작거나, 마르거나, 구부러진 것, 벌레 먹은 것, 색이 연한 것, 자줏빛 싹은 채취하지 않는 것을 말한다. 차를 만들 때 우선 솥에서 볶는 방법으로 수분을 없애고 잎이 부드러워지고 어두운 녹색을 띠면 불에 건조시킨다. 불에 말리는 과정은 3차례로 나누어 진행하며, 이 때 불 조절이 적절해야 차향을 살리면서 잘 건조시킬 수 있다. 후괴의 품질을 보호하기 위해 불에 말린 후 뜨거울 때 주석통이나 함석통에 넣고 차가 다 식으면 밀봉한다.

철관음(鐵觀音)

말린 모양의 우롱차이며 찻잎의 종류에서 이름을 땄다. 청조 옹정 연간에 처음 만들어졌으며 원산지는

● 철관음

복건성 안계현이고 현재 영춘(永春), 남안(南安), 진강(晋江), 장안(長安), 동안(同安), 용계(龍溪) 등지에서도 생산되고 있다. 외형이 튼튼해 보이고 나선형을 띤다. 묵직한 모양에 색은 비취빛이 돌며 가장자리에는 붉은 빛이 난다. 향이 오래가고 맛은 은은하며 달콤하고 천연의 난 꽃향이 나고 '관음운(觀音韻)'이라 칭한다. 탕색은 금황색이며 잎이 연한 빛이 나고 가장자리가 뒤로 약간 구부러져 있으며 여러 번 우려내도 맛과 향은 변함이 없으나 두세 번 우려내야 차의 향기와 맛이 제대로 우러나온다. 마실 때 약간 쓴맛이 나다가 금세 단맛이 느껴지는 특징이 있다.

철관음은 나무 이름이자 차 이름이다. 전해지는 이야기에 따르면 청나라 때 안계현 송림두현에 위음(魏飮)이라는 불교도가 살았는데 매일 이른 아침이면 맑은 차 한 사발을 관음상 앞에 올렸다. 어느 날 그가 나무를 하러 산에 올랐다가 예사롭지 않은 차나무를 발견하고 캐어 돌아와 정성껏 키웠다. 이후에 찻잎으로 만들었더니 녹갈색을 띠며 철처럼 묵직하고 향이 독특했다. 이것이 관음이 하사한 것이라 생각하고 이름을 철관음이라 했다. 이 차나무는 우롱차를 만드는 데 가장 적합하며 홍차나 녹차를 만들면 품질이 보통수준이다. 그 제작법은 무이암차와 기본적으로 같은데 다른 점은 위조(萎凋, 햇볕에 말림)와 요청(搖靑, 흔들어 말림) 횟수가 적다는 것이다. 단 매번 요청단계의 시간 간격을 길게 둔다. 철관음을 달이는 방법은 비교적 특수한데 다호와 잔은 작은 것으로 하고 차의 양을 많게 하여 맛을 진하게 한다. 차를 맛볼 때는 조금씩 천천히 삼켜야만 차의 진정한 맛을 느낄 수 있으며 적은 양만 마셔도 입안 가득 향을 느낄 수 있다.

무이암차 (武夷岩茶)

가늘고 긴 모양의 우롱차이다. 복건성 숭안현 남쪽의 무이산 암벽 사이에서 난다 하여 이렇게 이름 지었다. 청조 말기에 제작이 시작되었는데 찻잎은 튼튼하고 고르며 말린 모양을 띠고 있고 뒷면에 아기 피부 같은 흰점이 있다. 녹색 윤기가 흐르며 향이 은은하고 뒷맛은 달고 시원하다. 탕색은 등황색을 띠는데 서너 번을 우려도 그 색이 변치 않는다. 잎은 부드럽고 녹색 잎의 가장자리는 홍색을 띤다. 마신 후 입안에 향이 오래 머물며 뒷맛이 달다. 사람들은 "물잠자리 머리, 두꺼비 등, 모래의 푸른 윤기가 있으며 그 향을 맛보면 일향 이청 삼감 사활 (一香二淸三甘四活)의 암석의 정취가 느껴진다."는 말로 무이암차의 독특한 풍을 개괄하곤 한다. 무이암차는 색과 품질이 다양하다. 차나무의 품종에 따라 크게 수선종으로 만든 무이 수선(水仙)과 채차종으로 만든 무이 기종(奇種)의 두 종류로 나눈다. 기종은 다시 명종기종과 단종기종의 두 가지로 나눈다. 우수한 차나무 종류를 재배하여 만든 것을 단종이라 하고, 단종 중 다시 두세 그루의 특히 우수한 품질의 차나무에서 채취하여 만든 차를 명종이라 한다. 대홍포, 철라한, 백계관, 수금귀는 4대 명종으로 불리며 그 외에 십리향, 금쇄시, 불지춘, 조금종, 과자금, 금류조 등의 보통 명종이 있다.

무이암차의 채취와 제작은 세심한 주의와 높은 수준의 기술을 필요로 한다. 외형은 두껍고 튼튼하며 윤기가 흐르고 붉은 빛이 선명하고 순정도가 높아야 한다. 잎은 너무 가늘고 부드러워서도 안 되며 너무 두껍고 시들시들해서도 안 된다. 너무 부드러우면 수분이 날아간 후 쉽게 변질되어 상품으로 만들었을 때 작고 색이 회색을 띠게 되고 쓰면서 떫은 맛이 날 뿐 아니라 향도 강하지 않다. 너무 두껍고 오래된 잎은 상

품으로 만들었을 때 외형이 너무 크고 색이 어두우며 맛이 옅고 향이 고급스럽지 않다. 그래서 차를 따서 만드는 시기는 대단히 중요하며 일반적으로 봄차의 품질이 가장 좋고, 가을이 그 다음이며 여름차는 가장 질이 떨어진다. 차 제작 과정은 통상적으로 위조, 주청(가볍게 발효시킨 찻잎을 햇볕에 20~30분 정도 말리는 것), 살청, 유념, 홍배의 다섯 단계를 거친다. 그 중 주청은 암차의 품질을 결정하는 관건이 되는 단계이다. 홍배는 모화(毛火, 120도 정도의 불로 말리는 것)와 족화(足火, 90도 정도의 불로 말리는 것)로 나눈다. 족화 후 '약한 불에 천천히 푹 고는' 단계를 거치며 이것을 '돈화(炖火)'라 하는데 이것은 암차 특유의 과정이다. 이는 암차의 향에 중요한 역할을 하며 오래 보관할 수 있게 해 준다. 무이암차는 오래될수록 귀하게 여겼으며 오래된 찻잎은 깊은 붉은빛의 탕색을 내며 맛이 더 진하다.

● 무이암차

서호용정(西湖龍井)

납작한 모양의 볶은 녹차이다. 용정차라고도 한다. 탄청, 초청, 회조(回潮)와 휘과(輝鍋) 등의 과정을 거쳐 만든다. 절강성 항주시 서호 주변의 사자봉, 용정, 오운산, 호포(虎跑), 매가오(梅家塢) 등지에서 생산된다. 산지에 따라 만드는 방법에 약간의 차이가 있다. 생산품을 사, 용, 운, 호, 매의 5종류로 나누는데 그 중 사봉용정의 품질이 가장 좋다. 1965년 후에는 서호용정이라 통칭했다. 마른 차는 편평하고 곧은 모양이며 크기와 길이가 고르고 녹색 잎에 황색빛이 돈다. 차향은 맑고 시원하여 자스민향 같고 맛이 달고 오래간다. 유리잔에 우려내면 맑고 푸른 찻물에 찻잎이 동동 뜬다. 세인들은 "색이 푸르고, 향이 그윽하고 맛이 달며 모양이 아름답다."고 하여 사절(四絶)이라 칭송한다.

서호지역의 차 생산은 역사가 매우 깊다. 당나라 육우가 쓴『다경』에는 항주 천사(天竺), 영은(靈隱)의 두 절을 차 산지로 언급했다. 송나라 이후 서호에서 생산한 백운차 등이 공차로 정해졌다. 명나라 이후 용정차는 이미 차 중의 상품이 되었다. 청나라 견륭 연간 이전까지 용정차는 먼저 볶고 나중에 말리는 방식으로 만들었으나 후에 점차 현재와 같은 전체 과정에서 볶는 납작한 모양의 용정차로 발전했다.

● 서호용정

　서호용정의 채취와 제작은 전과정을 수공으로 진행한다. 찻잎 채취 후 우선 탄청과정을 거쳐 푸른 잎의 수분을 증발시키면 차에 많은 페놀이 천천히 산화된다. 그 다음 초청과정을 진행하는데 탄청한 잎을 솥에 넣고 재빨리 수분을 증발시킨 후 중량이 30%정도 줄 때까지 볶은 다음 회조(回潮, 물을 뿌려서 차의 함수량을 다시 15~18% 정도로 높이기)한다. 이것은 잎의 수분이 균일하게 분포하도록 하기 위함이다. 마지막으로 휘과를 진행하는데 이것은 형태를 고정하고 수분을 줄임으로써 완성된 차가 편평하고 윤이나 보기 좋게 하기 위한 것이다. 용정차의 제작 방법은 까다로우며 전통적으로 두(抖), 대(帶), 제(擠), 솔(甩), 정(挺), 탁(拓), 구(扣), 조(抓), 압(壓), 마(磨) 등의 기법이 있다.

신양모첨 (信陽毛尖)

　　침 모양의 볶은 녹차로 예모봉(豫毛峰), 본산모첨(本山毛尖)이라 부르기도 한다. 생과(生鍋, 160~200℃로 달군 솥에 적당량의 찻잎을 넣고 찻잎의 함수량이 약 55%가 될 때까지 볶는 것), 숙과(熟鍋, 생과 과정을 거친 찻잎을 80~100℃의 솥에 넣고 찻잎의 함수량이 약 33~35%가 될 때까지 볶는 것), 홍배, 간척(揀剔, 선별하기) 등의 과정을 거쳐 만든다. 주로 하남성 신양(信陽)지역의 차운산(車雲山), 집운산(集雲山), 천운산(天雲山), 진뢰산(震雷山), 운무산(雲霧山), 흑룡담(黑龍潭), 백룡담(白龍潭) 등지에서 생산된다. 그 중 차운산에서 생산된 것이 품질이 가장 좋다. 외형은 가늘고 곧으며 비취의 푸른빛이 나고 흰털이 보이며 탕색은 맑고 향이 오래 간다. 잘 익은 밤향이 나는 것도 있으며 그 맛이 그윽하다. 네다섯 번 우려도 그 맛이 변함이 없다.

　　신양지역 차 생산은 약 1,000여 년의 역사를 가지고 있으며, 『다경』에 이미 기록이 있다. 소동파도 "회남차는 신양이 제일이라, 색, 향, 맛이 모두 훌륭하니 절강과 복건의 것보다 못하지 않다."고 말한 바 있다. 채취와 제작 과정이 독특하여 육안과편과 서호용정의 제작 과정 중 우수한 부분만을 따왔다. 살청은 과편 제작법에서 왔고 이조방법(理條, 솥의 온도를 약 70℃로 한 상태에서 손으로 찻잎을 집어 올려 손바닥에서 살살 굴리기를 반복하며 모양을 잡아가는 과정)은 서호용정의 제작법에서 나왔다. 매년 3월 중순에 채취를 시작한 후 먼저 생과의 살청을 거치고, 잎이 길쭉한 모양이 되면 숙과과정으로 들어간다. 이것은 모첨의 외형 형성의 관건이 되는 과정이다. 차의 외형이 가늘고, 둥글고, 곧고, 윤이 나면 솥에서 꺼내 탄량과정에 들어간다. 그 다음 홍배를 하는데 초홍과 복홍의 과정을 거쳐 찻잎이 완전히 마른 후 줄기와 불순물 등을 떼어내어 완성한다.

백호은침 (白毫銀針)

　　가늘고 긴 모양의 백차이며 색이 은처럼 희고 형상이 침과 같다하여 이같이 이름 지었다. 주로 복건성 복정현과 정화현에서 생산되며 청조 가경(嘉慶) 초년(1796년)에 생산을 시작했다. 최초에 은침의 재료가 된 찻잎은 가늘고 작으며 백호도 보이지 않았다. 후에 우수한 대백차종에서 비대한 잎을 취하여 원료로 삼았는데, 이는 잎이 크고 털이 보이며 은처럼 깨끗하고 흴뿐 아니라 품질이 현저히 높아졌다. 은침은 산지에 따라 북로은침과 남로은침으로 나눈다. 복건 정현에서 생산한 것은 북로은침이라 하는데 외형이 아름답고 잎이 비대

하며 황색을 띠고 털이 두껍고 길이가 한 마디 정도이다. 광택이 풍부
하고 탕색은 푸르며 살구빛을 띠고 향은 담백하고 그윽한 맛을 내는
특징이 있다. 복건 정현의 태로산(太姥山) 홍설동(鴻雪洞)에서 생산된
것이 가장 좋다. 정화현에서 생산된 것은 남로은침이라 하는데 잎이
가늘고 길며 털이 있고 윤이 난다. 향은 맑고
맛이 진하다. 1881년부터 백호은침은
수출되기 시작하여 독일, 프랑스,
아일랜드 등지로 활발하게 수출
되었다.

● 백호은침

백호은침의 가공방법은 비교
적 간단하다. 위조와 홍배의 두
과정만 거치면 되지만 그 채취과
정이 대단히 까다로워 십불채(十
不采)의 규정이 있다. 즉 비 오는
날, 이슬이 아직 마르지 않은 때,
가늘고 마른 싹, 자줏빛 싹, 바람에
상한 싹, 인위적인 손상을 입은 싹, 벌레
먹은 것, 속이 찢어진 싹, 속이 빈 싹, 병이 있
어 구부러진 싹은 채취하지 않는다. 채취한 찻잎은 즉시 가공해야 하며
그렇지 않을 경우 변질된다.

13 세계 여러 나라의 차 습관

일본 다도는 형식과 예법을 중요하게 여기며 고대에도 시대에는 스승으로부터 제자에게로만 비밀리에 전수되기도 하였다. 일본의 품격 있는 다도 기법은 한 시간이 넘게 걸리며 현재의 다도는 수십 개의 유파로 이루어져 있다. 영국인에게 오후차를 마시는 행위는 물질적인 향유이며 동시에 정신적인 휴식이다.

우아한 일본 다도

차문화는 전통문화의 중요한 구성부분일 뿐 아니라 세계 각국의 문화 발전에도 많은 영향을 미쳤다. 중국과 가까운 일본도 바로 그러한 나라 중 하나이다. 경축일 이나 새해를 맞을 때, 혹은 대화를 나누는 여러 장소에서 일본인들은 다도 의식을 자주 거 행한다. 이것은 일본에서 대단히 유행하는 독특한 전통 품차(品茶) 예술이자 음다(飮茶) 방식이며 일본인들이 심신을 수양하여 문화적 소양을 제고하고 사교하는 수단이다.

그 근원으로 거슬러 올라가면 일본의 다도는 중국 송나라의 말차 법(抹茶法)에서 나왔다. 1168년과 1187년 일본 선사 영서(榮西)는 두 차례 중국에 왔다가 차 씨와 그 기예를 일본으로 그대로 옮겨갔는데, 이로써 다도도 중국다회를 모방한 기초 위에 발전하기 시작했다. 내량 서대사(奈良西大寺)의 헌차(獻茶)의식은 일본에서 차 마시는 풍조가 성행하는 데 중요한 역할을 했다. 중국 찻잎이 막 일본에 전해졌을 때는 진귀한 것으로 여겨져 소수의 몇 사람만이 마실 수 있었다. 700년 전 서대사의 예존(叡尊)이 "좋은 물건은 널리 보급해야 한다."고 제창하면서부터 일반인들도 차를 마시기 시작했다. 매년 봄과 가을에 이틀을 골라 내량 서대사에서 대규모 헌차성회가 열리는데 전국 각지로부터 3,000

● 일본의 아름다운 다구

명가량이 모인다. 이 절의 다완은 일반 다완보다 30배 정도(2~3kg 정도) 커서, 차 한 다완으로 여러 사람이 돌아가며 마실 수 있다. 차를 마시기 전 사람들은 먼저 책상다리를 한 채 일렬로 앉는데 차를 마실 때는 무릎을 꿇은 채 마신다. 이 차를 마시면 "사악한 기운을 물리치고 오장이 튼튼해진다."고 전해진다. 이 서대사만의 독특한 차 마시는 방법은 현재 일본 다도의 중요한 유파 중 하나가 되었다.

일본 남북조 시대에 이르러 '당식차회(唐式茶會)'가 일본에서 유행하기 시작했고 이를 '차회'라 줄여 불렀다. 차회의 내용은 중국의 정취와 선종의 풍격을 담고 있어 처음에는 선림(禪林, 선종의 절을 달리 이르는 말)에서 유행하다가, 오래지 않아 무사계층에서도 성행하기 시작했다. 일본 남북조 시대의 『억다왕래(憶茶往來)』와 『선림소가(禪林小歌)』는 당시 유행한 당식차회의 내용을 상세히 묘사했다. 전자는 궁정에서 주자이학을 가르쳐 이름이 난 비예산의 학승 해혜(亥慧)의 작품으로 주로 차회의 상황을 묘사했다. 후자는 겸창(鎌倉)을 여행하던 정사종 승려 성동(聖同)이 건장사의 선선(禪扇, 절의 장식용 부채)에 쓴 글이다. 주로 선사에서 당식차회를 빌어 사실상 모여 즐기는 좋지 않은 풍습을 꼬집었다.

당식차회는 대체로 다음과 같은 순서로 진행했다.

첫째 점심(點心). 회중이 모이면 객전(客殿)으로 청하여 '점심'을 먹는다. 소위 점심이란 원래 선종 용어로 식사와 식사 사이에 마음을 편안하게 하기 위해 가볍게 먹는 식품을 말한다. 점심에 사용하는 각종 죽, 떡, 면류는 모두 중국에 왔던 승려들이 일본으로 가지고 간 것이다. 손님들은 서로에게 권하며 먹는데 모든 것이 중국의 것과 다르지 않다. 점심을 다 먹으면 회중은 일어나거나 앉아 창가에서 휴식을 취하기도 하고 정원을 거닐기도 한다.

둘째 점차(點茶). 회중은 점심 후 잠시 쉬고 나서 차정(茶亭)에 들어가 앉아 점차의식을 거행한다. "정주(亭主)가 다과를 드리는데 불법의 지혜로 잔을 올린다. 오른쪽에는 차선을 놓은 채 왼손에 병을 들고 상석에서 말석까지 순서에 따라 차를 올린다."

셋째 투차(鬪茶). 점차 후 흥을 더하기 위해 '사충십복차(四衝十服茶)'라는 이름의 놀이를 즐기며 승부를 가리는데 이를 투차라 한다. 형식은 각종 차를 우려내어 마시면서 일본 무미(拇尾)에서 생산한 것인지 혹은 무미 이외의 지역에서 생산한 것인지를 맞추는 것이다. 투차는 중국 송나라 때 성행했고 일본의 투차법은 중국에서 기원한 것으로 그 방법에 약간의 차이가 있을 뿐이다.

넷째 연회. 점차의식과 투차가 끝난 후 다구를 물리고 술과 요리를 내어 연회를 여는데 이 때 가무와 관현악 연주로 여흥을 즐긴다.

전체 당식차회의 진행과정 중 점차, 투차는 차정에서 진행한다. 차정은 중국풍에 따라 풍경이 아름다운 정원 내에 세워 멀리 풍경을 조망할 수 있도록 했다. 차정의 정면은 석가모니, 관음, 문수, 보현 등 불화로 장식했다. 벽에는 송, 원의 유명 화가들이 그린 인물, 화조, 산수화들이 걸려 있다. 차정의 한쪽 구석은 병풍을 둘러쳐 차로를 설치하고 차를 달였으며 정교한 다구를 갖추어 놓았다. 손님의 자리와 주인의 자리에 평상과 의자 등을 놓아 완전한 중국식으로 꾸몄는데 이것은 이후에 형성된 다도 중의 '수기옥(數寄屋)'과 비슷하다.

당식차회에 사용된 점심, 점차 방법, 기구, 자화(字畵, 글과 그림) 등은 모두 중국의 것을 모방한 것이었으나, 고대 중국에는 결코 이러한 형식의 차회가 없었다. 예를 들어 송대에 차 가게가 유행했을 때도 술을 파는 가게와는 완전하게 구분되었다. 일본은 중국의 음다 습관, 식품의 맛, 선종의 정취, 원림정자 등을 당식차회에 융화시켰으나 이것은 중국문화가 일본에서 새롭게 분해되어 재편된 것으로, 비슷한 듯 비슷하지 않은 모습을 띠었으며 이로부터 새로운 혁신의 길을 걸을 수 있었다. 일본 무로마치(室町)막부 중기 이러한 차회는 새롭게 발전하여 차회를 진행할 때의 차정을 '좌부(座敷)'라 고쳐 불렀고 차회는 귀족형의 '전중차'와 평민형의 '지하차'로 나뉘었다. 전자는 유명 다구와 찻잎을 맛보는 형식이었던데 비해 후자는 제약이 없이 차를 마시는 모임으로 중국의 차관과 비슷한 형태였다. 당식차회가 일본 다도의 초기형태였음을 알 수 있다.

일본다도를 정식으로 창조한 것은 15세기 내량 칭명사(稱名寺)의 승려 무라타 쥬코(村田珠光)이며, 그의 제자인 센노리큐(千利休, 1522~1591년)가 이를 집대성하여 중세기 다도를 예술수준으로 끌어올렸다. 16세기의 일본은 군웅이 할거하며 혼란이 끊이지 않았는데, 오다 노부나가(織田信長)는 다도를 빌어 천하를 통일하고자 했다. 그는 심혈을 기울여 당시의 각종 진귀한 다구를 수집하고 다도에 능한 전문가들을 모았다. 이리하여 그는 삼대 다두(茶頭) 중 한 사람이 되었고 다도 의식과 규칙의 제정을 주도하여 신문화 보급에 공헌했다. 1582년 오다 노부나가가 세상을 떠나고 도요토미 히데요시(豊臣秀吉)가 무력으로 전국을 통일한 후 그는 정신적 평정을 구하고자 조용하고 소박한 다도의 풍격을 즐겼고 다도를 더욱 발전시켰다.

센노리큐는 심오한 선종 사상을 다도에 접목하여 다도의 기본정신으로 '화(和), 경(敬), 청(淸), 적(寂)'을 강조했다. '화'는 평화롭고 안전한 환경을, '경'은 연장자에 대한 존경과 친구에 대한 경애의 뜻을, '청'은 청결과 고요함을, '적'은 만족함을 알고 유유자적하는 경지에 도달했음을 각각 나타낸다. 그는 소박함과 청렴결백을 제창하고 사치를 반대하며 고요하고 유유자적한 원칙에 따라 생활할 것을 주장하고

● 다도 공연에서 사용한 다구

다도를 심신 수련의 방법으로 삼아야 한다고 말했다.

이러한 사상을 관철하기 위해 다도 과정에서 일련의 개혁을 실시했다.

다실을 북향에서 남향으로 바꾸고, 문에는 흰 종이를 발랐다. 다실은

작은 다다미방이었는데 평면을 빈틈없이 치밀하게 배치하고 내부에

고(菰)천장, 통나무 기둥, 칠벽, 작은 출입문 등 설비를 개량했다. 동시에 다도구, 귀인구, 급사구 등으로 출입구를 나누었다. 작은 창문을 비대칭으로 여러 개 설치했는데 연구창(連口窓), 지하창, 협상창(夾上窓), 원창(圓窓), 색지창(色紙窓), 화등창(火燈窓) 등이 있었다. 천연 재료를 사용하여 초가집 풍의 농가로 꾸몄다. 통로는 좁았는데 석등, 울타리, 섬돌, 세면용 대야 등도 배치했다. 다도를 행할 때의 '사규와 칠칙'을 정했는데, 소위 '사규' 란 앞에서 말한 '화, 경, 청, 적'을 가리키는 것이다. '칠칙' 이란 차를 다릴 때 진하고 여린 구분을 두고, 찻물 온도는 계절에 따라 변화를 주고, 차를 달이는 불의 세기는 적절하게 하며, 사용하는 다구는 찻잎의 색, 향, 맛을 보존할 수 있는 것이어야 하고, 가로세로가 1척 4치인 정방형 화로를 준비하고, 겨울에 화로의 취치를 적당한 곳에 두고 고정하며, 다실은 청결하고 꽃을 꽂아 두는데 꽃의 품종은 환경과 서로 어울리게 선택하여 참신하면서도 청아한 풍격을 나타내도록 한다는 것이다.

센노리큐가 다도를 크게 발전시킬 무렵 도요토미 히데요시는 다사를 즐겨 쌀 3000석의 대단히 높은 녹봉으로 그를 스승으로 청했다. 히데요시는 작은 마을을 정벌할 때도, 조선을 침략할 때도 다도로 사기를 고무시키고 민간에 다도를 널리 알렸다. 그는 1587년(천정 15년) 교토 기타노(北野)에서 유래 없는 대규모 차회를 열어 센노리큐의 '다도' 사상을 체현했다. 당시 대회 참가를 호소하는 공고가 사방에 붙었는데 그 대략의 내용은 이러하다.

1) 10월 1일부터 기타노에서 대규모 차회를 열흘 간 진행할 계획이니 '다도' 에 관심이 있는 사람은 명차를 가지고 참석하기 바란다.

2) '다도' 에·관심이 있어 참가한 자는 노인, 청년, 시민, 서민 등에 상관없이 솥, 두레박, 다완을 지참해야 한다. 찻잎은 탄 맛이나 쓴 맛이

없어야 한다.

3) '다도'에 관심 있는 자는 일본차 외에 중국 찻잎 등을 가지고도 대회에 참가할 수 있다.

4) 외지인 참가는 10월 10일까지로 연기할 수 있으며 참가자의 외출이 불편한 경우 참가를 연기할 수 있다.

5) '다도'에 참가하는 사람은 어느 지방 사람이건 '다도'에 따라 예를 갖춰 차를 마신다.

'다도'는 이같이 성행하기 시작해 에도(江戸)시대를 거쳐 한 걸음 더 발전을 거두었고 스승에게서 제자에게로만 비밀리에 전수되는 형태를 형성하기에 이르렀다. 18세기 에도 시대에 '다도'의 제한은 더욱 엄격해

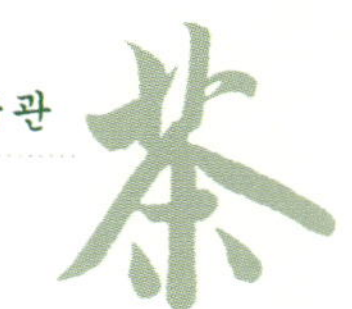

● 다도는 차를 마시는 데서 그치지 않고 성정을 수양하는 방법이기도 했다.

져 장자만이 계승하여 대대로 전할 수 있도록 했으며 이를 '가원제도(家元制度)'라 일컫는다. 현재의 다도는 수십 개의 유파로 이루어져 있으며 각 유파마다 자신의 가원을 추천한다. 최대 유파는 센노리큐를 선조로 하는 불심(不審, 오모테센케(表千家)유파), 함일(含日, 우라센케(裏千家)유파)과 관휴(官休, 무샤노코지센케(武者小路千家)유파)인데 그중 '우라센케'의 영향력이 가장 컸다. 통계에 따르면 일본에서 다도를 배우는 천만 명 가운데 600만이 '우라센케'에 속한다고 한다. 이들 '산센케(三千家, 16세기 센노리큐의 다도 전통을 손자들이 계승하여 만든 3개의 유파)'의 계승 관계는 이러하다. 센노리큐 사후 그의 아들이 이를 계승했으나 얼마 지나지 않아 은퇴했고 센노리큐의 손자 센노소단(千宗旦)이 이어받아 이 유파를 발전시켰다. 센노소단에게는 세 아들이 있었는데 각각 다도를 계승했다. 소우사(宗左)는 센노소단의 다실 불심암을 이어갔고 이 유파를 '오모테센케'라 부른다. 소우시치(宗室)는 불심암 안에 다실 함일암을 세웠고 이를 '우라센케'라 칭한다. 그 외에 소슈(宗守)의 유파는 이후에 무샤노코지에 다실 관휴암을 지었으며 이를 '무샤노코지센케'라 부른다. '가원제도'에 따라 '산센케'는 모두 장자가 계승하고 이름도 그대로 사용했으며 다만 몇 세 혹은 몇 대의 표기를 사용하여 구분을 두었다.

산센케 외에 일본 다도 유파로는 수내류(數內流), 락류(樂流), 구전류(久田流), 직부류(織部流), 남방류(南坊流), 종편류(宗偏流), 송미류(松尾流), 석주류(石州流) 등이 있다. 차를 배우려는 사람들은 각자의 유파에 입문하여 자격을 갖춘 다인들에게서 끊임없이 수행한다. 일정 연한이 되면 가원으로부터 증서를 받아 각종 자격을 인정받게 되며 가원은 여러 단계를 거쳐 전국의 다인을 통솔한다. 다도는 이러한 방식에 근거하여 대대로 전해져 오늘날까지 발전하고 있다.

　다도는 주빈, 다실, 다구, 차의 4개 요소로 이루어져 있다. 다도에 참가하는 사람을 '다인'이라 부르는데 일정 정도의 경험과 훈련을 거쳐야만 했다. 다실의 크기는 모두 다르고 모양도 다양했지만 센노리큐가 제창한 4장반의 작은 다실이 가장 이상적인 것으로 본다. 다실은 우아하고 자연스러운 환경을 갖추어야 하며 간결하고 소박하게 배치되었다. 다사에 관련한 족자와 그림을 걸기도 하였으며 실내에 꽃을 꽂아 장식했다. 다구로는 차받침, 잔 뚜껑, 차시, 차통, 차선 등이 있으며 그 외에 차솥과 작은 단지, 목탄, 화로 등이 있다. 다구는 계절에 따라 구분하여 사용해야 하며 역사적으로 진귀한 물품으로 남아있는 것이 많다. 차는 정교한 녹차가루를 쓰는데 돌절구로 갈아 만들고 이것을 말차(抹茶)라고 한다.

　다도에는 중요한 예의 규범이 있다. 다실에 들어서면 손님은 신을 벗고 몸을 숙여 안으로 들어감으로써 겸손을 표한다. 주인은 문 앞에 꿇어앉아 손님을 맞음으로써 존경을 표한다. 손님이 자리에 앉으면 주인과 이야기를 나누며 다구를 감상한다. 이어서 주인은 불을 지피고 물을 붓고 다구를 닦기 시작한다. 그런 다음 찻물을 끓이고 차를 우려내 올린다. 물이 끓은 후 가벼운 동작으로 반 잔정도 차를 따른다. 주인은 양손으로 들고 손님에게 정중히 권한다. 손님은 차를 음미할 때도 양손으로 잔을 받쳐 들고 왼쪽에서 오른쪽으로 한 번 돌림으로써 감사를 표한다. 차를 마실 때는 반드시 세 모금에 다 마시고 마지막 한 모금은 가볍게 소리를 내어 차에 대한 칭찬을 나타낸다.

　차는 두 종류가 있다. 하나는 짙은 녹색의 진한 차인데 맛이 맑고 약간 쓰며 돌아가며 마신다. 다른 하나는 연한 차인데 각자 한 잔씩 마신다. 어떤 차는 간단한 간식을 함께 곁들이는데 이를 '배석요리(杯石料理)'라 한다. 손님들이 다 마신 후 주인에게 감사의 말을 하면 다도의식은 끝이 난다. 한 잔의 차를 달이는 데는 단순한 제작의 관점에서 볼 때 이삼 분 정도면 충분할 것이다. 그러나 이 일련의 동작을 통해 대자연의 순환 과정을 표현하고 동방의 사상과 문화의 깊이를 체험한다는 관점에서 보면 짧은 몇 분 안에 마칠 수 있는 일이 아니다. 그래서 일본 다도에서 품격 있는 다도 기법에는 한 시간이 넘게 필요하며 가장 간단한 것도 20분이 필요하다.

이같이 동양의 철학사상은 점차기법에 풍부한 내용을 부여하여 차를 달이는 일상적 행위에도 엄격한 규범을 가했다. 바꾸어 말해 심오한 동양 철학 사상에 뿌리를 둔 점차기법은 간결하고도 정확할 뿐만 아니라 외유내강의 성격을 나타내며 예의를 중시하고 음양이 조화를 이루기 때문에 오래되어도 싫증이 나지 않는다. 일본 다도는 동양 사상 철학의 총아라 할 만하다. 일본 다도가 따르는 것은 '사규', '칠칙'이지만 손님을 맞고, 축하하고, 모이고, 대화를 나누며, 경치를 감상하고, 학문을 논하는 등의 여러 내용에 근거하여 그 형식에도 약간의 차이가 있다. 또한 시대의 변화에 따라 일본 다도의 복잡한 절차도 개혁과 간소화 경향이 나타나 현재에는 가장 일반적인 다도가 차회에 사용된다.

다도가 성행함에 따라 일본인들은 보편적으로 차를 즐기면서 이것이 건강에 유리하여 장수할 수 있게 해준다고 인식하고 있다. 근래 일본 찻잎 소비의 품종에도 변화가 나타나 전통적 녹차 외에 우롱차의 소비량이 급속도로 늘고 있다. 그 외에 보이차, 자스민차도 사랑받고 있다. 차의 포장은 다양화, 현대화되어 티백차, 빨리 녹는 차, 캔차 등이 선을 보이고 있으며 이로써 편리와 위생을 원칙으로 하는 제 4세대 방식이 오랜 풍속을 변화시키고 있다.

영국인이 즐기는 '오후의 티타임'

영국인은 17세기 초부터 차를 마시기 시작하여, 17세기 중엽에 이르러서는 찻잎이 런던시장에서 판매되었고 영국 상류사회에는 차 마시는 습관이 나타났다. 1688년 이후 차 마시는 인구는 날로 증가하여 17세기 말 찻잎은 가정 음료의 차원을 넘어 상업적 영역에서 주목받는 음료로 등장했다. 18세기 이후 대중화된 차관이 런던에서 왕성하게 발전하여 18세기 말에 런던에는 2000개의 차관이 생겨났고, 정치가들이 국사를 논하고 젊은이들이 춤을 추며 문인

● 영국인들은 규칙적으로 차를 마시며 특히 오후에 마시는 차를 '오후차'라 부른다

들이 감정을 묘사하는 '차원(茶園)'이 등장했다. 사원에는 많은 다실이 설치되었다. 상류 귀족들 뿐 아니라 다른 계층의 인사들도 점차 차에 매료되기 시작했다.

영국인들은 차를 마실 때 규율이 엄격하다. 오전 6시 공복에 마시는 것은 '상차(床茶)'라 하고, 오전 11시에 한 차례 마시는 것을 '진차(震茶)'라 하며 오후에 한 차례 마시는 것을 '오후차'(일반적으로 오후 4시에서 5시 30분 사이)라 하고 저녁 식사 후 한 차례 마시는 것은 '만반차(晩飯茶)'라 한다. 그 중 '오후차'를 가장 중요하다고 본다. 업무 중이거나 회의 중일 때에도 잠시 멈추고 차를 마신다. 영국인에게 '오후차'를 마시는 행위는 일종의 물질적인 향유이며 동시에 정신적인 휴식이다. 영국인의 가정생활에 나타난 오후차를 묘사한 작품에는 생동감 있는 부분이 있다.

"오후 산책을 마치고 돌아와 약간 피로감을 느낄 때 신을 벗고 슬리퍼로 갈아 신고는 외투를 벗고 집에서 입는 편안한 짧은 반팔 셔츠를 입는다. 깊고 푹신한 안락의자에 기대어 차가 오기를 기다리는 때는 가장 근사한 시간 중 하나이다… 이제 다호가 내 앞에 놓여져 있다. 그 부드럽고 유혹하는 듯한 차향은 얼마나 훌륭한지! 첫 번째 잔으로 안식을 얻는다! 두 번째 잔으로 천천히 그 맛을 음미한다! 또 다른 찬비 내리는 어느 날 산책 후 차는 따스함을 전해준다. 이 때 나는 내 주변에 있는 책을 들러보며 고요한 즐거움을 음미한다. 차를 마시는 시간은 — 차 자체가 온화하고 영감을 주는 사물이다. — 그렇게 편안한 위안을 주고 인류의 사상을 일깨워주는 시간은 없을 것이다. 반갑지 않은 불청객을 당신의 탁자에 초청하는 것은 그야말로 번거로운 일이겠지만 그럼에도 영국식 손님 접대는 가장 친절한 얼굴을 하는 것이다. 친구에 대한 환영의 표시로 그에게 차 한 잔 대접하는

것보다 좋은 것은 없으리라."

오후차를 처음 마시기 시작한 사람은 베드포드 공작부인이며 그 후 상류사회에서 점차 풍속으로 굳어졌다. 현재 오후차는 이미 영국인에게 없어서는 안 될 생활 습관이 되었으며 영국을 여행하는 사람들조차도 점심 후 마시는 차 한 잔의 정취를 즐기게 되었다.

영국 사람들은 다른 맛을 가미한 홍차를 좋아한다. 즉 찻잎을 잘게 빻고 거기에 장미, 박하, 귤 등을 넣어 장미홍차, 박하홍차, 백작홍차 등을 만드는 것이다. 순수한 홍차는 아니지만 신선한 우유나 레몬을 띄운다. 차를 마실 때는 반드시 먼저 찬 우유를 다구에 따르고 그런 다음 뜨거운 차를 붓고 설탕을 약간 넣는다. 차를 따르고 나서 우유를 넣는 것은 교양 없는 행동이라 생각한다. 다구도 대단히 정교하고 아름다운데 유약을 바른 도기 혹은 자기를 사용해야 한다고 여긴다. 은주전자 혹은 스테인리스 다호는 온도를 유지할 수 없으므로 좋아하지 않고 무석이나 철로 만든 다호도 차 맛을 손상시킨다하여 싫어한다. 차를 마실 때는 여성이 차를 따르는 습관이 있다.

오후차가 언제부터 시작되었는지에 관해 여러 가지 설이 있지만 최소한 18세기 이전으로 추정된다. 1711년 문예평론가 에드슨은 "규칙적인 생활을 하는 가정은 매일 아침 식사 때 한 시간 동안 버터빵을 먹고 차를 마신다."고 말한 바 있다. 1712년 3월 11일의 잡지 《방관자》에는 한 귀부인의 일기가 실렸는데, 이 일기는 흥미로운 많은 일들을 기록하고 있다. 그 중에 가장 흥미로운 것은 상류 사회에서의 하루 두 끼 식사에 관한 내용이다. 오전 10시 아침식사를 하고 오후 3시에 정찬을 하며 매일 아침식사 때는 차를 마신다. 재미있는 사실은 매일 차를 마시고 아침을 먹기 전에 침상에서 초콜릿을 먹는다는 것이다. 이것은 영국인

●영국 사람들은 다른 맛을 가미한 홍차를 즐긴다.

특유의 '조차(早茶)습관' 이 되었다.

　이 귀부인의 일기에 저녁식사 때 어떤 음료를 마셨는지는 기술되어 있지 않지만 아마도 차를 마셨을 것임을 추측할 수 있다. 하루에 수차례 차를 마시게 된 것은 18세기 중엽부터이다. 1763년 칼릴 박사는 그의 자서전을 통해 해러게이트에서 유행하는 최신 생활 방식을 묘사하

면서 여성들이 오후차와 커피를 마시는 모습을 소개했다. 19세기 초 7대 베드포드 공작부인은 오후 5시면 오후차를 마시며 케이크를 먹었다. 당시는 하루 두 끼 식사를 먹는 습관은 없었다. 이른 아침 풍성한 아침식사를 하고 점심은 시중드는 하인을 세워두지 않고 간편하게 먹되 간단하게 싸서 소풍가듯 야외로 나와 먹기도 했다. 오후 5시에는 케이크를 먹으며 오후차를 마시고, 저녁 8시에 저녁식사를 하고 저녁을 먹은 후 거실에서 차를 마셨다. 이것은 영국 빅토리아 시대 식사 방식의 거의 고정된 형태로 보인다. 1840년 이후 오후 4시에 오후차를 마시는 습관이 중산층 사이에서 유행하기 시작했다. 오후차가 필요했던 것은 멀리 출근하는 경우가 많아지고 가스등이 보급되면서 저녁 식사 시간이 늦어진 때문이다.

차를 중심으로 한 이러한 분위기의 유행은 영국의 사회생활 특히 식문화에 큰 변화를 일으켰다. 예를 들어 16세기 후반 엘리자베스 1세 시대에 아침 식사는 소고기 세 조각으로 했다. 그러나 18세기 초 근본적 변화가 발생하여 버터빵과 차로 아침식사를 하는 습관이 형성되었다.

영국은 전통적으로 차를 마시는 국가이다. 지금은 새로운 음료들이 나오면서 경쟁에 직면하고 있지만 차는 여전히 영국 제일의 음료로 그 소비량이 음료 소비량의 44.5%를 차지하며 80%의 영국인은 여전히 차를 마시는 습관이 있다. 차는 역시 영국의 '국가 음료'라 할 만하다. 1990년 영국은 17.7만 톤의 찻잎을 수입했으며 중계 무역으로 수출된 부분을 제외한 순수입량은 14.1만 톤에 달했다.

차를 사랑하는 서북부아프리카 지역 사람들

사실 녹차를 즐기는 것은 모로코만이 아니다. 알제리, 튀니지, 리비아, 나이지리아, 잠비아, 니제르, 토고 등 서북아프리카의 많은 나라들이 모두 녹차를 대단히 좋아한다. 이들 나라는 차 마시는 인구가 상당규모이며 차를 주식처럼 즐겨 시장에도 차실이 즐비하다.

차 마시기가 성행하는 서북아프리카에는 '면광(面廣), 차빈(次頻), 즙농(汁濃), 첨가물 혼합' 등을 특징으로 하는 아랍 풍이 생겨났다. '면광'이란 거의 모든 사람들이 차를 즐긴다는 의미로, 일인당 평균 소비량이 약 중국의 3배이다. '차빈'이란 그들이 매일 적어도 3번 이상 차를 마신다는 의미이며 여기서 한 잔 정도 더 마시는 것은 흔한 일이다. '즙농'은 진한 차를 좋아한다는 의미로 차의 농도는 중국 한족 지역의 2배이다. '조미료 혼합'이란 그들이 차를 마실 때 진한 차에 흰 설탕을 넣는 습관이 있을 뿐 아니라 박하 잎을 사용하여 진한 차와 달콤한 설탕에 박하의 시원한 향을 더하여 그 맛을 더욱 좋게 만드는 것을 말한다. 그 외에 잣 몇 알을 함께 넣는 '잣차'도 있었다. 서북아프리카의 차 달이는 방법은 까다로운 과정을 거친다. 찻잎과 첨가물을 직경 10

여 cm정도의 작은 자기 주전자에 넣고,
이 다호를 목탄 화롯불에 얕게 묻어 천
천히 끓여 마시기도 한다. 끓은 후
진하고 그윽한 차탕을 작은 유
리잔에 붓는데 보통 삼분의
일 혹은 절반 정도 따른다. 차
를 마실 때 중국 조주(潮州)에
서 공부차를 음미하듯 작은
잔에 천천히 마시기도 하는
데 그 모습이 고상하다. 어떤
경우에는 여러 간식을 함께
내어 색다른 정취를 더
한다. 손님이 방문하면
주로 차를 대접하는데
우선 3잔을 올리고 대화
를 나눈다. 손님은 3잔을
다 마셔야 예의에 맞는 것
으로 여긴다.

　　서북아프리카 지역의 일부
아랍 국가에서는 차관을 어디서든 볼 수
있다. 각국의 풍습에 따라 차관은 차정과
차실로 나눈다. 차정은 규모가 비교적 크
고 실내에 계산대를 설치하며 중앙에 탁
자와 의자를 배치하는데 그 격식이 중국
남방 지역 차관과 아주 흡사하다. 차실은 그

● 서북아프리카 지역의
차도 동양에 그 뿌리를 둔다.

수가 비교적 많으나 홀이 작은 편이고 배치가 단순하며 구조는 서양의 카페와 비슷하다. 주로 번화한 상업지대나 여행지에 세워진다. 아랍 차관은 일반적으로 오후차와 저녁차만을 판매하는데 이것은 현지에 아침 차 마시는 습관이 없기 때문이다. 라마단이 되면 사람들은 낮에는 먹지도 마시지도 않고 달이 떠야만 밥을 먹는다. 그래서 많은 사람들이 야시장을 다니기도 하고 차관에서 차를 즐기기도 한다.

서북아프리카에서 차를 마시는 풍습은 사실 중국에서 기인했다. 19세기 찻잎을 서북아프리카에 팔았는데 현지 생활의 요구에 적합하여 대중의 생활에 빠른 속도로 깊이 파고들었다. 북아프리카 박하차도 동양에 그 뿌리를 둔다. 중국은 일찍이 당나라 이전에 차에 박하를 넣던 습관이 있었던 것이다. 차 마시는 습관에서도 중국차 풍습의 직접 혹은 간접적인 영향을 받았다.

차의 향기 – 교양으로 읽는 중국 생활 문화

첫판 1쇄 펴낸날 2006년 7월 15일

지은이 리우이링
옮긴이 이은미
펴낸이 강수걸
펴낸곳 산지니
등록 2005년 2월 7일 제14-49호
주소 부산광역시 연제구 거제1동 1493-2 효정빌딩 601호
전화 051-504-7070 | **팩스** 051-507-7543
sanzini@sanzinibook.com
www.sanzinibook.com
편집 김은경·권경옥 | **디자인** 권문경
인쇄 현문인쇄

ISBN 89-956531-8-3 04820
       89-956531-6-7(세트)

값 25,000원

＊ 이 도서는 중국 정부로부터 번역료 일부를 지원받아 제작되었습니다.

이 도서의 국립중앙도서관 출판시도서목록(CIP)은
e-CIP 홈페이지(http://www.nl.go.kr/cip.php)에서
이용하실 수 있습니다.(CIP 제어번호 : CIP2006001296)